夫人幫幫忙 3 完

文創 風 236

花月薰 著

目錄

第二十一章

席雲芝和重傷的步覃被皇后的人送出了皇城，坐上了候在皇城外的馬車上，韓峰趕車，趙逸幫著席雲芝將重傷的步覃搬上車。

皇后甄氏怕皇帝發現之後會派兵追趕，因此特意準備了八輛一模一樣的馬車，拿著皇后的權杖，分別跑往八個方向，以此混淆視聽。

韓峰趕著車向前走，原想就此出城，但席雲芝卻覺得不妥，便叫韓峰將馬車停在城內的一條小巷中，又去集市買了一輛嶄新的馬車。另外，席雲芝還讓他大肆買了許多乾淨的白布和止血藥，然後他們換過馬車，席雲芝取了一小半的白布和藥，將剩下的藥放在原來的馬車上，讓韓峰繼續趕著那輛從皇宮中出來的車往城外跑去，而他們這邊，則由趙逸趕車，往相反的方向跑。

席雲芝將步覃摟在懷中，看著昏迷過去的男人，出奇地冷靜了下來，因為她知道，如果此時她再慌亂，那他們就真是沒有活路了。

先前張嫣給了她一個包裹，包裹裡有幾支瓶罐和一只小木匣子，匣子裡沒有其他東西，只有一把鑰匙。

席雲芝不明白張嫣給她鑰匙是什麼意思，稍微想了想後，便明白了過來。

「趙逸，去燕子巷。」

張嫣之所以會給她這把鑰匙，肯定是想給她什麼東西，而張嫣自從差點被禹王妃殺了之後，就被她救入了將軍府，她自己的一些私有物品肯定還擺放在一個她最安心的地方。

這個地方，就是燕子巷的那座宅子，曾經給過她幸福和憧憬的地方。

燕子巷原本就沒什麼人，如今撤去了廢太子府的戒備，又出過人命，所以門庭蕭條得很。

席雲芝讓趙逸從後門將馬車駛入了宅子，處理好後門邊的車軲轆印，然後便維持原來的模樣，任後門敞開著。

席雲芝和趙逸將步覃搬下了馬車，安置在一張軟榻之上。

「夫人，爺身上這些箭若是不拔出來，一定會很危險的。」

席雲芝點點頭。「你可曾替人拔過箭？」

「拔過，從前在戰場上，每天都有將士被箭傷到，有時候軍醫忙不過來，我和韓峰都會去幫忙的。」

「好，我去打水，你要些什麼工具？我去找。」

趙逸立刻列出單子。「尖頭的匕首我身上有，夫人您去打些水，最好再找一把剪刀，爺身上的衣服都被血浸染了，黏在皮膚上，若不處理乾淨，很容易造成感染的。然後再去找一只火盆，將火生得旺一些端過來。」

席雲芝不懂怎麼處理傷口，將趙逸說的全都記下，便去到院子裡找水井和剪刀。幸好這裡原本是太子私宅，什麼東西只要找找就都能發現。

她從主臥中找到一把金剪刀，又在後院找到一個倒在地上的水桶，打了桶水之後，又找了兩個銀盆，一同端入了房，一個銀盆裝水，一個銀盆用來生火。她從主臥書房裡搬來了很多書，一頁一頁地撕下來當火摺子生火，不一會兒的工夫，火光就旺了起來。

趙逸已經將步覃放平，箭尾處都被他用刀鋒削去了大半，只剩下短短的一截露在外頭。

席雲芝見步覃臉上滿是冷汗，心疼地跪在他身前替他擦汗，在他耳邊輕聲呢喃著什麼。

趙逸知道她如今的感受，但救人要緊，便對席雲芝說道：「夫人將水倒入銀盆，咱們開始吧。」

席雲芝照做之後，趙逸交給她一只瓷瓶，對她說道：「一會兒我剜肉的時候，您便往出血的地方撒這止血粉末，直到拔出來為之。千萬不要覺得心疼，因為這些箭若不拔出來，爺就沒有活路了。」

席雲芝忍著淚，不住地點頭，一隻手緊緊握住步覃的。

步覃的手臂、大腿共十三支箭，五支射在胸腹間，肩胛骨處那支箭甚至射穿了身體。

趙逸先從手腳處開始拔，因為箭在肉裡多少也能止住一些血，但若先拔了胸腹間的，再拔手腳上的，說不定胸腹間的傷口會因為過度用力而大量失血惡化。

席雲芝強作鎮定，從自己衣袍上撕下一大塊布料，捲好後送入步覃口中，讓他咬著。

趙逸深呼吸一口氣之後，便將先前找到的燭檯點亮，將兩把匕首的刀鋒放入火盆，一把匕首燒了一會兒便拿了出來，用乾布擦掉表面的黑霧後，當機立斷，將匕首剜入了步覃左胳膊上的傷口。

「唔！」

原本昏迷的步覃身體突然緊繃了起來，咬著席雲芝塞入口中的布條，眉頭緊蹙。

席雲芝彎下身子，用自己的額頭抵住他的臉頰，在他耳旁不住喊他的名字。

血隨著箭被挑出而不斷地外湧，席雲芝剛撒上止血藥粉就被血沖走，她無可奈何，只能用自己的手用力按住傷口。

趙逸一鼓作氣，一連拔了好幾支箭，將帶血的箭頭投入水中時，不禁說道：「幸好這皇宮的箭，保養得宜，沒有鐵銹，否則還要難辦。」

大概過了一炷香的時間，趙逸已經將步覃四肢上的箭盡數拔盡，只剩下胸腹間的五支。趙逸先打鐵趁熱地解決掉了穿入肩胛骨的一支，直接用兩把匕首從後背鉗著箭頭，反向拔了出來。

「還剩下四支，爺能不能挺過來，就在這四支身上。我……」

席雲芝見趙逸有些猶豫，覺得不好，趕忙打氣道：「你別想太多，只管去做。將軍如今已然這樣，咱們只能死馬當活馬醫，盡一切力量，讓他活下來。」

趙逸點頭，深深呼吸了兩口氣之後，才又延續了先前的果敢，繼續動手。

又過了一炷香的時間，四支箭終於全都被拔出步覃的身體，趙逸也好像虛脫了一般，滿頭是汗，跌坐在地。

席雲芝看著步覃胸前汩汩而出的血，不禁慌了。「血止不住！怎麼辦？」

趙逸一邊擦汗，一邊從地上爬起來，讓席雲芝放開了手，說道：「夫人，您按住爺的身子，別讓他太過用力，總不能這樣讓他流血不止。」

席雲芝不知道趙逸要幹什麼，便聽話照做，只見趙逸從火盆中拿起一把燒紅的匕首，一下子燙在步覃的傷口之上！

「啊——」

「啊！」

這一燙，讓步覃和席雲芝同時叫了出來，步覃是因為疼痛，席雲芝則是因為害怕。看著步覃痛不欲生的臉，席雲芝終於忍不住大哭了起來。她別過頭不去看趙逸的動作，只能用盡氣力壓著步覃，不讓他的身子竭力反彈。

步覃的叫聲和席雲芝的哭聲，在屋子裡迴盪……

韓峰順著趙逸留下的記號，終於摸到了燕子巷。

趙逸和席雲芝已經替步覃處理好了傷口，步覃陷入了昏迷。

韓峰湊上前看了看，便將趙逸拉出了門，問道：「爺怎麼樣？」

趙逸嘆了口氣答道：「一十八箭，情況不太好。」

韓峰滿臉憂色。「我驅車到城外十里，在路上尋了一名馬伕繼續向前趕路，折回城裡的時候，發現京城已經戒嚴了。咱們爺和夫人的畫像被貼得滿城都是，城門全都加了最起碼兩倍的守衛，遇見受了刀傷劍傷的人一律不許出城，押入大牢，等候判決。」

「這個暴君！咱們爺當初瞎了眼才會想要幫他！」趙逸想起之前皇帝如何來求他們爺辦事，就滿肚子的氣。

韓峰嘆息。「咱們爺仁義，總是先天下之憂而憂，先帝殘暴，以為輔佐一個深知民間疾苦的皇子會造福百姓，沒想到……」

趙逸憤憤不平。「要我說，他們蕭家就是同一個胚子，不管誰做皇帝都沒有一個是好東西！」

屋內的席雲芝坐在步覃身邊，看著昏睡過去的他卻無能為力，耳中聽著韓峰和趙逸的話，心頭彷彿鬱積了幾口不得紓解的氣，上不來、下不去，難受得很。

蕭絡如今的這種行為比他老子可惡太多了！如果他們繼續在城中待著，相信不用多久，就一定會被找出來，可是如今城內這般戒嚴，他們又該如何出城呢？

抬眼看到張嫣給她的那個包裹，席雲芝拿出包裹中的鑰匙，回想第一次被張嫣請到這座宅子來時所在的房間方位。

漆黑的院子裡，她只敢拿著一只火摺子在院子裡走動，終於在最南面，她找到了張嫣第一次對她露出真面目的那間房間。

席雲芝相信，張嫣要給她的東西，一定是藏在這種可以被她想起的線索中的。將火摺子豎在桌面上，席雲芝站在屋子的中央，左右環顧一圈後，視線被一只銅鎖吸引住。

走過去，用鑰匙打開那銅鎖，果真就開了，露出櫃子裡的東西。裡頭有一個碩大的箱子，席雲芝將箱子打開之後，突然被裡面的一張人臉嚇了一跳，不禁往後退了幾步，後來想起張嫣會易容之術，這才又大著膽子靠近了箱子。

箱子裡有十多張人皮面具，還有一些細軟銀票，看來這就是張嫣的所有私產了。她對禹王情根深種，那般被傷之後，早已心灰意冷，席雲芝不知道她為何要化身成美人，潛伏到蕭絡身邊去，想來是要徹底報復禹王吧？

席雲芝將箱子搬到了步覃躺著的房間，給趙逸和韓峰看了箱子裡的東西。

趙逸見後，大讚這面具做得巧奪天工。

但韓峰還是覺得有些擔憂。「夫人，就算咱們換了一張臉，但爺怎麼辦？他現在別說走路了，就連站起來都很困難……」

席雲芝看著昏睡的步覃，陷入了沈思。

京城戒嚴，各處城門都增派了好些人手對出城之人進行盤查。

城門前排了好長一支隊伍，隊伍中有一輛行走緩慢的牛車，牛車上坐著兩個耄耋老人，男的那個張著嘴打著瞌睡，女的那個則靠在老伴兒身上，不住地抖手。老人的兩個兒子看著也是普通的鄉下漢子，穿著短打，腳膀子上滿是泥點，莆鞋早就壞得不成樣子，那鄉下漢子還用兩隻腳趾夾住繼續穿著。

前頭的人一撥一撥走了，終於輪到他們。

守城的官兵先是將他們對照了一番通緝畫像上的人，然後才進行盤查。

趕牛車的漢子從車上下來，操著一口外地口音說道：「官爺，俺們兄弟要接俺爹、娘回老家去。」

官兵在他們簡陋的牛車上看了一眼，用槍頭在兩老的包袱裡翻找了幾下，就只有幾件洗白了的舊衣服和幾兩碎銀子，牛車上沒有遮蔽，官兵們又彎下身看了看車板兒，確定車板兒下也沒藏人。

「老家哪裡？」官兵例行詢問。

「河南。」

「家裡幾口人啊？」

「六口，俺、俺媳婦、俺弟、俺弟媳婦、俺爹、俺娘。」

「這是你爹啊？」官兵指著打瞌睡的老頭問。

大兒子憨憨地答道：「是，俺爹。那是俺娘。俺爹糊塗，成天睡覺，俺娘卒中，成天手抖，估計再過幾年，就好去陪俺祖宗了。」

官兵又在他們幾個人臉上看了幾眼，確實沒什麼好問的，人長得也完全不同，身分更沒啥可疑，便在他們出城的文書上蓋了章，讓他們走了。「走吧走吧，沒事兒別再來京城了，添亂！」

官兵說了這話以後，大兒子明顯不高興了，在嘴裡唸叨：「啥人吶，憑啥不讓俺們來京城？」

官兵神情凶狠地對他亮了亮兵器，小兒子趕緊就拉住了犯傻的大哥，一邊罵罵咧咧、一邊趕著牛車出了城。

巡查官兵這才將兵器收起，嘀咕了一聲。「土包子、鄉巴佬！」之後，才又繼續盤查下一位。

出城之後，牛車便一路向北趕去。

「韓峰，我還真沒發現，你很有演戲天賦啊！你那一句『俺爹糊塗，俺娘卒中』學得可真是絕了啊！」

原來先前趕牛車的大兒子就是韓峰所扮。他們臉上都戴著面具，再加上他們身上穿的那套從種田百姓家裡偷來的行頭，饒是怎麼樣都看不出破綻。

兩人正在說話，卻聽牛車後頭傳來席雲芝焦急的聲音——

「趙逸、韓峰，還是快找家客店休息一下吧，爺坐不住，開始流血了！」

老太太席雲芝努力抱住老頭步覃的腰，原來兩人寬大的袖口下，腰帶竟是連在一起的，席雲芝將步覃捆綁在自己身上，讓他一路坐著出了城，如今已是極限。

在城外三里處，有一間小客店，趙逸前去要房，韓峰將步覃抱起，謊說是老頭受不了顛簸，有些暈，想休息一會兒，「一家四口」這才去到了客房中。

席雲芝將步覃的衣服解開，裡頭包裹著油紙，就是為了防止血滲出衣料。席雲芝將油紙拿開，看著步覃身上的窟窿眼，對韓峰和趙逸說道：「爺估計是坐不了牛車了，繼續顛簸下去，我怕這續命金丹也救不回他了。」

趙逸和韓峰對視一眼後，韓峰主動請纓。「夫人，要不我再進一趟城，從城裡弄輛舒服些的馬車來？」

席雲芝有些猶豫。「可是，會不會太讓你冒險了？」

韓峰對她抱拳道：「夫人您說的什麼話，我和趙逸從小就跟著爺，走南闖北，上陣殺敵，從未見爺什麼時候拋下過我們。如今爺有難，我們就是上刀山、下油鍋，也會護爺和您周全的！」

趙逸也學著韓峰的樣子，抱拳對席雲芝解釋道：「夫人，您就放心吧。韓峰輕功很好，他只需神不知、鬼不覺地混入城內，然後再趕一輛空馬車出城，任誰也不會懷疑一輛沒有人的馬車吧？」

席雲芝又看了一眼步覃，這才點頭說道：「好，那便交給你們了。」席雲芝轉身，從衣襟中翻出一些銀票，這是從張嫣的私產箱子裡拿出來的，只有不過五百兩銀子。席雲芝拿了一張二百兩的銀票交給韓峰，讓他去購置馬車。

看著所剩無幾的銀兩，席雲芝又對韓峰說道：「你橫豎是要走一趟，就再去一趟燕子巷……」她在入宮之前，將她的私銀分成十份藏了起來，她告知了韓峰其中一處藏金之地，讓他將那包東西貼身一起帶出城來。

韓峰領命去了之後，趙逸便去廚房找吃食，席雲芝則讓店家打了一盆水進來。她仔細地給步覃擦拭身體，將血水擦乾淨之後，又在上頭撒上了止血藥，然後再小心翼翼地用白布包好。

看著步覃越累越蒼白的臉色，席雲芝又將張嫣給她的包裹從襟中翻了出來，裡頭的幾瓶瓷罐，便是一些續命丹藥、補藥。

如今丹藥已經吃了快一半，每回步覃吃了藥，臉色都會稍微好轉一會兒，但過兩個時辰之後，臉色就又繼續變得蒼白，所以席雲芝斷定，這種金丹對步覃是有效的，因此每隔兩個時辰便給他吃一粒。

她憂心的是，要是這幾瓶藥都吃完了，那她又能拿什麼來給夫君續命呢？

晚飯時分，韓峰趕著一輛馬車回到了客店，匆匆吃過一些薄餅之後，一行四人便上路了。

馬車內裡雖不見豪華，但好在夠大，墊子夠軟和，像一間小房間般舒適。

席雲芝坐在一側，讓步覃平躺在馬車之上。他們已經換過了妝容，恢復原來的面貌。她叫韓峰他們沿著官道一路向北趕去，路過沿途的每一家旅店，他們都會歇腳，席雲芝就下車去詢問，有沒有看見三個女人帶了一個孩子。

就這樣沿路找了十幾家之後，終於在平城外的一間客店裡，席雲芝聽到了那熟悉的哭聲。

掌櫃還沒說話，席雲芝就衝上了二樓，循著哭聲找到了房間。還沒推門，便聽見劉媽焦急的聲音響起——

「哎喲，我的小少爺，您快別哭了，哭得劉媽我這心都揪在一塊兒了！」

席雲芝大喜過望，趕緊敲門，只聽房間內的哭聲驟然止住了。

過了一會兒，如意才探著腦袋過來開門，一見是席雲芝，高興得跳起來，撲到了席雲芝懷中，開心地直叫。

房間裡的劉媽和如月也看見了席雲芝，當即鬆下警戒，如月原本捂在小安嘴巴上的手也趕忙放開，將席雲芝迎了進來。

小安正吵著要爹要娘，看見席雲芝頓時不哭了，從劉媽身上跳下來，小短腿啪嗒啪嗒地跑過來，抱住席雲芝的小腿便叫道：「娘——」

奶聲奶氣的喊聲讓席雲芝再也止不住淚水，蹲下身子，將小安小小的身子抱進懷裡。

「小安！讓娘好好抱抱你……」懷裡抱著小安，熟悉的奶味鑽入席雲芝的鼻端，這是接連三、四日以來，她覺得最幸福的時刻。在小安臉上不住地親吻，親了還想親，根本停不下來。

席雲芝將四人帶上了馬車，把京裡這幾天發生的事都告訴了她們。

劉媽一拍大腿，怒道：「我就說那個皇帝不是什麼好人！在洛陽的時候，他就總是沒臉沒皮地來家裡蹭飯，如今倒好，狗崽子長大了，知道咬人了！」

席雲芝看著劉媽，又抱歉地看向如意和如月後，對她們說道：「妳們也看到我和將軍如今的情形了，此番逃亡凶多吉少，妳們跟著我們定不會有好日子過，若是妳們不願跟隨，我便給妳們每人五千兩，讓妳們各自謀生。」

席雲芝說完，便要轉身拿錢。她叫韓峰從燕子巷拿來了她的一只包裹，裡頭有一疊銀票，加起來大概有五十萬兩。若是平常，席雲芝定會多給她們一些，但此時此刻，她自己都有些顧不上了，給五千兩完全是出於仁義。

如意和如月對視一眼，立刻跪了下來。

「夫人，我和如月是雙生姊妹，小時候家裡窮，爹娘差一點就把我們賣到窯子裡去接客了，如果不是夫人慷慨，給了比那老鴇要高一倍的價格，我和如月如今還不知過得是什麼生不如死的日子呢！」

如月點頭，繼續說道：「是啊，夫人。不管您和將軍變成什麼樣，你們都是咱們的主子，除非你們不要我們跟著，不然我們姊妹絕不會背棄主人的。」

席雲芝欣慰地點點頭，如果說她不想如意、如月跟著，那肯定是騙人的。如今這個時候，身邊多個人就多分膽氣，做起事來也能分工明確，省了不少麻煩。她又將目光轉向劉媽，還未開口，便聽劉媽說道——

「夫人，您別看我，我之前就說過了，我這副老骨頭今生今世都不想挪窩了，生是夫人的人，死是夫人的鬼。」

席雲芝感動地點了點頭。有了這三人的肯定與保證，她覺得心裡踏實多了。

回頭，見小安一動也不動地跪在昏迷不醒的步覃身旁。

感覺到娘親的目光，小安抬起頭，對席雲芝說道：「娘，爹，睡覺覺。」

席雲芝將小安抱到膝蓋上坐好，溫和地對他說道：「是啊，爹在睡覺覺，咱們不吵他好不好？」

小安雖然年幼，卻好像有些明白家裡發生了大事，但他只要有娘親的懷抱，就什麼都不怕！往席雲芝懷裡鑽了鑽，他乖乖地點頭道：「好，小安不吵！」

席雲芝堅強地對小安笑了又笑，心中無比慶幸，她事先將小安送到了外頭。

接到小安之後，席雲芝的一顆心總算定了下來，開始好好地思考著他們這一行人接下來的去路問題。

首先要考慮的是路線，他們接著要往哪裡走？漫無目的絕不是個好辦法。

蕭國位處南部，如今席雲芝和步覃的名字肯定已經被皇榜和通緝令傳遍了各州縣，所以，他們只能一路往北走。

席雲芝叫趙逸、韓峰帶著劉媽，三人去了平城，買一些路上要用的生活用品，還有他們接下來會穿到的衣物，另外讓如意、如月去買乾糧。

席雲芝留在馬車裡，讓昏迷的步覃靠在自己身上。

小安盤腿坐在步覃裡床，乖巧地給席雲芝捧著水碗，等步覃靠好之後，他再將水碗遞給了席雲芝。

席雲芝對他笑了笑，便自己喝了一口水，然後餵到步覃的口中，一路上她都是用這樣的方法給步覃喝水。餵了幾口之後，席雲芝又將水碗遞給小安，小安伶俐地從軟鋪上爬了下去，把水碗放在馬車裡的桌子上，然後又爬上了軟鋪，幫助娘親把爹爹放好，最後還懂事地用自己的袖口替爹爹擦了擦額頭。

將小安拉到了自己懷裡，席雲芝溫和地對這乖巧的兒子說道：「小安，咱們以後的日子會有些辛苦，你怕不怕？」

小安對她撲閃了幾下黑亮亮的眼睛，搖頭道：「不怕，娘在，小安不怕。」

席雲芝在他小臉上親了一口。

如意、如月先回來了，買了好多饅頭、饃和乾肉，還有足夠吃兩、三天的帶餡兒包子。

小安看著肉包子流口水，席雲芝遞給他一個，小安便興高采烈地捧著包子，坐到床鋪裡頭專心吃了起來。

如意說：「如今雖然已是深秋，但天兒還不算冷，所以包子就只買了這些，乾饃和饅頭估計夠吃個十來日，夾著乾肉吃，想來味道應是不差的。」

席雲芝看著放在小桌子上的東西，點點頭，說道：「反正劉媽他們還沒回來，妳們再去買些瓜果蜜餞、糕點米糰什麼的零嘴回來吧。不用客氣，想吃什麼儘管買，咱們雖然是在逃難，但也不能太虧待自己不是？」

如意和如月對視一眼，昧著良心說道：「夫人，那些零嘴我們只是閒來無事的時候吃一吃罷了，如今不吃沒關係的。」

席雲芝將她們推出馬車。「好了好了，快去買吧！妳們不吃，我們娘兒倆還想吃呢！多買些回來，知道嗎？」

小安一聽又去買東西吃，趕緊在後面大聲喊了一句。「糖葫蘆！小安，吃！」

席雲芝見他一臉期盼的神情，便無奈地點了點頭，對他比起一根手指。「只能吃一根啊！」

小安煞有介事地點頭答應之後，又繼續吃他的肉包子了。

過了一會兒，韓峰、趙逸和劉媽回來了，買了一摞子東西回來。趙逸直接累成了驢子，將一大包東西放下之後，整個人就虛脫了。

「就不該帶劉媽去買東西的，她恨不得把整個集市都搬回來！什麼鍋碗瓢盆、筷子勺子、鏟刀炒勺，所有可能用到的東西她都給裝回來了！」

席雲芝抱著小安下馬車看了看，果然薑還是老的辣，出去一趟，就把所有可能會用到的東西全都買全了。

劉媽不甘示弱地向席雲芝解釋道：「夫人，咱們出門在外本來就不方便，再不努力讓自己過得舒坦些，那怎麼能行呢？」

席雲芝笑著對劉媽點頭，並對她比了比大拇指，說道：「劉媽這句話，深得我心。咱們雖然是在逃亡，但日子還是得好好過下去，畢竟誰都不知道這種近乎流浪的生活將維持多久，東西全一些，總歸是好的。」

韓峰將平板車上的最後一袋東西搬下來之後，無奈地指著說道：「鍋碗瓢盆買也就算了，可是我就不知道了，這些棉布、棉花買了幹什麼？」

劉媽一副「你們年輕人什麼都不懂」的神情，對韓峰搖了搖手指。「就連我這個老太婆都知道，天越來越冷了，咱們若不買些棉布、棉花回來，到時候在半路上，看你拿什麼遮風！」

席雲芝見趙逸和韓峰還是有些不服，便出聲調停。「好了好了，我覺得劉媽說得很對，咱們一路向北，路途遙遠，到時買東西肯定不會像平城周邊這般方便。劉媽，妳再檢查檢查看還有沒有什麼東西沒買到的？韓峰，你們再去一趟市集，買一輛大點的馬車回來，然後再另外牽兩、三匹馬跟在後面。」

趙逸和韓峰對視一眼，遲疑地說：「夫人，那樣的話……咱們是不是太扎眼了？」

席雲芝笑了笑。「扎眼才好呢！誰能想像正在逃亡的人會這般扎眼？再說了，皇榜和通緝令上，也只有我和夫君的名字及畫像，先不說畫得像不像，但是咱們如今的陣容，就與皇榜上所述不符，所以沒什麼好擔心的，日子該過還是得過。」

這時，如意和如月又拎了兩、三籃子的零嘴回來，席雲芝看了一眼後才說道：「這還差不多。」然後將放在籃子最上方的一根冰糖葫蘆遞給小安，把他放回馬車裡，讓他一個人吃去。

席雲芝趁著大家都在，便將所有人召集起來，正色吩咐道：「從今往後，大家沒有主僕之分，全都是兄弟姊妹。你們要記住，我們是去北方投靠親戚的，親戚名叫張三，家裡是做藥材生意的，專賣人參、鹿茸。我們是京城歡喜巷賣羊肉的老劉家，我們姓劉，記住了嗎？」

逃亡路上，統一口徑才是走得更遠的制勝法寶。

眾人將席雲芝的話牢牢記住，正要散開時，卻聽見馬車裡傳來一聲瓷瓶落地的聲音。

席雲芝心叫不妙，趕忙轉身走入馬車，只見小安也嚇壞了，看著被他用糖葫蘆掃在地上、摔碎了的瓷瓶，不知如何是好。

席雲芝想起先前餵藥的時候，便將瓷瓶放在桌子上，小安一定是玩兒的時候沒注意，給碰倒了。

想著這藥珍稀，席雲芝趕緊彎下身子去撿藥丸。

小安也把糖葫蘆放在一邊，蹲下身子替娘親撿，忽然，他指著地上的碎片說道：「娘，字！」

席雲芝不知小安想說什麼，便順著他的手看去，只見被摔碎的瓶中真的寫了好些字，撿起來看了看，席雲芝心中一陣狂喜，忙將韓峰和趙逸都叫進了車裡，問道：「宮裡是不是有把煉丹的藥名寫入裝丹藥的瓶罐中的規矩？」

韓峰和趙逸對視一眼，這才說道：「我從前在宮裡當過差，好像是有這麼個規矩，因為藥監局的藥品實在太多，他們怕用錯藥，或是被有心人陷害，所以，才會在每一種藥的瓶子裡都寫上配方，以供後人追查。」

席雲芝大喜過望，捧著小安直親，口中直呼：「你爹有救了！你爹有救了！」

小安被親得莫名其妙，雖然不明白發生了什麼事，但是他也知道，自己打破他爹藥瓶的事情，他娘沒有生氣，那他就可以放心地繼續吃糖葫蘆了！

席雲芝將所有碎片都搜集起來，坐在窗邊，仔仔細細地將瓶子拼了起來，終於拼好了內瓶，她趕忙用筆記下了藥瓶中所寫的藥名，然後，將寫好的單子一併交給了韓峰，讓他出去購買馬車的時候，順道再買些藥材回來，並且叮囑他，讓他不要在一家藥鋪裡買，要錯開。

劉媽聽說要去買藥，趕忙又在後頭追加了一句。「記得買煎藥的罐子啊！」

席雲芝看著劉媽，突然覺得自己是多麼幸運，在她最最落魄的時候，身邊竟然還能有這麼多為她著想的人。

想到夫君的續命藥不會斷絕，此刻心中那股安心幸福的感覺就滿滿的。

續命丹中所寫的藥材分別是：三步草、當歸、棗仁、紅參、雪蓮、桃肉、冬蟲、鹿茸。趙逸和韓峰找遍了平城所有的藥鋪，除了三步草和紅參之外，其他都湊齊了。

「這些藥可不便宜，這麼一袋子要足足五十兩呢！夫人，咱們這樣直接買藥有用嗎？」

席雲芝看著藥材，咬著下唇說道：「不管有沒有用，總是個機會。冬蟲和雪蓮都是極補的，要再去買些回來。至於三步草和紅參，咱們只能到下一站再去找了。」

說話的時候，劉媽便已經在馬車一角固定好了一座爐子，將新買的藥罐裝滿水放了上去，然後按照席雲芝的意思，將藥材全都放了進去，然後蓋上蓋子。

另一輛馬車買回來之後，席雲芝甚是滿意，雖然沒有華麗的外表，但馬車確實很大，席雲芝跟劉媽將買的東西全都分類之後，分別讓兩個苦力搬入了馬車。

席雲芝和步覃帶小安坐前一輛馬車，劉媽、如意、如月坐後面那輛馬車。到了睡覺的時候，韓峰和趙逸則會將那小型營帳展開，兩人睡在營帳裡。

將所有事情全都安排好之後，席雲芝才下令，他們即刻啟程，往北方走去。

馬車裡舒適溫暖，小安玩了一會兒，就有些睏了，自動蜷到步覃的裡床，胖胖的小手搭在步覃身上，安心地睡了過去。

席雲芝正在給他縫製小衣服，見他睡了，便放下針線，從車壁上取下另一條薄毯蓋在他小小的身子上。看著這對睡去的父子，席雲芝彎了彎嘴角，倒了一杯水，用帕子沾濕了，給步覃擦擦臉。不過幾天的工夫，她家夫君就瘦了許多。昨天她第一次給他餵她熬製的藥，步覃終於像是有了些反應，藥餵下去之後突然睜開眼，嚇了席雲芝一跳，但也只是睜了一下眼，很快又陷入了昏迷。

席雲芝覺得她之前餵了那麼多續命丹，他都沒有醒過一回，這回餵了藥汁，能醒來一回，說明藥汁還是有點效的，這樣更加堅定了席雲芝繼續熬藥的信心。

午時將近，大家停下馬車，找了一塊湖邊的空地生火做飯。

因為劉媽的英明，在出發之前買了一副簡便的鐵架子，圓形鐵圈下面是可以供燒火的柴台，只要將鍋子放在鐵圈上，用劉媽的話來說，就是做大菜都是沒有問題的。

席雲芝將車簾盡數打開，讓馬車裡通風透氣，自己則下車幫劉媽生火去了。如意、如月在湖邊洗菜，他們路過一片菜地的時候，跟菜農買了好些蔬菜，夠吃好幾天的。

將火生好以後，如月幫著劉媽遞碗、遞勺子，如意就去她們的馬車上收拾，小安還在睡覺。

席雲芝站在湖邊看著湖面的波光瀲灩，煩悶的心情頓時開闊了不少。

見趙逸和韓峰湊在一起說話，面色有些凝重，席雲芝不覺好奇，便走過去問道：「怎麼了？」

趙逸朝韓峰看了一眼，不打算隱瞞，直接對席雲芝說道：「夫人，昨天我們去集市買東西的時候，聽說了一件事：皇上在發出通緝皇榜的第二天就遇刺了。」

席雲芝大奇。「什麼？遇刺了？」

韓峰點頭，詳細說道：「皇上發出皇榜之後，便派人把將軍府抄了個底朝天，給咱們爺安上了二十幾條莫須有的罪狀，然後還要將老太爺和席老爺抓入天牢，幸好被步帥阻止救了出去。第二天，就傳出了皇上遇刺的消息。」

席雲芝蹙眉。「是誰做的，知道嗎？」

趙逸點頭。「夫人，這個人誰都不會想到——顧然，御林軍統領顧然。這個顧然算是皇帝親近的心腹，誰能想到他會突然衝進宮裡給皇上一刀呢？他手底下那些被編入御林軍的叛軍們竟然也跟著他一同殺入宮中，像是在找什麼人，結果人沒找到，他們就乾脆把皇上給刺了，您說奇怪不奇怪？」

席雲芝聽完了趙逸他們的話，只覺得世事變化太快。顧然這麼一鬧，皇上更不會放過他們了，看來他們此生怕是再難回到京城了吧？

劉媽炒了幾樣蔬菜，如意在草地上鋪了一層床單，如月將菜盤子放在上頭，然後大家全都湊在一起吃飯去了。

有說有笑地吃完了飯後，如意洗碗、刷盤子，如月收拾草地上的殘局，劉媽則開始收拾她的傢伙事兒，全都忙活結束了之後，便各自上車，繼續趕路了。

小安這一覺睡到了下午，醒來揉揉眼睛，就跟席雲芝說肚子餓了，席雲芝先前吃飯的時候給他留了幾樣小菜放在碗裡，用爐子的小火溫著，聽他說肚餓，便去將碗端了出來，讓他就著饅頭吃。

吃飽喝足的小安開始拿著一隻小絨馬爬到鋪上玩兒去了。床鋪最裡頭，就是他的小窩，全都是他自己收集的玩意兒，玩膩了小馬就玩風車。

席雲芝坐在車窗邊給他縫製衣服，沒去理他，讓他自己玩兒，忽然，馬車裡響起小安驚奇的聲音——

「娘！爹，奇怪，黑的在動！」

席雲芝不知道他想說什麼，便繼續著手裡的活兒，看了他一眼，叮嚀道：「什麼在動啊？爹在睡覺，你別動他喔！」

小安深深吸了一口氣後，指著步覃裸露在外的肩頭說：「真的，動！」

席雲芝以為是步覃有了知覺在動，心中一喜，忙放下針線往軟鋪走去，可步覃依舊維持著那個姿勢，半點也沒有動的意思。她又順著小安的小手看去，只見步覃光裸在外的肩頭上確實有什麼黑乎乎的線條在動，席雲芝大驚，連忙叫停了馬車，讓韓峰他們進來看。

韓峰和趙逸進來看過之後，也覺得奇怪。

席雲芝想了想，乾脆將步覃上半身的被子全都掀開，只見他裸露的上半身上，爬上了好幾條黑線，黑線像蟲子一般在他的表皮下一扭一扭的！

「奇怪，早上給他擦身子的時候還沒有的。」席雲芝試著用手摸了摸那黑線，覺得並沒有什麼凸出的感覺。

韓峰沈吟了好一會兒，這才驚聲說道：「是引脈蠱！夫人可還記得，爺之前的腿是斷了的，後來閣大師給他身上下了一種引脈蠱，將軍的腿好了之後，腳踝上不就有這樣一圈黑線嗎？」

席雲芝聽韓峰說著，便將步覃的腳踝露了出來，果然所有的黑線都是從腳踝上蔓延出去的。

席雲芝遲疑道：「之前閣大師為夫君治療的十幾日中，每日都叫我熬製好多好多的湯藥，難不成這蠱還活在爺的身體裡，這兩天我給爺灌了些湯藥，所以它們就又活過來，到上頭找『食』來了？」

韓峰看著她沒有說話。

席雲芝又繼續猜測。「夫君上回腳傷，我一共熬了十四天的藥他才有所好轉，那是不是只要我繼續給他熬藥，他再過一段時間就能醒過來了？」

「閣大師的蠱天下無雙，引脈蠱估計就是能夠自動修復受到損傷的經脈血絡。爺這回身體受到重創，卻因為身體中有引脈蠱這種東西，所以才沒有當場斃命，而是在不知不覺間慢慢慢修復起來了。我就說我們爺命不該絕，吉人自有天相！」趙逸說著說著，自己便高興地擊了擊掌，露出欣喜的神情。

在場的人也因為他的這句話而神情鮮亮起來，其中又以席雲芝最為驚喜，有些手足無措的，在車廂裡轉了一圈後，才說：「我、我這就去煎藥！」

趙逸和韓峰也開始自主分工。「好，我們加緊趕路，爭取傍晚前能抵達下一座城，無論如何都要再去買些藥回來才好！」

「好，那我們趕緊走吧。」

大家達成了共識，便有了目標，終於在戌時將近之時趕到了漢州城外，隨便找了一家客棧，要了三間上房之後，趙逸和韓峰連飯都沒有吃一口，就趕去了城裡的藥鋪。

漢州是一座小城，離京城已經有一千多里路，所以席雲芝心底已經不是那樣擔心會被人發現或是被追到了。

讓店家打來了一桶水，她趁著等韓峰和趙逸吃飯的時候，幫小安洗了個熱水澡，換了乾淨的衣服後，讓他舒舒服服地站在一旁給自己打下手，用剩下的水幫步覃擦拭了身體。

把他們爺兒倆忙活好後，韓峰和趙逸就回來了，他們這回不僅帶了好些藥材回來，還帶回了平城所沒有的紅參。

「這藥店今日是剛剛進貨的，據那掌櫃說，前兒有幾個北方人前來販售藥材，各種人參、山參、紅參他們都有，包括雪蓮、冬蟲什麼的，好像也很多。只不過那藥店本小利薄，不敢進太多貨，今日就給我們全買下了。」

席雲芝看著滿桌的藥材，欣慰地笑了，讓劉媽把車上的爐子搬到他們房間，毫不拖延就熬起藥來。

席雲芝看著這孤零零的爐子，腦中想了想，便又對趙逸和韓峰說道：「一會兒你們再去買四、五個爐子、百十個水囊回來，從明天開始，在路上的時候也要抓緊時間熬藥，每一鍋藥熬好之後，就灌進水囊裡，如今這些藥就是爺的糧食，多備些總是好的。」

韓峰和趙逸點頭說知道了，吃完晚飯就去買了放到馬車上，席雲芝這才放下心來。

吃完了晚飯，和劉媽他們輪流去了澡堂，舒舒服服地洗了一個熱水澡之後，席雲芝回到房間，擁著夫君和兒子，沈沈睡了過去。

第二天一早，她給步覃餵了藥、洗了臉，再把小安從被窩裡拎出來，忙完了之後，一行人又上路了。

兩輛馬車裡，一共支了六個爐子，每一個上面都咕嘟咕嘟地熬著藥。趙逸和韓峰盡量讓馬車不顛簸，以免灑了爐子裡的藥，就這樣，四個女人一連守了好幾天，終於灌滿了五十多個水囊。席雲芝看看堆積如山的藥，覺得心裡終於踏實了些。

雖然他們越往北走，天氣越來越冷，但她也怕一下子熬太多了，放不了那麼久就麻煩了，所以，她才決定先熬這麼多備用起來。

於是，席雲芝一天給步覃餵五、六回藥，步覃身上的黑線也越來越清晰。

十天之後，步覃的手腳彷彿有了些知覺，會無意識地動了，這個變化，讓席雲芝高興得差點跳起來，每天也顧不得睡覺，一直守在步覃的床鋪邊上，看著他一日日清醒。

二十多日的時候，步覃的眼睛已經能夠稍微睜一會兒，但卻還是有些無神，只一會兒便堅持不住了。

小安在步覃睜眼的那一瞬間，恨不得把自己的臉全都塞到步覃的眼睛裡去，緊緊貼著父親的臉，抱著他直叫爹。

席雲芝感覺到累了，就在床沿上稍微趴一會兒，讓小安替她坐到藥爐子前去看火，說看見火快熄的時候就叫她。小安對娘親分派給他的這項工作做得相當到位，給席雲芝也減少了不少麻煩。

另一邊，顧然穿著一襲勁裝，帶著百來號人，一路風塵僕僕地跑到了平城縣。

跟在他身旁的一個男子對他說道：「爺，咱們還是快離開蕭國吧，那狗皇帝被刺，已經下令追擊我們，若是再不走，就真的要折在這裡了。」

顧然嘴裡哈出一口淺淺的白氣。「找不到她，回去也沒法兒交差。你忘了我們混進蕭國的目的嗎？」

顧然的手下無奈地看著自家首領。「可是爺，我們這麼找下去也不是辦法啊！狗皇帝手下那麼多人都沒找到他們，何況咱們只有這幾個人手，到時候被狗皇帝的兵包圍了，我們還不是死路一條？」

顧然看著天際沈思。他之前聽說席雲芝被皇帝軟禁在宮裡，便氣血上頭，衝進宮裡要去救她，沒想到她已經被人給救走了。狗皇帝派人守在那個軟禁她的宮殿，就是要守株待兔，看看還有什麼人要去救她？他被甕中捉鱉，讓狗皇帝抓個正著，所以他才會不顧一切地將狗皇帝刺傷，然後帶著自己的兵，從皇城中殺了出來。

他真正的身分其實是齊國的御前侍衛，之所以會到蕭國來，是受了皇上的密令，為的是拆散步覃和席雲芝，然後將席雲芝安全地帶回齊國，若是可以的話，順便再給蕭國製造點內亂。可是他的計劃還未完成，蕭國便發生了這樣一件自取滅亡的大事，讓他始料未及。照理說，步覃受了那麼重的傷，席雲芝一個弱女子帶著他肯定是趕不了路才對，可是這一路上，他們兩個人就好像憑空消失了，再也找不到。

狗皇帝派出去追的兵也全都鎩羽而歸，說是追著那幾輛從皇城出發的馬車，最後追到的只是一輛輛空馬車，裡面什麼都沒有。也就是說，從一開始，他們已經被人玩弄在股掌，中了旁人的障眼法，追錯了車。

一連找了這麼多天，京城內外他都轉遍了，也沒能找到席雲芝和步覃的下落。如果再繼續找下去，怕是也不會有什麼結果，反而會把自己的小命都搭在蕭國，還不如先回去覆命，看能不能說服上頭派出齊國的兵，再到處找一找。

這麼想著，顧然便勒緊了馬頭，帶著一隊人馬，浩浩蕩蕩地往北方跑去。

天際飄來黑壓壓的烏雲，空氣也變得沈悶起來，韓峰和趙逸多年行軍，知道接下來會迎來一場暴雨，見周圍是片稀疏的樹林，時值冬日，樹上的葉子早已掉得光光的，他們將車馬停下，從劉媽她們那輛馬車後頭取下了雨布。之前他們還嫌劉媽買得多，如今看來倒只是剛好。

他們將雨布四邊的洞孔中穿過繩索，找了幾棵粗大的樹幹，把雨布綁了上去，等雨布完整展開之後，下方完全可以容納兩輛馬車、四匹馬，然後還有好大一塊空地可以供他們歇腳、搭帳篷。

當韓峰他們在弄擋雨布，在樹上飛來飛去的時候，如意、如月趕緊趁著雨還沒落下來前，去撿了好些乾柴回來，準備一會兒讓劉媽給他們煮頓好吃的。

昨天在客棧留宿時，他們晚上溜出去買了好些東西回來，劉媽一早又把趙逸拖著一同去了集市，買了些魚肉回來，在客棧洗好了才帶上馬車。

等樹上的雨布搭好後，他們將捲起的地方全都放了下來，雨布長短正好掉在地上，如此，一間臨時的避雨棚便算做成。然後他們又找來了幾根木柴，用劍劈開削尖之後當釘子用，把垂在地上隨風飄的雨布直接釘進了地裡，接著韓峰又去搬了幾塊不大不小的石頭壓在雨布上方，說是省得大風襲來的時候，雨布被吹得獵獵作響。

劉媽和如意、如月都對趙逸和韓峰的手藝表示了崇拜和讚賞，就連席雲芝也不得不承認，一路上有這兩個動手能力強的男人跟著，實在是太好了。原本她還在擔心要是遇上暴雨怎麼辦？馬車雖然防雨，但也只能防一防小雨、中雨，真遇到傾盆大雨的話，只怕也是要漏的。她也想過將雨布搭在馬車上頭，但這樣一來，大家的活動空間就小了，而且趙逸和韓峰畢竟是兩個爺們，跟她們幾個女人家待在一個車廂裡肯定會不習慣的。

如此一來，就是大雨接連下個幾天都不成問題了！

小安從馬車上跑下，圍著趙逸和韓峰團團轉，一個勁兒地說趙叔叔好棒、韓叔叔好棒，把兩個大男人逗得開心極了，爭相要把他頂在肩膀上玩兒。

大雨傾盆而下，眾人站在雨布下看了一會兒後，這才想起要吃晚飯。

劉媽準備了好多菜和肉，席雲芝看了看外頭的天，原本就有點寒氣了，這一下雨就更加冷了，所以她提議將菜切一切、肉塊片一片，直接丟鍋裡做成湯，又省事又熱呼。大家對此提議空前的熱情，一致通過都說好，劉媽也樂得輕鬆，將肉片好之後，下了鍋，然後加入作料烹煮。席雲芝和如意她們便在一旁做醬料，放些醬油或醋，再加一些鹽、倒一點麻油進去，頓時飄出了香味。

等到肉鍋煮開了之後，大家都迫不及待地圍著暖和的爐火鍋子吃起來。劉媽又在鍋裡加入了好些菜，隨便燙一燙就可以吃了。

韓峰和趙逸邊吃邊對劉媽豎起大拇指，說道：「劉媽，要是從前行軍的時候帶著妳，我們就不用吃伙頭軍煮的爛肉、爛菜了！」

劉媽橫了他一眼。「喲，現在知道我好了？」

趙逸最是活潑，一把摟過劉媽的肩膀，做小鳥依人狀，撒嬌道：「我當然知道啊！劉媽，妳以後就是我媽了，妳可要多煮些好吃的給兒子我吃呀！」

趙逸的話把大夥兒都逗笑了，一個個指著他說有奶便是娘。

小安站在小凳子上，一邊吃著娘親吹涼的菜和肉，一邊開心地烤著火。他可覺得現在的生活，比從前在將軍府的時候要快活多了！

第二十二章

在林子的另外一邊，幾個穿著斗笠的人坐在馬腹底下避雨，渾身都淋得像隻落湯雞，狼狽得不得了。

顧然心事重重地盯著眼前的小水潭兒，腦海裡久久揮散不去的是那個總是不給他好臉色看的女人。這麼多天過去了，也不知她在哪裡？是不是還活著？

突然飄來一陣使人流涎的香味，讓顧然的馬隊中掀起了一陣不小的波瀾。不是他們嘴饞，實在是因為他們全都肚子餓了。趕了一天的路，原本想直接趕到福寧鎮去歇腳的，沒想到半途遇上傾盆大雨，讓他們想走都走不了。

「頭兒，太香了，我去看看是誰在那兒煮東西吃。」

顧然身邊的手下終於忍不住要去探查一番，從他說話的表情來看，他在看到人家煮的東西之後，肯定還會順便要一些回來吃。

那個人走出馬隊沒多久，又有四、五個人跟在後面一同去了，顧然見狀，大聲喝止了他們。

「回來！誰煮東西吃，關你們什麼事？讓你們做了幾天土匪，就以為自己真是土匪了嗎？」

手下們被顧然喝止之後，便一個個摸著鼻頭，悻悻地回到了隊伍中，在暴雨裡承受雨水的澆灌，還得忍受饞蟲的躁動，苦不堪言。

但顧然的命令誰都不敢違抗，一個個只好期盼著大雨趕緊過去，他們好趕路去鎮上吃香喝辣。

席雲芝他們這邊可不知道自己差一點就被敵人發現了，依舊和樂融融地吃完了飯。

劉媽讓如意她們拿著水盆放到雨裡去接水，說是要等接滿了水再去洗碗、刷鍋，在接水期間，劉媽竟然號召大家去玩葉子牌。她這幾日在馬車上無聊的時候，自己做了一副葉子牌，從前在將軍府，她吃過飯總要跟廚娘們打兩把，如今上了路，大家都在趕路，也難得有機會湊在一起，如意、如月是早就被她教會了的，沒想到趙逸竟然也會，這不，就湊成一桌了。

五個人全都鑽到趙逸和韓峰的帳篷裡去打葉子牌了。

席雲芝和小安回到了馬車上。

馬車上有些暗，席雲芝用火摺子把油燈點亮，然後將車窗簾全都放下，扣好簾角，馬車裡頓時變得明亮溫馨。

席雲芝又給步覃餵了一回藥，並清理了下他的身體之後，這才讓小安坐在一張小凳子上，將他先前玩瘋了的頭髮全都散開，用貼身的梳子給他通頭，順便重新梳一下。

剛剛弄好，小安便吵著要去劉媽他們那裡玩兒，席雲芝拍了兩下他的小屁股，就讓他去了，叮囑他只能看，不能打擾他們打牌。

小安答應之後，機靈地跑下了車。

席雲芝拿出針線籃子，繼續做衣裳。天氣越來越冷，之前劉媽買的棉布和棉花終於派上用場了，席雲芝裁了一些下來，準備先給小安做一套抗寒的棉衣出來。

如今衣樣子全都打好，只剩下縫製和塞棉花了。正將打塊的棉花扯碎攤平時，靜謐的空間內卻突然響起了一道虛弱的男聲——

「水……」

席雲芝愣了愣，針線拿在手中，怎麼都不敢相信，轉身一看，只見原本昏迷的步覃，現在正半眯著雙眼，嘴唇掀動。

「水……」

席雲芝像是坐上了彈簧，一下子從凳子上蹦了起來，急忙忙地倒了一杯水，然後將步覃扶了起來。「水、水在這裡，你能自己喝嗎？」

步覃的臉色依舊蒼白，對席雲芝點了點頭，席雲芝就小心翼翼地將水杯送到他的唇邊，步覃一小口、一小口地喝了起來。

一杯水下肚之後，步覃又虛弱地搖了搖頭，表示自己不要喝了，席雲芝便又將他平放了下來，然後自己急忙跪在床邊，眼巴巴地看著他。

步覃沒有多少力氣，只是勉強對席雲芝扯了扯嘴角，雖然只是這樣，但也讓席雲芝開心得展顏笑了。

她握住步覃的手貼在自己的面頰上，說道：「夫君……」感覺到步覃的小指在她臉上碰了碰，席雲芝喜極而泣，咬著下唇拚命讓自己忍住不要哭出來，生怕夫君睜開眼看到的便是一個哭泣的她，天知道，她現在心裡有多高興！

「我……沒事，別……擔心……我說過，永遠不會拋下……你們娘兒倆的……」

步覃用盡氣力說出了這幾個字之後，又虛弱地陷入了昏迷之中。

席雲芝終於忍不住，眼淚傾灑而下。她怎麼能不擔心呢？那麼多支箭射在他身上，他卻不肯躲一下，到底要多愛才能讓他產生這樣的勇氣？席雲芝從前只覺得夫君對她只是一個普通丈夫對妻子的感情，可是越是普通的東西，到最關鍵的時候，就越是震撼人心。

他中箭的那一刻，她感同身受，恨不能衝上去用自己的身體替他擋箭，並暗自發誓，如果他死了，自己絕不獨活。

如今好了，他聽到了她的心聲，從鬼門關裡轉了一圈後，終於還是回到了她的身邊。

大雨下了整夜，淅瀝瀝的，一直到卯時三刻才停。

席雲芝他們反正不急，便等一個個都起床洗漱完畢之後，才悠哉游哉地收拾東西出發。

一路上都能聽見劉媽洪亮的笑聲，幾乎每刻都不忘提起她昨天大殺四方的威風，席雲芝在前面的馬車上都能聽得清清楚楚。

雨後的樹林清新撲鼻，席雲芝將馬車兩邊的簾子全都打開，讓清新的林風吹入車裡換氣。她的心情在和步覃說了兩句話之後，就像這兩天的天氣般，雨轉陰，陰轉晴，晴轉燦爛了。

越往北走，天氣就越冷，說話的時候很明顯嘴裡都開始吐出白氣了。席雲芝給小安做了一件棉衣，他穿起來之後就像個炮筒，還成天蹦來蹦去的，席雲芝又給他做了一頂瓜皮帽，戴上一看，活脫脫就是一個東北小子。

席雲芝他們已經趕了一個多月的路，路況漸漸變得人煙稀少起來，因為所到之處，地寬了、樹少了，看起來就荒無人煙了。

小安抱著小暖爐，在步覃身旁睡覺，席雲芝則在加緊給步覃也做一套棉衣出來。雖然步覃都是躺在被窩裡，但是這幾天明顯醒的時候比之前多了，席雲芝看到了曙光，擔心自家夫君若是下地時，會沒有禦寒的棉衣穿。

地大了就是有這點好，隨便他們怎麼停車、停在哪裡，都不會礙著旁人。

趁著吃飯的時候，韓峰告訴席雲芝。「夫人，再往前頭走個一、兩里路就是遼陽行省了，咱們要不在遼陽歇息歇息？那裡肯定有很多藥材。」

席雲芝知道這一路走來，大家都辛苦了，看著如意和如月滿臉期待的表情，便點頭應承了下來。

如意和如月差一點就要跳起來擊掌了，被劉媽硬是用眼神逼了下來。

席雲芝吃完飯後回到馬車裡時，看見步覃正睜著眼睛，小安則跪趴在他旁邊，跟他大眼瞪小眼。席雲芝趕忙走上前去扶他，步覃從床上坐起之後，竟然破天荒地開口要東西吃了。

小安聽見父親要吃東西，將他偷藏在衣襟中的兩塊糕點送到步覃面前，奶聲奶氣地說：「爹，你吃，小安不吃！」

步覃看著糕餅，又看看小安天真無邪的小臉，不禁勾起了蒼白的唇，給了他一個微笑，然後便將嘴張開。

小安懂事地將小手在衣服上擦了擦，這才拿起一塊送入了步覃口中。

步覃吃了兩口後，對小安笑道：「真好吃，小安真棒。」

小安得到父親的肯定和表揚，開心極了，將第二塊也給步覃吃了之後，就從鋪上跳下來往外衝，席雲芝叫他，他頭也不回地對他們說了一句——

「如意姊姊還有，小安拿！」

席雲芝沒抓到他，無奈地搖搖頭，轉過身餵了步覃兩口水，便給他稍微捏了捏腰腿。這些日子一直躺在馬車裡，他肯定也受夠了。

「前頭一、兩里路就到遼陽行省了，一會兒我扶你下車，咱們去飯館裡好好兒吃一頓，給你弄點熱湯喝喝，好不好？」席雲芝一邊給他捏著腰，一邊說道。

步覃無力地伸了一個懶腰，像是稍稍牽動了下傷口，眉頭微微蹙起。

席雲芝見他蹙眉，以為是自己下手重了，趕忙輕了些。

只聽步覃深吸一口氣後，對她說道：「我可不想再喝湯了，再不整點硬貨吃一吃，我就真要餓死了。」

席雲芝想著他一個月來每天都在灌湯藥，湯藥雖補，卻也刮人，如今的夫君比未受傷前可清減了不少呢。原本就不大的臉，如今簡直成了錐子，虛弱的模樣，怎麼看都像是一個病弱美少年，早沒了當初的英氣。

「好好好，給你整點硬貨。你再休息會兒，快到的時候，我給你換衣服，外頭的天兒可冷了，河裡都結著冰呢！」

步覃點點頭，正要閉目養神時，小安又啪嗒啪嗒地跑了進來，獻寶似地對步覃攤開手掌喊——

「爹，餅餅來了！」

「……」

遼陽算是北方最大的一座城，來往客商較多，街道上也比較熱鬧。

席雲芝他們的兩輛馬車經過一個多月的風雨洗禮，外表的裝飾都已剝落得差不多，看起來就像是用了十多年的馬車。這樣的馬車拖瓶帶罐地走在人頭攢動的大街上，不得不說，還是挺扎眼的。任誰都能猜到，這是一戶從遠方遷移而來的人家。

馬車停在了一間大酒樓門前，從車上連續走下幾個人，穿著普通的棉布襖子，頭上戴著瓜皮帽子。

一個小孩從車上跳下，直接被趕車的青年給抱在懷裡。跟在孩子後面下車的是位姿容出色的小婦人，雖然只是穿著很普通的藍布棉衣，但白皙的皮膚、秀美的五官，還是讓人忍不住稱讚。只見從後頭下來的兩個丫頭跑過來給她掀著簾子，小婦人則將手臂送到車裡，像是在接什麼人。

沒多會兒，便見一隻修長蒼白的手伸了出來，與小婦人的手交握在一起，接著一個容貌同樣出色、渾身上下滿是貴氣的男子從馬車裡走下，看樣子像是生著病，同樣穿著一身深藍色的棉衣，頭上還戴著一頂和先下車的孩子同樣款式的瓜皮帽子，虛弱地展示著一種病態美。

一行人全都下車之後，兩名趕車的男子便又將車趕到了一邊停放，這才快著腳步追上了他們，進了酒樓。

席雲芝讓大夥兒儘管點菜，敞開肚皮吃，無論吃多少，都算她的。

眾人大呼萬歲，一個個開始爭搶菜單，可把酒樓裡的小二給嚇壞了，心道：這是從哪兒來的一幫土包子?!

韓峰他們搶了一會兒後才突然發覺不對，抬頭看了一眼坐在主位上的步覃，韓峰立即識相地把菜單遞到了步覃面前，抓著頭說道：「爺，忘了您也下車了……還是您點吧。」

步覃將菜單推了出去，深吸一口氣，一鼓作氣地掀唇說道：「一盤牛肉、一盤豬肉、一盤雞肉、一盤鴨肉、一盤魚、一盤蹄膀。我就只要這麼多，你們要吃什麼自己點吧。」

「……」

眾人吃驚地呆了好一會兒，心道：爺您還真不客氣……不過也只是一會兒的工夫，眾人就在步覃的帶領下，毫不客氣地將酒樓的菜單全都點了一遍。

小二哥見他們叫菜叫得隨意，以為他們是來砸場子的，正要叫掌櫃的過來時，便被從頭到尾一句話都沒有說的小婦人手中的一錠金元寶給吸引住了目光。

將金元寶收下後，小二立即麻溜地給他們併了張桌子，讓他們坐得舒坦一點之外，也為免一會兒菜餚太多堆放不下。

「客倌您就等好吧！來客咯，樓下接單兒了！」

小二一邊走，一邊如數家珍般地將菜單上的菜名脫口報了出來，驚呆了掌櫃的同時，也把樓裡正在吃飯的人們給嚇壞了，一個個都在心裡犯嘀咕：這桌人不是從餓死鬼堆裡出來的，就是從未進過城、下過館子的土包子，見著什麼都覺得好吃！

菜上了之後，步覃開始大快朵頤，拿出餓了一個多月的人該有的吃飯態度，將他面前三尺處的菜餚盡數幹掉，然後喝下了兩杯茶水後，開始了另一輪廝殺。

與他相比，除了席雲芝和小安的戰鬥力不行外，其他人也都風捲殘雲，毫不遜色。

畢竟一路上過得太清苦了，雖然有的時候能吃一些炒菜，但到底只是小鍋出來的，食材也有限，其實早就吃膩了，只是人人都不敢說而已。

如今難得有個機會吃個飽，大家就都沒打算跟席雲芝客氣。菜是一道一道地上，大家是一道一道地吃，終於菜上齊了，他們也吃飽了。趙逸嘴裡塞滿了大肉，還在一個勁兒地刮盤子裡的湯汁就饅頭吃。

七大一小，足足吃掉了八十幾道菜，這種盛況，怕是開店以來頭一回。酒樓掌櫃帶著找零的碎銀過來時，也不禁對桌上的景況呆了呆，然後才想起來要把銀子找給客人。

席雲芝是所有人裡最正常的，掌櫃的將找錢交到她手上時，席雲芝看也沒看，便對他問道：「掌櫃的，遼陽府最大的藥鋪在哪裡？咱們都是外鄉人，想帶些雪蓮、紅參和冬蟲回去給老人補補。」

對於出手大方的客人，掌櫃的向來不吝言辭，當即熱情回道：「喔，最大的藥鋪就在東條街上，不過貴客們既是外鄉人，大概還不知道，咱們這裡可不產紅參，紅參得再往北，要到肅慎之地才會有專門採集的藥商販售。」

席雲芝點頭表示知道了，然後將手裡的碎銀子又遞給掌櫃，要他再做些可以帶上路吃的乾貨讓他們帶走。北方人除了饅頭就是吃籠糕，很少有南方那種精緻的點心，有也是大塊大塊的甜餅，席雲芝曾經買過一點，發現連小安都不愛碰它，於是只好徹底歇了買點心的念頭。

出了酒樓後，席雲芝對捧著肚皮的步覃說道：「一直以為遼陽府就是蕭國最北，沒想到還有更北。」

步覃打著飽嗝，對席雲芝說道：「肅慎之地乃蕭國最北，那裡多山多林多雪，人跡罕至卻盛產藥材，也是蕭國邊界，過了越江和嫩江，就是齊國了。」

席雲芝點點頭。「喔，原來是這樣。夫君去過肅慎之地嗎？」

步覃點頭。「十八歲那年隨著叔父去過一回。齊國散兵屢犯邊境，我是前鋒，用不足一百人嚇退了齊國三千散兵。」

席雲芝將步覃扶上了馬車，又將小安抱上車後，自己才爬了上去。看步覃撐得難受，不禁笑出了聲。「你這麼個吃法，還是頭一遭呢！」說著，便給步覃又遞去一杯熱茶，讓他往下順順。

步覃接過之後，喝了一口，這才對席雲芝不甘示弱地回嘴。「我感覺好多了，好像又活了過來。我估計我會昏迷，有一半的原因是餓的。妳別看我睡著，但總覺得身體裡面都是小蟲子在咬我的肉。」

小安一聽嚇壞了，當真抱住步覃。「爹，小蟲子咬肉肉，疼！」

步覃將他小小的身子拉入懷中，戳著他圓圓的小肚皮說道：「嗯，小蟲子最愛咬小胖子的肉肉了。」

小安嚇得臉都白了，一個勁兒地搖頭。「小安不是小胖子！」

「……」席雲芝對自家夫君一醒來就戲弄小孩子的行為很是鄙視。怕小安壓到他身上的傷口，便把小安抱了下來，讓他坐在自己腿上，對步覃說道：「閻大師的蠱真是奇妙，這回也多虧了他呢！」

提起過世了的閻大師，步覃的眼神有些黯淡。「是啊……他的引脈蠱是蠱門中的驕傲，這種蠱生來便是以珍貴的藥材培育而成，所以對藥有特殊的反應，妳餵我喝下第一口藥汁後，就像是驚醒了它們，真是神奇……」

席雲芝覺得車廂裡的氣氛有點沈重，不禁岔開話題道：「咦？那是不是夫君以後都不用再怕刀傷、劍傷了？只要當下不死，事後總能再救回來？」

步覃對她這個問題表示無語，聳了聳肩之後便脫了鞋，靠到軟鋪上去閉目養神了。

根據酒樓掌櫃的指引，他們去了東條街最大的藥鋪，果然正如掌櫃所說，紅參因為稀少，所以他們店裡即使有一些，也都很快就被大戶訂走了，如果真有需要的話，只能繼續往北走。

席雲芝看看眾人身上穿的厚厚棉襖，想著還要往北，那定是比現在要冷了，便找了家客棧，讓大家住幾晚，順便再去購置一番禦寒的物件兒。

如今上路比之前要好多了，因為步覃能夠自己下車走路了，雖然動作有點緩慢，但只要人攙著就可以了。

席雲芝要了三間上房，吃過了飯，劉媽便帶著如意、如月去集市給大夥兒買禦寒的衣物，棉襖、絨帽、手套、絨靴，一樣都不能少。

席雲芝在溫暖的客棧房間內給步覃和小安削水果吃，小安坐在步覃旁邊，乖得不得了，一會兒摸摸步覃的臉，一會兒再摸摸他的手，父子倆就那樣你摸摸我、我摸摸你，然後再抱在一起笑一笑。席雲芝看著他們，嘴角不自覺地上揚。如果一個多月前有人告訴她，脫離了京城那個致命的牢籠之後，日子會過得這般舒適愜意，她是打死都不會相信的。

將水果去了核、切成塊，給那對父子送了過去。步覃來者不拒，看來真是餓慘了。席雲芝坐到床沿之上，小安也主動從步覃懷裡出來，坐到了席雲芝腿上，還體貼地塞了一口水果進席雲芝嘴裡。

「這些日子，辛苦妳了。」步覃吃著水果，眼中看著他們娘兒倆。這些日子他雖然在昏迷中，但也依稀知道席雲芝為他做的事，心中的感動自是不必說的。

席雲芝莞爾一笑。「老夫老妻了，說這些幹什麼？」

步覃不以為意。「我就要說，這些話我要說一輩子。」

席雲芝盯著他看了一會兒，才將手裡的水果放了下來，說道：「既然你要說，那我也要說了，今後不許你再這樣冒險。蕭絡明顯就是想要利用我除掉你，可是你還傻乎乎地硬是往上湊。那麼多箭射在身上，若是你就此離開我們娘兒倆，你叫我們可怎麼辦啊？」

「偏的。」步覃聽了席雲芝的話後，說了一句風馬牛不相及的話出來，見席雲芝不解，他又解釋道：「皇上射箭的時候，我雖然看起來沒有動，但實際上我動了，所以他的那些箭才都沒有射中我的要害。」

席雲芝這才明白過來，怪不得趙逸給他拔箭的時候，一個勁兒地在說他們爺運氣好、皇帝箭術太差云云，原來竟是有這個原因嗎？

蹙了蹙眉頭，席雲芝又正色說道：「我不管這些，總之，你以後不能再這樣傷害自己，也不能讓別人傷害你，聽到了嗎？」

步覃安撫一笑，點點頭。「不會了，不會再有下次了。」

經此一役，他對蕭家王朝已經徹底死心了。當皇帝蕭絡用弓箭對準他的時候，他本來還心存僥倖，如今看來，這種僥倖心理實在是要命的。雖然覺得唏噓，但步覃卻也覺得這是一場浩劫後的解脫。

席雲芝見他神色有些沈下去，不知道在想些什麼，遂又開口說道：「對了，爺爺和我爹如今都在步帥營中，皇上奈何不了他們。」

步覃聽後點點頭。「那就好。雖然叔父對我出手，但他只是想要我妥協，絕不是想殺了我。經那一戰，他應該也能看清皇上對他的利用，今後會小心行事的。爺爺和岳父在他那裡，我也放心了。」

不想再繼續說這種沈重的話題，席雲芝便讓他們將水果都吃完，自己拿著空盤去清洗了。

正好劉媽她們買了一撥東西回來了，見席雲芝走出房門，便讓她去看看買的東西行不行？席雲芝將盤子交給如月，跟著劉媽和如意去了房裡。

趙逸和韓峰趁著休息的時間，將兩輛馬車修修補補，清洗一番車軲轆上的泥漿，然後給幾匹馬都餵了上等草料，讓牠們在馬棚裡好好歇了幾天。

補齊裝備之後，一行人才從遼陽繼續往北，前往肅慎之地。

極北嚴寒之地，風凜冽得不行，不過走了半日的路程，就迎來了一場風雪。風雪很大，又走了小半日，馬兒開始嘶鳴，不願再前行，趙逸他們便將之前在街上買的幾塊棉毯綁在牠們身上，然後頭上也戴好皮帽，馬兒這才覺得暖和了些，又肯繼續往前走了。

席雲芝坐在窗邊，看著窗外鵝毛般的大雪和枯樹梢上掛著的冰凌，哈出了一口氣，在手心搓了搓，然後才放下窗簾。

這一路走來，最叫席雲芝覺得安慰的是小安，他不哭不鬧，用最好的狀態給了她度過絕望困境的勇氣。

「小安，爹和娘再給你生個弟弟或妹妹好不好？」一步覃精神好些的時候，就靠著看看書，精神不好的時候就躺下睡睡覺。此時他正看著書，突然開口說了這麼一句。

席雲芝正在感動中的心情被弄得有點出戲，只見正在玩小馬的小安突然抬起臉來，一雙大眼睛裡盛滿了驚喜。席雲芝覺得當著孩子的面談這些有些尷尬，便埋怨地看了一眼步覃，正好對上他遞來的目光。

小安像是聽到了這一個多月來最好聽的話般，從鋪上站了起來，跑到步覃身上就趴了下去，說道：「爹，要妹妹！要一個聽我的、長得漂亮的，妹妹！」

步覃在他期盼的小臉上刮了一下，然後才將曖昧的目光繼續投向席雲芝，說道：「夫人，可聽見了？」

席雲芝被這爺兒倆逼得有些臉紅，嘴角含笑，啐了他們一口後，便轉身去到炭盆邊上，給盆子裡加了幾塊炭，又將旁邊的藥罐子揭開，看了看藥熬得怎麼樣了。

如此一連串的掩飾動作讓身後的父子倆不禁笑作一團，席雲芝大窘。

「夫人、爺，您們坐好了，前頭像是山路，馬車可能會很顛簸！」韓峰被風雪吹得有些僵的聲音自外頭傳來。

席雲芝趕忙回了一句。「喔，好，你也要小心點兒！」

可是席雲芝的話音剛落，就感覺馬車一震，她整個人都不由自主地往後倒去，好不容易抓住了桌角，卻發現根本站不住，連帶那張小桌子都被她拉得往後傾斜！

小安嚇得大叫，步覃費力抱住他小小的身子，目光盯著跌倒的席雲芝，擔憂地喊道：「妳別掙扎了，馬車已經翻了，正在下滑，妳就靠在那兒別動！」

席雲芝也嚇得慌了神，只覺得馬車正以極快的速度往下滑行，外頭趕車的韓峰也沒了聲響，耳中滿是「嗤嗤」的聲音，還有趙逸趕的那輛車上傳來的驚慌失措的大叫聲。

過了一會兒的工夫，席雲芝感覺到不斷下滑的馬車撞在什麼東西上，終於停止了滑行。

驚魂未定的她首先看了看夫君和兒子，小安被步覃牢牢抱在懷裡，一臉驚嚇，步覃則臉色慘白，神情有些痛苦。席雲芝顧不得出去看看怎麼回事，先是沿著車頂爬到步覃身邊，一將小安抱了過來，便看見步覃的雙臂上已經有些血印痕跡。

「不用管我，出去看看……」

步覃忍著痛，讓自己的身子順過來，然後靠在車壁上直喘氣。

席雲芝帶著小安爬出了車廂，只見入眼全是白茫茫一片，他們竟然已經走入了雪山？不知道輪子碾到了什麼，兩輛馬車都側翻，滑下了山坡。

席雲芝想了想，還是將小安放回車內，然後自己踩著深深的腳印，走到了劉媽他們的馬車旁，掀開車簾，看她們有沒有事。劉媽的腰好像閃了，如意、如月畢竟年輕，都沒什麼事，扶著劉媽坐了起來。

趙逸和韓峰因為坐在最外面趕車，所以在車子側翻的時候，他們兩人就被直接甩下了山，席雲芝四周找了找他們，終於看見兩人都給卡在大樹旁，但看樣子應該都沒事。

劉媽和如意、如月從車廂裡爬了出來，劉媽胖胖的身子把雪地上砸出了一個深窟窿，如意、如月也是嚇得腿軟，看著四周荒無人煙的白雪，不知如何是好。

趙逸和韓峰從樹幹底下爬起來，吃力地走向席雲芝她們。

「這到什麼地方了？」席雲芝見周圍都是大山，心情有些亂。

韓峰哈出一口濃濃的白氣，將頭上歪掉的毛皮帽子拿下來拍了拍，愁眉苦臉地看著周圍不說話，想來就連他也不知道他們現在到什麼地方了。

趙逸擰了一把鼻涕，表情也很無奈。

席雲芝想起車廂裡的步覃正在流血，便轉身入了車廂，將捲起來的鋪蓋重新攤平，讓步覃躺在上面，然後解開他的衣服，給他處理傷口。

才剛剛包紮好，就聽見外頭傳來一陣打鬥聲，席雲芝與步覃對視一眼，這才掀開簾子，還未看清外頭的情形時，她的脖子上即被架了一柄鋼刀，被脅迫著走出了翻倒的馬車。

「你們是什麼人？膽敢闖入齊國邊境！」

「……」

齊……齊國？眾人只覺得耳朵發懵，環顧了下四周，哀嘆他們真是不幸，竟然翻個車便遇到了齊國的散兵隊伍，而且少說也有兩百人。若是步覃沒有受傷，或許會帶著韓峰他們突圍，可是如今他們卻著實沒有這個膽色，一行人就這麼被押走了。

這幫散兵似乎就是在雪原上轉悠，抓俘虜的，因為除了他們，還有好些俘虜被一溜排地綁著繩子，看打扮似乎也是蕭國邊境的百姓。

席雲芝一行人被齊國散兵押著與大部隊會合，趙逸和韓峰他們與一批俘虜一同被押著上了船，不知去往什麼地方。席雲芝抱著小安、扶著步覃，跟著其他俘虜一同走在一尺厚的雪地上。

走了大概四、五里路後，席雲芝的腳步有些踉蹌，一天一夜沒吃過任何東西的她終於有些扛不住了，但看著懷中小安侷促不安的神情，她心想，如果此刻自己流露出絲毫累意，步覃肯定要接過小安的，可是他的傷還沒好，根本不能長時間用力，跟著他們一直走了這麼遠的路，體力上定然已經是極限了。一想到這些，席雲芝不得不讓自己堅強起來，深吸一口氣後，繼續走下去。

幸好，走了這麼遠的路，終於看見齊國的營地了。

可還未入營，他們便被一隊騎著高頭大馬的人給擋住了去路。

押解他們的為首官兵立刻趨身向前，對那馬上的中年男子屈膝道：「參見國師！」

馬上之人戴著高高的文臣帽子，逆著光，讓他原本就不明朗的五官更加添了一種陰暗的氣質，只見他揮了揮大袖，讓那官兵起來，然後驅著高頭大馬，開始在這些新來的俘虜中審視著什麼。

「這些都是新抓來的？」國師陸芒指了指那群鄂溫克族的族人問道。

押解官兵立刻溜鬚拍馬。「是啊，國師，他們都是蕭國人，您若有需要，儘管拉去幾個便是！」

陸芒臉上露出狡詐的獰氣，聲音不大不小，正好讓所有人聽到。「我的藥爐還少幾個試藥人，挑幾個人讓我帶走。上回的幾個人素質不行，不過撐了短短兩天就被藥泡死了，這回要找一些年輕力壯的，知道嗎？」

陸芒的話讓眾人心中一凜，幾個年輕的嚇得直往後躲，卻也逃不過被拉出列的命運。轉眼的工夫，十幾個漢子被拉到了外面，站成一排。

陸芒從馬上下來，用馬鞭在那些人身上抽打了幾下，冷冷哼道：「差強人意，再挑！」自己也走到了這些鄂溫克族的族人跟前，親自挑選起來。走到席雲芝身旁時，看了眼她滿是煤灰的黑臉，倒是沒什麼興趣，但對她手中抱著的孩童卻很有興趣，勾唇說道：「這個孩子倒是可愛……」說著，陸芒便將手伸向了小安。

席雲芝如驚弓之鳥，趕忙往後退了一步。

陸芒抓了個空，面色立刻冷了下來，手指一揮，就要讓人去搶。

兩個士兵舉著長槍走向席雲芝，眼看著將要抓到她，兩隻伸出的手卻被硬生生地折斷了，身子也被踢飛了出去。

步覃擋在席雲芝母子跟前，冷面如煞。

陸芒的眼神一亮。「喲，還有個會武功的？好，就他了，把他也給我抓過來！」

一群官兵立即圍住了步覃，席雲芝嚇得大叫：「不要！不要打了——」

步覃打了幾個回合便明顯感覺自己力不從心，被一個官兵朝背後打了一棍之後，腳步踉蹌，一頭栽在了地上。

席雲芝抱著小安哭喊，但押解官兵的長槍攔住了她的去路，小安也嚇得在她懷裡大哭，她只能眼睜睜地看著昏迷的步覃被他們拖上囚車。

哭喊並沒能把步覃叫回，反而讓席雲芝挨了好幾下鞭子，她心情忐忑地被押入了俘虜營牢房。

靠著牢房的木樁，她一夜未眠，小安也是啼哭不止，到最後累得不行了，才靠在席雲芝腿上，沈沈睡了過去。

第二天一早，牢裡的所有人都被叫了起來，拉到了校場之上。大人們全都一人分發了一顆饅頭，孩子卻是不准拿的。席雲芝只咬了一小口，就將整個饅頭都遞給了小安，讓他吃。

大家吃完了饅頭後，便被押到了軍營的一個角落裡。席雲芝是女人，被安排了洗衣服的工作，如今天寒地凍，隨便哈一口氣都是白霧茫茫的，席雲芝的手浸在冰冷的水盆中，只覺得越來越麻木。

小安蹲在她身邊，可憐巴巴地看著她，席雲芝勉強對他扯出一個虛弱的微笑。

只聽小安奶聲奶氣地問：「娘，爹去哪兒了？」

席雲芝聽他提起步覃，鼻頭抑制不住地酸楚起來，強忍著淚水對小安說道：「爹去別人家裡做客，過段時間就回來了。」

小安天真地說：「爹去哪裡做客？叫他帶肉肉回來吃！」

席雲芝哭笑不得，只好點點頭。突地，背後被狠狠打了一記鞭子，痛得她驚叫出聲。

「啊——」

「不許說話，快幹活兒！」凶惡的士兵對席雲芝怒罵。

小安看見自家娘親挨打，從席雲芝身旁站了起來，衝過去便要打那個士兵！席雲芝嚇得趕緊抱住了他，只見他小小的拳頭已打在那士兵身上。

「不許你打我娘！你是壞人、壞人！」

「小兔崽子，不想活了是不是！」那士兵說著，就凶神惡煞地要從席雲芝手中把小安搶過去。

席雲芝拚死護住，一邊給那士兵道歉。「你大人大量，小孩子不懂事，是我這個做娘的沒教好，我替他賠罪，向你賠罪！」

那士兵根本不理會席雲芝的求饒，說什麼都要抓到小安。

席雲芝的力氣自然沒有男人大，不多時，小安的一條胳膊已經被那人抓在了手中，看著小安哭喊的神情，她心如刀割，當下把心一橫，從頭上抽出一支髮釵就刺向了那人的眼睛！

搶回了小安後，趁著那人捂著眼睛嚎叫，席雲芝又衝上去，把那支釵插入了那士兵的頸項，頓時，那人脖子上鮮血如柱般噴湧而出。

席雲芝抱著小安，拔腿就跑，可是這裡的混亂早已引起了其他人的注意，她一個女人還抱著孩子，根本不可能跑得出去。

席雲芝不想認命，染滿鮮血的右手抓著金釵直發抖，但看著周圍向她湧過來的士兵們，她只能絕望地跪在地上。

只見那些士兵都對她亮出了兵器，一把把長槍就要向她齊齊戳來，她本能地彎下腰身，把小安完全覆蓋在自己的身體之下，閉上了眼睛，尖叫著等待即將到來的死亡。

「啊——」

「住手！」

預想中的死亡沒有到來，一道熟悉的呼喚聲中斷了這場驚心動魄的殺戮。

「三皇子殿下駕到——」

頓時間，營地裡所有人都慌了手腳。他們怎麼也沒想到，堂堂三皇子殿下會突然駕臨他們這個邊境的軍營！

席雲芝睜開眼，轉身過去看了看，竟看見顧然穿著一身齊國軍裝，高坐馬背之上，正驚訝地看著她。

營地的守衛長趕忙衝了出來，對緩緩駛入的馬車跪倒在地。「參見三皇子殿下！」

馬車裡走出一位姿容清俊的年輕人，身上披著名貴的薄裘披風，領口的一圈毛使他看起來就很暖和。

只見那年輕人不顧整片營地裡跪拜的人，直接走到了席雲芝面前，對她露出一抹久違的微笑——

「還認得我嗎？」

席雲芝僵直著身子，坐在顧然身前的馬背上，怎麼都不肯靠在他身上，眼睛直盯著三皇子的馬車。

「妳要再這樣，咱們連馬都不能騎了。往後靠一點。」

顧然的聲音在她耳畔響起，席雲芝的身子不禁更僵了，反射性地便要閃離，誰知馬背上不穩，她差點就掉下馬去。

顧然大手將她撈了回來，強硬地讓她靠在自己懷裡，敞開他的披風想要包住席雲芝冰冷的身子，卻被她閃躲拒絕。顧然從未見過這麼倔的女人！

席雲芝看著三皇子的馬車，小安被他帶在車上，這樣的變故讓席雲芝覺得鼻頭有些酸楚，心亂如麻，便失魂落魄地低頭看著不住前行的雪地。

顧然強勢地將她摟入懷裡，用自己的披風將席雲芝裹了起來，只讓她露出一個腦袋在外頭。見席雲芝羞赧不已，顧然為了化解她的尷尬，遂開口說道：「妳倒放心把孩子交給三皇子。」

席雲芝又抬頭看了一眼馬車後，聲若蚊蚋地說道：「若是他的話，我有什麼不放心的呢？」

顧然聽後不禁失笑。「我從前不相信什麼血緣關係，認為那都是無稽之談，如今卻不得不服了。」

席雲芝想起他在蕭國時假扮席雲然接近她，不禁問道：「是他讓你假扮的嗎？所以，你才會對雲然的事情瞭若指掌，是不是？」

顧然沈默了一會兒後，才點頭說道：「不錯。我是齊國的御前侍衛總領，我的確是受了皇上的密令而前往蕭國，不過不是為了接近妳，而是為了把妳帶回來。還有，那天妳雖中了迷藥，但我不會真的對妳做什麼的，只是想製造些假象，讓步覃放棄妳，可是沒想到卻反倒中了你們的計……」

席雲芝此刻已經沒有心思聽顧然說這些無關緊要的陳年舊事了，她深吸一口氣，說出了徹底拒絕顧然的話。「把我帶回來幹什麼？我在蕭國有我的夫君，有我的家，為何要把我帶來這個陌生的地方？」這段日子以來，席雲芝早已看透了生死，所有的一切都已經難在她心頭掀起波瀾。

顧然不以為然，酸溜溜地說道：「什麼夫君？什麼家？一個連自己的女人都保護不了的男人，值得妳這樣守著嗎？」

席雲芝堅定地點頭。「值得。他做了一切他應該做的事情，對我毫無虧欠，對任何人也毫無虧欠。我們會遭受如今的下場，並不是因為他的保護不力，而是時局所迫。換作任何一個人，遭遇了這樣的朝廷、這樣的時局，都逃不過這樣的下場。」

顧然緊抿著唇瓣沒有說話，而是突然夾緊馬腹，讓馬跑得快一些。

席雲芝一個沒坐穩，慣性地往後貼入他的懷抱。

顧然看著懷中女人驚魂未定又羞赧不已的神色，心情這才好了一些。

「不管妳怎麼想，既然妳如今已經回來了，就忘了那個男人，忘了那個已經被毀掉的家，留在齊國，好好過日子吧！」顧然逼迫自己不去嫉妒，噘著嘴說道。

席雲芝連跟他爭辯的力氣都沒有了，只是淡淡地回了一句。「你從來就不知道家是什麼意思。」

顧然不以為然。「誰會不知道家是什麼意思？難道我沒有家嗎？」

席雲芝深深嘆了一口氣，看著天際，幽幽地說道：「對我來說，家就是兒子和夫君。只要他們還在，我的家就永遠不會被毀掉。」

「……」顧然看著她的後腦，良久都沒有說話。

富麗堂皇的馬車裡，兩個男子正大眼瞪小眼。

小安大大的眼睛盯著三皇子美麗的瞳眸，最後是三皇子敗下陣來，尷尬地輕咳一聲，拿起小桌上的一疊糕點，對小安說道：「想吃嗎？」

小安看著那盤糕點，他已盯了它好幾眼了，說不想吃就連他自己都不會相信。

見他靜靜地點了點頭，三皇子便故意將盤子又拿得遠了些，說道：「那你是不是應該先叫人？」

小安看著他，又看了看那盤糕點後，再度靜靜地搖了搖頭。

三皇子繼續引誘。「那你不想吃了？」

小安又繼續搖頭。

三皇子無計可施，將糕點放在桌上後，將小安一把抱到了腿上，讓他站在自己的錦衣之上，與他面對面相視。「小子，你娘沒教你要叫人嗎？」

小安看著他的模樣，絲毫不懼怕。「娘沒教。你是誰？」

三皇子看著這個小子，他已經很久都沒有挫敗的感覺了，但現在……他感覺到了一股重重的挫敗感侵襲而來。

「你可以叫我……舅舅。」

小安大奇。「原來你的名字叫舅舅?!」

「……」三皇子頓時無語。

只見小安又轉頭看了一眼誘人的糕點，再看了看這個漂亮的男人，經過一番心理掙扎之後，終於奶聲奶氣地對三皇子喊出了兩個字。「舅舅。」

這一聲軟糯的「舅舅」把三皇子的心都融化了，抱著小安在他臉上親了一口後，立刻將桌子上的所有糕點都拉到了小安面前，讓他一塊一塊地抓著吃。

自從三皇子用幾盤糕點搞定了小安之後，小安就時時黏在他身上，半途休息的時候，也只是跟席雲芝說了幾句話，就又跑到三皇子那裡玩兒去了，圍著他問東問西的。

三皇子被這個小子弄得不住發笑，卻是絲毫不嫌厭煩，有問必答。

三皇子現在的名字叫齊昭，他也是席雲芝的弟弟——席雲然。

席雲芝在與他對視的第一眼便認出了他，他那張與他們娘親同樣豔麗的容貌是無論多久都不會改變的，因為這一點，所以不管顧然當初假扮得有多像，她都沒有相信過。

但是，無論她怎麼猜測，也猜不到雲然如今的身分。

她不敢問為什麼，怕給有心人聽到了作文章，畢竟雲然不是公然與她相認的，而是偷偷的，也就是說，他現在並不想讓人知道這件事。

趕了半天的路程後，終於抵達了三皇子齊昭位於雍州的行宮。

齊國的地理分佈都以州來命名，分別為兗州、雍州、崇州、禹州、平州和都城幽州，每個州之下又由無數個城池組成。

齊昭將席雲芝母子帶去了議事堂，屏退左右之後，才對她張開了雙手。「姊，我們終於又見面了。」

席雲芝拚命忍住一股想哭的衝動，雙腿如灌了鉛水般不能移動分毫。

齊昭主動向她走去，將席雲芝擁入懷中，感受姊弟間這睽違已久的擁抱。

所有的感動都化為淚水，從席雲芝的眼眶掉落。

齊昭告訴她，當年席老太太命人將他丟下水後，他就被生父——當時的齊國王爺偷偷救了回去。因為當年王爺羽翼未豐，不敢將太多人留在身邊，也不敢將齊昭的身分公諸於眾，所以只能把他帶在身邊養。王爺暗暗探知席雲芝在席府雖然日子過得苦一些，但卻沒有生命危險，就沒試圖把她帶走。直到前幾年，王爺登基為皇，齊昭才認祖歸宗，有了名位，而那個時候，皇上也才想起自己還有一個女兒流落在外，這才派顧然前去營救。

席雲芝聽他說得輕描淡寫，卻也能明白這一段路他走得有多艱辛。

「姊，妳不要怪我都不去找妳，實在是時局太過凶險了，我沒有足夠的能力保護妳。」齊昭真摯地對席雲芝說。與其不顧一切地把席雲芝接來齊國與他團聚，然後每日擔驚受怕，齊昭更願意將一無所知的她留在蕭國。日子雖苦，但她也不至於遭人暗殺。

席雲芝看著他，真的很難相信之前的小毛孩兒竟然長得這麼大了。她伸手撫上他的臉頰，就好像小時候她無數次撫他那般。

「如今好了，父皇登基，我也有了爵位，妳再也不用受苦了。」齊昭對她溫暖一笑，如冰山化開一樣。

席雲芝想到了另外一個能令她心房融化的笑容，躊躇了片刻後，對齊昭說道：「雲然，我的夫君步覃被國師抓走試藥了，你能不能去救救他？他之前在蕭國時便受了重傷，至今還沒痊癒，再也禁不起折騰了。你幫我去救他，好不好？」

齊昭眉峰微蹙。「步覃？從前的蕭國上將軍？」

席雲芝連連點頭。「就是他！我幾年前嫁人了，步覃就是我的夫君。」

齊昭看著席雲芝，臉上露出不豫，說道：「此人我不能救。步覃從前領兵殺了我們齊國多少將士，這種仇恨不是三言兩語可以化解的，他被蕭國皇帝追殺，那是他咎由自取。」

席雲芝聞言，情緒有些激動起來。「不、不是咎由自取！他是因為娶了我才會遭此下場的！席家老太太不知從哪裡得知我不是蕭國人，她把這個消息捅上了朝廷，才會被蕭國皇帝借題發揮，給步覃冠了通敵叛國的罪名！」

齊昭看著自家姊姊悲憤傷心的臉，一時不忍，便轉過身去。

席雲芝見他如此絕情，覺得失去了一線生機，想到步覃可能會死，眼淚就止不住地往下流。

齊昭看著她掩唇哭泣的背影，既單薄又無助，實在於心不忍，這才重重地嘆了口氣，頭也不回地走出了議事堂，站到院子裡，朝空吹了兩聲暗哨。

一眨眼的工夫，就有四個黑衣人落在了院子裡。

「去探一探國師府，生要見人，死要見屍！」

席雲芝在堂中聽到齊昭在院子裡說的這句話後，強撐的氣力終於洩了下來。

第二天一早，齊昭派出的人便不辱使命，帶回了一個奄奄一息的男人。

席雲芝看著眼前這具像是從泥潭中撈出來的身體，又哭成了淚人兒。

齊昭見她又哭，不禁說道：「還有氣，把他帶去都城找太醫，說不定還有生還的機會。」

席雲芝止住眼淚，連連點頭。

齊昭見她眼底又重新燃起了希望，又補充了一句。「但是妳要做好心理準備，就他這樣子，即便治好，估計也是個廢人了。」

席雲芝看著步覃的目光中滿是堅定。「不管他變成什麼樣子，我都不會放棄他！」

「……」齊昭酸溜溜地噘了噘嘴，冷哼著出去安排回京的事了。

第二十三章

皇家的馬車既大又舒適，坐在裡面，幾乎感覺不到任何顛簸。小安被齊昭抱在前面的馬車上，後面這輛是他特意安排給席雲芝夫婦的。

步覃躺在軟鋪上，席雲芝則憂心忡忡地為他擦拭身體。看著他千瘡百孔的胸膛，她又一次沒有抑制住眼淚。正當將他的手捧在心口處，埋頭哭泣之時，她突然感覺到頭頂有股壓力。

大吃一驚地抬頭一看，只見步覃正睜開雙眼看著她，一手摸著她的頭！

席雲芝猛地坐直了身體，指著他道：「夫君，你……」

步覃對她笑了笑，竟然就這樣坐了起來，行動看起來比他被抓前還要敏捷，哪裡還有一點受傷的痕跡？只見他從呆愣不語的席雲芝手上接過布巾，兀自將臉上、身上的污漬擦去。雖然身體表面全是傷痕，但他的精神卻是空前的好。

「那個國師的藥對旁人來說是剔骨鋼刀，對我來說卻是極好的補藥，在他那個罈子裡浸泡幾天，抵得上妳給我喝幾年的藥。」

席雲芝難以置信地擦去了臉上的淚珠，從鋪上站起，又不放心地將他左看右看。「哪有那麼神奇，你不是在騙我吧？」

步覃失笑。「傻夫人，我騙妳幹什麼？引脈蠱最喜歡的就是吸收藥性，不管是毒非毒，藥性越強，它越活躍，我身上的傷也好得越快。那幾個人去國師府救我的時候，其實我已經偷偷跑出來了，正在院子裡轉悠，聽到他們說找的人是我，我才又回到了那個藥罈子裡將計就計的。」

席雲芝聽了他的解釋，只覺得幸福來得太突然了。天知道，就在剛剛她還在心裡想著，就算步覃癱了，她也要一輩子照顧他，沒想到他竟然奇跡般地痊癒了！

「經過這番劫難，我的功力又精進不少，可謂因禍得福。」

席雲芝可不管他的功力是否精進，是否因禍得福，她只知道，這個人沒事了，她的夫君沒事了，這比任何事都要好！她一頭撲進他的懷裡。

步覃不禁說道：「我身上全是藥渣，要不等我清洗一番後，夫人再來投懷送抱，可好？」

席雲芝笑著在他身上打了一下。這人還知道耍嘴皮，看來是真的沒事了。

席雲芝落下心頭的大石，心情輕快地替步覃擦拭好了身子，又換上了齊昭幫他準備好的衣物，夫妻倆才終於又摟到了一起。

「我痊癒的這件事，不想讓別人知道，所以……」步覃摟著席雲芝的肩頭，在她耳邊輕喃。

席雲芝點頭，只要他沒事，無論叫她做什麼她都願意，何況只是隱瞞病情這種事情呢？

「我知道，我不會告訴別人的。我們的身分尷尬，如今在齊國，讓所有人都覺得你再無威脅才是最安全的。」

步覃在她頭頂輕吻一下之後，兩人才靜靜地摟在一起，感受著這些日子以來第一次安心的相聚。

齊昭的車隊趕了兩日的路程才到了都城幽州，因為是皇子座駕，免去了一切關口的盤查，車隊直接駛入了都城齊昭的府邸。

步覃被人抬下了車，安置在一所小院子裡，席雲芝隨行照料。齊昭怕她擔心，便馬不停蹄地派人去太醫院傳召太醫入府。

太醫來了之後，給步覃診脈，斷出一個「心象紊亂，內息微弱，恐難痊癒」的脈，席雲芝親眼看到齊昭聽到這個脈象時，明顯鬆了一口氣的神情。

從前的步覃對齊國來說，是個心頭大患，如今齊昭為了席雲芝將這個心頭大患救了回來，本來就是極其冒險之舉，若他還是那個身體康健的步覃，那齊昭早已做好打算，不管席雲芝會不會怪他，他都會先一步處理了這個後患，殺之而後快。

如今步覃成了廢人，他不但可以省下這道步驟，也可以免去席雲芝這方面的怨恨，他何樂而不為呢？當即便做出大度的姿態，讓太醫院開出最好的藥方，無論多名貴的藥材，只要用得上的儘管開出來便是，就算他的府中沒有，他去內廷要也會給他們要回來。

席雲芝當然明白這個弟弟如今內心的想法，明白他這樣謹慎也是在情在理的，便對他表示了感謝，收下了他對步覃發自表面的情意。

第二天開始，席雲芝和步覃居住的臨時院落裡就送來一堆又一堆的藥材補品，席雲芝也每天盡職盡責地給步覃泡藥湯、餵補品，在外人看來，確實就是一個擔憂自家夫君的賢慧妻子。

步覃在齊昭的府中養了大概十多日之後，才第一次「醒」了過來，對席雲芝提出要搬出王府，席雲芝將步覃的這個意思告知給了齊昭知道。

齊昭一開始是不贊同的，可是在席雲芝的一再堅持下，他也就沒再反對，另外在幽州城內給他們置辦了一所小院，按照席雲芝的要求，院子不用太大，只要能夠靜養就可以了。齊昭也明白，自家姊姊這麼說，肯定是那個廢人提出的，如今他從一個戰功赫赫的將軍變成了一個廢人，還被從前的敵人收留入府，這種心情他是可以理解的，齊昭便不再勉強他們收下他不必要的好意，讓他們兀自過日子去。

折騰了好幾個月，席雲芝和步覃終於又過上相對穩定的日子，雖然在齊國境內，身分比較尷尬。

齊昭給他們找的是城西一處僻靜的民宅，從前是一所私塾，後來先生走了，這宅子就空了下來。前後總共不過兩個小院，一主一側，比之席雲芝他們剛去蕭國京城時住的蘭馥園還要稍微小一些，但就他們一家三口住在裡面，地方也還是足夠的。

院子經過齊昭特意吩咐，裡頭生活用具一應俱全，並且都是全新的。齊昭暗地裡還給了席雲芝一萬兩的銀票，讓她生活用度不愁，席雲芝知道此時推辭太過刻意，便收了下來。住入宅子的第一件事，就是去街上買了一些米麵和蔬菜回來。

經過這麼長時間的顛簸，他們都快忘記上一次好好吃飯是什麼時候了。

一家三口的日子過得溫馨而平淡，就這樣，步覃在這種安穩的環境下，被席雲芝「照料」了十多日，終於能夠下床走路了，只是腳步虛浮，再沒有從前的力道。

探子回去將此情況報告給齊昭知道後，齊昭才放心地撤掉了席雲芝他們小院外的監視。

又過了大概十幾天，席雲芝正在院子裡澆花時，卻聽見庭院外的門突然響了起來，齊昭帶著好多吃食過來看她，那些食盒精雕細琢得不像凡物，每個頂蓋兒上頭還寫著一個「御」字。

齊昭指著食盒說：「父皇賞妳的。他說如果妳願意，他想見一見妳。」

席雲芝咬唇低頭道：「如果我不願意呢？」

齊昭沈默了一會兒。「如果不願意，那就算了。不過，我作為弟弟，更想妳去見一見他。他雖然是皇帝，但也是妳我的父親，不是嗎？」

席雲芝深吸一口氣，道：「我的父親是席徵。」

齊昭蹙眉。「可是娘去蕭國之前就已經懷孕了，我和妳都不是席徵的孩子。他這些年也挺苦的，成日勾心鬥角，還要處處提防小人，他有多不容易才爬上帝位，妳知道嗎？」

席雲芝看著齊昭，看了好久，才緩緩地吐出幾句話來。「我不知道他有多難，我只知道娘有多難，爹有多難。他為了帝位，讓一個懷了他骨肉的女人離鄉背井，逼不得已嫁做人婦，可卻在她開始要過上幸福生活的時候，又一次去打擾她。我不知道這種打擾對他來說是真心的，或者只是消遣，但這樣的男人就算登上了天梯，他也不是一個好父親、好夫君，更別說他登基以後是三宮六院，有那麼多孩子。你也是他眾多孩子中的其中一個，而我爹席徵卻只有我一個孩子。」

從前席雲芝一直覺得她娘過得很憂鬱，似乎從未見她真正的快樂過，原本以為她只是為了席家的事在煩惱，沒想到竟是夾雜著這樣一層關係。

她對席徵肯定是有感情的，但是她卻擺脫不了那個人的糾纏；席徵也肯定一直都知道那個人的存在，而他一直沒說，默默壓抑著感情，因為他不確定，娘親對他是否有意。

她娘被席老太太打死的時候她也在場，席雲芝眼看著她娘在眾人面前認罪伏法，那時的她並不是因為被打怕了，而是……她知道自己真的有罪。所以在臨終前，娘才會在她耳旁說，一切都是自己咎由自取，叫她不要去怪任何人。

也許是冥冥之中注定，讓商素娥歪打正著，給她娘安上了那樣一個不堪的罪名。如果不是她娘自己放棄抵抗，甘心受罰，就憑商素娥的手段是傷害不了她娘的。

但是她娘沒有反抗、沒有澄清，就那樣默默地認了罪。

娘親是在她懷裡死去的，當她的身體漸漸冰冷、漸漸僵硬時，那個本該和她一同承受這種痛苦的男人在哪裡？那個能夠派人將兒子接回齊國的男人，有沒有想過要把自己的女兒也接到身邊保護起來？他有沒有想過一個失去母親庇佑的女孩子，在那樣一個吃人的家庭中會遭受什麼樣的對待？

他沒有。

他的心裡只有他的鴻圖大業，只有能夠繼承他的兒子們。

被一個人這樣的看輕，即便他是她的親生父親，那又怎麼樣呢？他害得她娘痛苦了一輩子，害得她爹對人生失去了希望，害得她那麼小就要為了活下去而放棄尊嚴。

齊昭走了之後，席雲芝悵然若失地坐在庭院裡。

步覃走了出來，在她身旁坐下，說道：「其實見一面也沒什麼，畢竟他是妳生父，若是不見，對你們兩人來說，都是遺憾。」

席雲芝堅定地搖頭。「對我和他來說，都不會是遺憾。他能給我的東西我不想要，而我對他來說見不見都非必要。我只要知道讓我和爹牽掛了多年的雲然還活著，並且活得很好，這就夠了。我不想過多地參與到他們之間。」

步覃將她摟入懷中，輕拍她的後背以示安慰。

在席雲芝明確拒絕了入宮面聖的要求之後，齊昭還是經常到他們的小院中來探望，每每都帶一些罕見果盤和吃食來。小安對這個舅舅是發自內心的喜歡，每次一來，只要聽見車軲轆響，他就飛也似地跑出去，等齊昭一下馬，他立刻衝上前抱住大腿，逗得齊昭開心極了，恨不得把他帶回王府裡去，天天跟他玩兒。

知道了席雲芝的心意後，齊昭便沒有再提起那件事，每次來都只是跟她話話家常，而對步覃，他的態度也稍稍有了好轉，最起碼，見面願意叫他一聲姊夫了。

步覃對齊昭也沒什麼惡意，他私下對席雲芝說過，齊昭是他見過的皇子中最為光明磊落的一個，因為人的品行從談話間就能聽出一二來。從前的蕭絡，有膽識、有謀略、有手段，卻野心勃勃、攻擊性強；齊昭則不一樣，他是一心一意地為了皇帝著想，甚至不摻雜任何私慾，他對皇位並沒有其他皇子那樣的覬覦之心，只是很單純地替皇帝做事。

這日，席雲芝在院子裡曬衣服時，外面又傳來一陣敲門聲。她心底疑惑，齊昭一般都是直接闖入的，誰會這樣小心翼翼地敲門呢？打開門一看，卻是兩個壓低了帽簷的男人，見開門的是席雲芝，兩人便將帽子摘了，對席雲芝露出了大大的笑顏。

席雲芝見到他們也十分興奮，驚呼：「趙逸、韓峰?! 你們竟然找到這裡來了！太好了，快進來！」

趙逸和韓峰被席雲芝拉進院子之後，步覃就從屋裡走出來。趙逸和韓峰見到步覃，立即雙雙單膝跪地，給步覃行禮，詢問他的傷勢。

步覃讓他二人起來，並且將實情告訴了他們，趙逸和韓峰這才明白，他們爺已經沒有大礙，便都鬆了一口氣，然後對他們講起這些日子的遭遇。

「我與趙逸被俘虜去了遼陽行省，這幫齊國兵簡直膽大包天，竟然想在遼陽探聽情報，我們偷偷跑了出去，找到了遼陽行省執行長官李毅，跟他裡應外合，把那幫齊國兵打得落花流水，還救出了他們之前俘虜的邊境百姓。然後我們就馬不停蹄地趕到兗州，一番打探之後，才知道爺與夫人分開，夫人被齊國三皇子從軍營裡給帶走了。」韓峰說得事無巨細，都有些口乾了，喝了一口水，又接著說道：「後來我們從兗州一直追到了雍州，又從雍州趕到了幽州，這才知道，你們從三皇子的府邸搬到這裡來了。」

席雲芝又給兩人空了的茶杯添了水，感激地說道：「實在是難為你們了！劉媽和如意、如月呢？沒事兒吧？」

趙逸搖頭。「她們沒事兒，我們脫險之後，就把她們留在了遼陽，現在李毅府中居住著。」

知道她們沒事兒，席雲芝也就放心了。

只見韓峰和趙逸對視一眼後，對步覃說道：「爺，這一路走來，我們還聽說了一件事。」

步覃示意他們說下去。

韓峰醞釀了一會兒後才緩緩說道：「步帥……死了。」

步覃大驚，從座椅上立起，一拍桌子怒道：「什麼?!」
韓峰和趙逸立刻又跪了下來。
步覃蹙眉咬牙道：「怎麼死的？什麼時候的事？」
韓峰也滿臉悲痛。「我們去遼陽行省找李毅的時候，聽他說起的。步帥是在回南寧的路上，毒發身亡的。皇上要他交出南寧的兵權，步帥在宮中與皇上發生了一場不小的爭執，但皇上當場是讓步了的，在步帥提出要回南寧的時候，他還主動設宴送行。步帥用過晚宴後，怕徒生變故，便連夜往南寧趕去，誰知道在半路就……」
步覃的雙眼有些通紅。「是皇上下的毒？」
韓峰猶豫了一會兒，才默默點頭。「十有八九。步帥所中之毒，是宮中常用的鴆毒。」
步覃瞪著通紅的雙眼，半晌都沒有說話。
席雲芝也被這個消息震驚得跌坐在了椅子上。
趙逸又接著說道：「步帥死後，皇上強行拿走了步帥身上的兵符，還在步帥身上安了一條行刺君上的罪，張果、魯恒、琴哥兒他們也都被關入了天牢，等待秋後問斬。」
步覃的拳頭捏得喀喀作響，看著天際，只是默默不語。
席雲芝率先回過神來，安慰大家逝者已矣，他們想再多都是沒用的，接著又到側院收拾了兩間房間，讓趙逸和韓峰留了下來。

齊昭事隔多日之後，又來到席雲芝的小院，在看見趙逸和韓峰的時候，便要派人將他們抓起來，席雲芝連忙制止，將齊昭拉到一邊說了些話，齊昭才放棄了抓捕韓峰和趙逸。

留在這裡吃了頓飯之後，齊昭就又如來時那般，急急忙忙地趕了回去。

他走之後，趙逸對著門看了好久，愣愣地說：「夫人，這個三皇子真是您的胞弟嗎？看著跟您的性格不大像啊……」

席雲芝笑道：「龍生九子，各不相同。我屬靜，他屬動，小時候便是這般，所以我娘總說我是管事的，他是跑腿的，性格天成，改不了了。」

韓峰知道分寸，不會去評判主人家的事情。

因為步帥的事情，步覃知道有些事情已然迫在眉睫，不能再耽擱了，當天晚上便跟席雲芝說道：「最多再過一個月，我們就必須離開齊國了，妳準備一下。」

席雲芝放下針線，看了看步覃，然後才點點頭，說道：「嗯。我們兩手空空地來，本來也沒什麼東西。」

步覃放下茶杯，大手覆上席雲芝的手背，說道：「在走之前，妳確定不想進宮去見一見他？要知道，現在我允許妳去見，若是咱們回了蕭國，日後妳就是想見，我也不一定會讓妳見了，妳知道嗎？」

席雲芝聽了步覃的話，目光有些低垂，看了燭火好一會兒後，都沒有給步覃什麼反應。

步覃等了一會兒，然後才又說道：「妳也無須擔心齊昭，他自小跟在皇帝身邊長大，可以說是他眾多子女中感情最好、信任度最高的一個，所以，齊昭今後定然也不會有事的。」

席雲芝低下頭，默默地點了點，這才深吸一口氣說道：「我知道，齊昭看起來有些傻，但是卻很懂分寸，也懂收買人心，我不擔心他。縱然今後再也不能相見，但只要知道他還好好地活在世上，我就已經很滿足了。回到蕭國也能跟我爹報個平安，省得他一把年紀了，還要惦記這個失蹤多年的兒子。」

步覃又在她手背上拍了拍，便兀自出去洗漱了，留下席雲芝坐在燭光下失神。

席雲芝這兩天感覺肚子脹脹的，做事也沒什麼精神，總是蔫兒蔫兒的，還特別想吃一些口味頗重的東西。

辣的、酸的、甜的，她似乎都愛吃，因為之前有過經驗，所以這一回席雲芝便主動去外頭的藥鋪號了號脈，果然是條喜脈。

她暗自擔心這個喜脈來得不是時候，回家告訴步覃這個消息之後，卻被他的狂喜沖淡了一切憂慮。

「我就說最近作夢怎麼老夢見老二呢，原來他已經在他娘肚子裡了啊！」

席雲芝覺得他說的太誇張，將心中的擔憂對他說了出來，卻被步覃一句話打斷——

「怎麼不是時候？我不會讓你們娘兒仨再受半點委屈的，放心吧。」

席雲芝被他摟在懷裡哄了半天，這才稍稍緩解了一番內心的糾結與擔憂。

一整個晚上，她都按著平坦的下腹，提前和步家老二交流交流感情。

算了，不想了，反正一切都有夫君頂著，她只需安安心心地把孩子生下來就好。

第二天一早，天還未亮，步覃便安排好了一切。待席雲芝起床之後，就看到院子外停放的兩輛馬車。

步覃什麼都不讓她做，直接讓她上了車，然後院裡的人忙東忙西好一陣子，打點好才一同坐上了馬車。

小安被步覃叮囑，不許坐到席雲芝身上，雖然他本人對這個要求十分不滿，但也不敢挑戰父親的權威。席雲芝見他可憐巴巴地坐在軟鋪上，便在他頭頂摸了摸，從包袱裡拿出糕點給他解饞，小安的心情這才好了起來。

席雲芝看著一直掀著車簾往外看的步覃，不禁擔憂地問道：「我們就這樣，出得去嗎？」

步覃又看了一會兒晨間的空曠街道後，深吸一口氣，平靜地道：「就算出得去，不出半日也會被追到。」

席雲芝聽了不免擔憂。「被追到的話怎麼辦？」

步覃給她遞去一個安慰的眼神，說道：「放心吧。」

因為席雲芝他們雖然身分尷尬，但在齊國畢竟不是被通緝的人，所以出城頗為簡單，但是，一如步覃所說，他們還未完全走出幽州城，在城外十里處時，就有一隊騎兵追了上來。

「步覃！你我的帳，今日就來個了斷吧！」顧然穿著一身勁裝，帶著一百多人的騎兵，攔在了他們兩輛馬車前頭。

趙逸和韓峰從趕車的位子上跳了下來，並排站在馬車前，做出防禦的姿態。

步覃從前頭一輛馬車中掀開簾子，看到了滿臉殺氣的顧然，不禁對他遞去一抹諷刺的笑。

顧然不想與之廢話，抬手一揮，一百多個騎兵便翻身下馬，拔出刀劍，往馬車一擁而上。

步覃眼中閃過一抹狠戾，雙拳緊捏，青筋暴起，正要飛身出車廂速戰速決，可就在這千鈞一髮之際，穿雲箭雨疾射而來，將圍在馬車周圍的騎兵們盡數射死！

就這一耽擱的工夫，齊昭便策馬來到了他們面前，代替顧然的人馬，將兩輛馬車團團圍住，保護馬車裡的人不受傷害。

「三皇子可知自己所護是何人？他是蕭國的上將軍步覃，我們齊國有多少將士都是死在他的手中，你竟要護他，就不怕齊國將士說你裡通外國嗎？」顧然見來人是齊昭，先前的氣勢軟了一些，但是要他就這樣放走死對頭步覃，他卻是怎麼都做不到。

齊昭無所謂地睥睨著馬下的顧然，良久後才將弓箭放下，對他說道：「誰都知道蕭國的上將軍步覃早已死了，我如今護的，是我同父同母的親姊和姊夫，何錯之有？」

顧然單膝跪下，對齊昭說道：「臣職責所在，絕不可放走敵人，請三皇子見諒。」顧然說完話，又起身往步覃他們衝去。

齊昭一聲令下，將顧然等人擋下，對步覃他們說：「你們快趕車，我親自送你們出齊國！」

趙逸和韓峰立刻上了車前踏板，拿起鞭子，跟在齊昭的護衛隊後頭衝出了重圍。

步覃放下車簾，對席雲芝說道：「妳這個弟弟很不錯。」

席雲芝對齊昭的人品自然很是放心，她如今擔心的是齊昭這麼做，會不會給他帶來不必要的麻煩？在馬車經過齊昭身邊的時候，席雲芝不放心地對齊昭喊道：「你先回去吧，我們自己走。」

齊昭看著前方，過了好一會兒才說道：「父皇當年拋下了妳，但我不會！妳不願意待在我身邊，那我就是死，也會把妳送到一個安全的地方去！」

「……」席雲芝坐在馬車裡，只覺得鼻頭驀地發酸。

步覃將她摟在懷中，在她小腹上若有似無地輕撫了幾下，叫她注意情緒。

席雲芝點點頭，收拾了心情，靠坐在步覃懷中。

跟著齊昭的車隊趕了大半天的路，齊昭才下令停止休息。

馬車一停，席雲芝便衝了下來，扶著路邊的一棵樹狂吐起來，把齊昭嚇了一跳，趕緊下車去看她的情況。

席雲芝乾嘔了幾下後，才覺得鬱結在胸口的悶感稍微好受了些。

步覃走下馬車，到她身後給她拍背順氣。

齊昭則有些緊張地問：「不是馬車太顛了吧？」

席雲芝用帕子擦了擦嘴角，搖頭道：「不礙事的，就是反應有點大。」

齊昭不懂。「什麼反應？」

步覃看了他一眼，沒有說話，攙著席雲芝坐到林間的一塊突石上。

趙逸受了命令，趕忙給席雲芝送來了水，埋怨地看了一眼齊昭，說道：「三殿下，這您都看不出來？咱們夫人有了唄！」

「……」齊昭的表情是空白了好一陣子，在明白過來趙逸說的是什麼意思後，身子猛地一動，朝著席雲芝的方向就小跑了過去，指著她的肚子叫道：「又有一個小安啦？」

席雲芝見他震驚，低頭默認了。

齊昭立刻把她身邊的步覃撞開，自己坐到了席雲芝身邊，看著她的肚子傻笑，開始語無倫次起來。「這……這不會又是個小子吧？你們想要閨女還是小子？萬一你們想要個閨女，卻生了個小子，那就把這個小子給我吧，我來養！」

席雲芝看著他，微微蹙起眉頭。

齊昭這才意識到自己說錯了話。「呃……不是不是！我是說，閨女、小子我都要……呃，也不對也不對！哎呀，到底什麼時候的事？怎麼不跟我說一聲呢？我這個做舅舅的也沒來得及給他準備個見面禮什麼的！」

「你別太激動了。」席雲芝簡直對這個弟弟感到無語了，這不知道的人，還以為他才是孩子的爹呢！

「我怎麼能不激動？」齊昭立刻反駁了席雲芝的話。「我只要一想到又會有一個像小安那樣肉嘟嘟的寶寶出來叫我舅舅，我就忍不住啊！」

席雲芝和步覃對視一眼，無奈地攤了攤手。

只見齊昭兀自沈浸在自己的興奮之中，接著竟然還離譜地下令，讓隨行侍衛去山裡打兩隻野雞回來給席雲芝燉湯喝！要不是席雲芝竭力阻攔，沒準兒那些侍衛現在正滿山野地跑呢！

「你別整那些了，顧然那邊肯定不會善罷甘休的，你還是趕緊把我們送到安全的地方，然後便趕回去吧。誰知道你不在都城，會不會有人對皇上不利。」

席雲芝的話讓齊昭稍微冷靜了一些，他看著她的肚子，憂心忡忡地說：「所以我才說讓你們跟我回都城去嘛！在天子腳下，我有能力護你們周全，可是在外面，說實話，我心裡還是沒底。」

席雲芝看著齊昭，搖了搖頭。「我知道在你身邊沒有危險，可是，我們終究都是蕭國人，總是待在齊國，也不叫事兒啊！」

齊昭嘆了口氣。「可是，蕭國皇帝那樣對你們，你們在蕭國怕是也難有立足之地了，再加上姊夫如今……」齊昭看了一眼步覃，像是有些顧及他的顏面，但想著若這麼說也許能把他們勸回去，便還是直說了出來。「姊夫如今武功全廢，他就是想保護妳，也沒那個能力。你們安安穩穩地待在齊國，大不了以後我跟父皇提議，封姊夫個文職官兒做，想必牽著妳的關係，父皇一定會答應的，這樣不就都解決了嗎？」

席雲芝從突石上站起，在齊昭面前站定，將他的皇子冠帶整理了一番後，才微笑地說道：「有的時候，人活著就是為了一口氣，你懂嗎？蕭國皇帝再怎麼對我們，那也是他一個人的問題，我們不能因為他一個人的問題，就放棄整個蕭國，不是嗎？」

齊昭深吸一口氣，又問：「當真決定了？」

席雲芝堅定地點頭。「決定了。這條路是你姊夫選的，他就是跪著也會將這條路走完，而我是他的妻子，他的選擇也就是我的選擇，無論他做什麼，我都會與他一同承擔。」

齊昭聽了席雲芝的話，不再多說什麼了，因為他從席雲芝的眼中看到了無限的堅定，這種時候，他就是再說什麼也無濟於事了。如今他能做的，就是好好地、盡一切可能地，平安送他們一程。

天色將暗，在隱密的樹林那頭，兩隊人馬正策馬趕路，經過一處分岔路口的時候，兩隊人馬才停了下來。

「大人，我們這麼做真的沒事嗎？那可是三皇子殿下，若是被皇上知道了，我們有幾個腦袋也不夠皇上砍的呀！」其中一個黑衣人對旁邊的人說道。

「呸，我們是去暗殺三皇子，不是明殺，只要做乾淨了，誰會知道是我們做的？大皇子一直視三皇子為眼中釘，只要我們能幫他剷除了這顆眼中釘，今後加官進爵，豈不是易如反掌嗎？」

「可是皇上那兒……」

「別可是了！大皇子殿下有令，讓我們趁著三皇子離京時半途擊殺他，不管成不成功，他也會趁此機會，在都城與皇上做最後一搏。鹿死誰手就在此關鍵了，我們切不可掉鏈子，影響了大皇子的計劃，否則到時咱們才真是死期到了！」

說完，兩隊人馬分開，往分叉的兩條路跑去，驚起了林中的雀鳥，黑壓壓的一片飛過夜空，平白叫人生出些許風雨欲來的寒意。

齊昭為了照顧席雲芝，下令慢行，無論席雲芝怎麼要求快一些，他都不同意。所以，短短一段從幽州城外到平州的距離，他們足足走了一天才到。

平州城雖然也有齊昭的行宮，但齊昭覺得在這個關鍵時刻，他們還是低調一些比較安全，便選了平州城內最大的客棧，要了七、八間上房，準備讓席雲芝在客棧裡好好休息一個晚上，明早再出發。

晚上，齊昭抱著小安，膩在席雲芝他們房裡不肯走。席雲芝很無奈，步覃只好拿出棋盤來，跟這小舅子下一盤解解悶子。

「姊夫，論兵法我不及你，但是下棋你卻不一定能下得過我！」齊昭飛快地取了黑子盒。「說真的，若不是你成了廢人，我還真不敢這樣跟你坐在一起呢！」齊昭說話直白，也不管這話對步覃是否刺激，說完才驚覺自己說錯了，趕忙意圖挽回。「啊、不是！我是說，你以前的戰功對我們齊國來說太可怕了，你要還是從前的你，我可不敢跟你這般親近！」

步覃看著他，斂眸一笑，光華內斂。「那你會如何對我？」說話間，他落下兩子。

齊昭也隨手放子，一邊老實回道：「當然是想方設法殺了你啊！」看了一眼正坐在床鋪上教小安認字的席雲芝後，齊昭又神神秘秘地湊近步覃說道：「當然是背著我姊姊，殺了你，然後再給她找一個比你好的男人。」

步覃挑眉，不動聲色地封死了齊昭的一條生路，勾唇說道：「你殺我可以，但是想讓你姊姊改嫁，怕是沒那麼容易。」

齊昭這話一聽就覺得不服。「喂，姊夫，不是我說你，你也太自視甚高了！你就能斷定，你死了之後，我姊姊會為你守寡，不去改嫁？我反正不信！」

步覃看了一眼席雲芝，話語十分篤定。「她才不會守寡，我要死了，她絕不會獨活的。」

齊昭一愣，沒想到步覃說的竟然是這個意思。腦中雖然對這個可能性相當認可，但是嘴上，他卻不想就這樣承認，依舊嘴硬道：「那也不一定吧？不說別的，就是那個顧然，從前就跟我說過不止一次，說是只要等你死了，就要接手我姊姊。顧然那個人雖然粗了點，但對父皇忠心耿耿，也是條漢子，是個好男人。」

步覃抬眼看了看他，冷然道：「你答應他了？」

齊昭不解。「答應啥？」

「在我死後，把你姊姊嫁給他。」步覃縱觀全局，已經制定了一條穩勝之路，便決定好好跟小舅子討論這件事情。

齊昭像是故意要一要他般，煞有介事地點了點頭，說道：「答應啦！反正那是你死之後的事了，也不算對不起你。」

步覃垂下目光，沒有說話。

齊昭卻越說越來勁。「再說了，我覺得人家顧然還是很講道義的，你看你，武功已經廢了，可你在齊國的時候，他也沒對你動過手，那就說明他還是很尊重你的，是個光明磊落的漢子。把我姊姊交到他手裡，我很放心。」

步覃深吸一口氣，落下了最後一子，將齊昭殺得潰不成軍，幽幽說道：「那你把你姊姊交到我手裡，就不放心了？」

齊昭趴在棋盤上，眼睛瞪得老大，不敢相信不過十幾個回合，他就被徹底幹掉了！難以置信的同時，也不忘回答步覃的問題。「當然不放心啊！你個沒有武功的男人，反過來還要她照顧你，我怎麼會放心呢？」

步覃但笑不語，從棋盤前站了起來，對齊昭似笑非笑地說了一句。「不管你放不放心，你都該回去了。記住，千萬別睡得太死，最好讓你的侍衛都守在門外。」

齊昭還想再說些什麼，可是卻被步覃推著後背，硬生生趕了出去。

席雲芝聽見齊昭在外頭氣得跳腳的聲音，不禁疑惑地問道：「他怎麼了？」

步覃爬上了他們娘兒倆的床鋪，搖頭說道：「輸了一盤棋，小舅子不開心了吧。」

席雲芝一聽，只覺得這個弟弟太孩子氣了，不禁無奈地搖了搖頭。

步覃接過席雲芝手中的書，指著其中的幾個字問小安，小安竟然全都答對了，得意地賴在自家老爹的懷裡撒嬌，不肯起來了。

步覃被他纏得無奈，席雲芝想接過小安，卻被步覃制止了。「妳如今身子重，可別給這小子不知輕重地挨著哪兒了。」

席雲芝失笑。「這才幾個月呀，肚子都沒大起來呢，會挨著什麼呀？」

小安也知道了自家娘親肚子裡懷了一個小寶寶，煞有介事地從步覃身上翻下來，跪爬到席雲芝跟前，看著她平坦的小腹說道：「小安想要妹妹。」

席雲芝摸著他的小臉，笑著說道：「只要妹妹嗎？那如果娘給你生了個弟弟，要怎麼辦？」

小安天真地瞪了瞪雙眼後，神情堅定地說道：「把他送給舅舅！」

席雲芝和步覃都失笑，這個齊昭，竟然把心思都用到了小安身上了！

步覃堅持讓席雲芝和小安睡在床的內側，席雲芝問他為什麼，他也沒說，只讓他們早些睡了。

漸漸地，客棧裡也從白日的喧囂聲中安靜了下來，夜深人靜，針落可聞。

驀地，幾聲微乎其微的腳步聲自屋頂傳來，步覃在黑暗中睜開雙眼，靜靜聆聽著。

來人正在屋脊上一間一間地查探，在查到他們東面房間的時候，腳步便停止了。步覃知道，這就說明了這些人要找的目標，就是住在他們東邊的那個人——齊昭。

他預想中的事終於還是來了。

顧然出城追擊他們是報私仇，而這些刺客真正想殺的卻是齊昭。他們利用他的事情，將齊昭引出了都城，為的就是讓齊昭再也回不去都城。

從床鋪上翻身而起，步覃淡定地穿好了衣物，走到門邊，只見韓峰和趙逸正矮著身子想敲門，步覃對他們比了個噤聲的手勢，這才走出房門。

趙逸連忙湊上來說：「爺，上頭有人。」

步覃點頭。「我知道，他們的目標是齊昭。你們保護好夫人他們，我去看看。」

韓峰他們自然知道步覃的功夫大勝從前，沒什麼好擔心的，便領下了步覃的命令，守在門邊。

不一會兒的工夫，步覃就讓自己隱藏入了黑暗之中，如鬼似魅。

齊昭原本就沒睡著，腦中不斷地回想著步覃晚上跟他說的話。突然間，鼻尖聞到了一股很可疑的花香味，齊昭警戒大起，大叫了一聲。「什麼人？來人吶！」

隨著齊昭的一聲驚叫之後，他房間的門突然被一群黑衣人給踹了開來，齊昭從床上掀被而起，摸出他習慣性藏在枕頭底下的一把長劍，與那些蒙面黑衣人展開了搏鬥。可是，也不知是不是先前的可疑花香起了反應，齊昭只覺得眼前晃悠得厲害，一個不小心，胳膊上就被刀劃了一道口子，血流不止。終於，眼前一昏，他倒在了地上。

蒙面黑衣人比了個暫停的手勢，為首那人說道：「抬出去，別在客棧裡殺人。」

他們只是想偷偷地將三皇子殺掉，不想在客棧這種人多口雜的地方動手，所以打算將中了迷香的齊昭抬出去解決。

可是在他們還未碰到倒在地上的齊昭時，便被一道出手如電的身影給制伏了。

一眨眼的工夫，他們手中的兵器就全都到了對方手上！

十幾個黑衣人面面相覷，看著那個從黑暗中走出的男人，為首那人像是認識他，瞪大了雙眼，指著他，還沒來得及開口說話，便被步覃飛身過去割斷了咽喉。

只見步覃手起刀落，將黑衣人盡數解決，整個過程不過一眨眼的工夫，客棧的房間內就倒滿了人。

步覃將齊昭扛上了肩頭，讓趙逸和韓峰抬著去車裡，然後步覃便回到房間，輕柔地將席雲芝和小安叫了起來。

一群人連夜從客棧裡跑了出去。

第二天，齊昭再次醒來的時候，發現自己正躺在席雲芝他們的馬車裡，胳膊上纏著綁帶，小安正趴在他身旁，撐著下巴看他。

他拍了拍自己的額頭。「我怎麼會在這裡？」席雲芝正要說話，卻見齊昭像是突然想起了什麼似的。「對了，昨天我們不是在客棧嗎？晚上大家都睡了之後，我遇到刺客了，他們好卑鄙，對我用了迷香！」

席雲芝挑眉。「然後呢？你還記得之後發生了什麼事嗎？」

齊昭努力在腦中回想了一番後，搖了搖頭。「我不記得了。是護衛們衝進去救了我，然後我們才連夜逃出了客棧是不是？」

步覃正坐在一旁看書，聽齊昭這麼說，便順著他的話，點了點頭，說道：「是啊，護衛們衝進去的時候，你已經昏迷不醒了。他們將敵人全都殺退之後，就把我們一起叫醒，跑出了客棧。」

齊昭一拍大腿，卻牽動了自己的傷口。「我平時總說這些護衛沒用，這次回去一定要多多賞賜他們，才對得起他們的救命之恩啊！」

對於這個弟弟的後知後覺，席雲芝覺得十分無奈。看著他一個人在那裡自言自語，她就覺得好笑，站起身，給他倒了一杯水。

齊昭喝了一口水之後，突然又說道：「那些刺客肯定都是大皇子安排的，他從前即與我政見相左，這回知道我私自離城，所以起了殺心。」看了一眼步覃，齊昭又問道：「姊夫，你是不是早就猜到了？所以，才會讓我晚上小心一點。」

他就是因為步覃的這句話，晚上才不至於沈睡過去，逃過了一劫。

步覃不置可否地聳聳肩。「皇族間的爭鬥不都是這樣嗎？」

齊昭的臉色突然變得凝重。「糟了！他既對我動手，那就說明他打算孤注一擲，對父皇動手了……」

步覃看了他一眼，說道：「你要回去也不能是現在，最起碼要到雍州，你以皇子身分去接管了雍州的駐紮軍隊，然後才能趕回京城去救駕。」

齊昭也知道步覃這話是什麼意思。他孤身出來，身邊攏共不過十幾個護衛，若是真想排除萬難，殺回京城去營救皇上，那勢必要先取得一定的兵力相助才行。

所以，步覃說的話不無道理。

齊昭這才忍下了心中的擔憂，隨著大隊一同往雍州趕去。

奔跑的馬車驟停，馬嘶長鳴。

席雲芝慌忙抱住小安，免得他被作用力甩出去。

齊昭和步覃同時起身，掀開車簾查看外面的情況。

「爺，我們被包圍了。」趙逸神色凝重地對步覃彙報。

不一會兒，韓峰探了情報回來，對步覃說道：「爺，少說也有兩百人。他們應是事先埋伏在這裡的，所以我們一路走來都沒有發現敵情。」

步覃臉色一沈，正要下車，卻被齊昭拉住了。

齊昭對他說道：「你沒了武功，下去也沒用。你好好在車裡待著，找機會帶著我姊和小安跑。」說完，不等步覃反應，齊昭便光著一條綁著傷布的胳膊，豪氣干雲地下了車。

下車之後，齊昭便將十多名護衛都招來了身邊，順便把兩個能打的韓峰和趙逸也叫了過來，然後對他們發出指令。

「車上都是老弱婦孺，我們的責任就是保護他們，一會兒殺出一條血路來，讓他們先撤退，聽到了沒有？」

「是！」十多名護衛覺得自家主子在這關鍵時刻很有男人氣概，熱血的回應聲響徹林間。

趙逸和韓峰面面相覷，一時不知道該怎麼回答。

齊昭見他們兩個不說話，以為他們兩個怕了，不由得在他們的胸膛之上拍了兩下，說道：「怕什麼？有我齊昭在，他們傷不了你們的！」

「……」韓峰和趙逸沒有說話，而是將目光落在了他纏著繃帶的手臂上。

齊昭這才想起自己剛剛受傷的事實，尷尬地輕咳了兩下，便故作鎮定地轉身迎敵去了。

兩百多人的兵馬，堵在官道的前後方向。

齊昭讓趙逸和韓峰守著後方，他則帶著十多名護衛奮力想在前方殺出一條血路來，可是，勇猛的敵人不住地蜂擁而上，他的那幾名護衛不多時便傷的傷、掛的掛，剩下幾個在他身周圍成一圈，誓死保護他。

刺客首領蒙著面，在隊伍最後方發號施令。「誰取下齊昭的人頭，賞金萬兩！」

「是！」

震天響的殺聲幾乎刺破了齊昭的耳，他捂著手臂上裂開的傷口，感覺不妙。

驀地，一道如電的身影竄出馬車，幾個凌厲的轉身，就將齊昭周圍七尺內的黑衣人給清掃了一圈。

步覃接過韓峰拋來的長劍，一夫當關地擋在氣喘吁吁的齊昭身前。

齊昭瞪大雙眼，震驚地看著他的背影。

步覃沒來得及跟他說話，便開始對眼前的敵人大肆清掃了起來。手起刀落，半點不見猶疑，頓時哀聲四起，那些刺客根本不是他的對手。

為首那人眼見半路殺出個厲害的程咬金，不禁有些慌了，見他們大部分人都守在馬車周圍，當機立斷地發號施令道：「給我把馬車裡的人抓出來！」

步覃他們立刻回身到了馬車周圍，一個士兵爬上了車軲轆，正要伸手拉開車窗往裡鑽時，卻被步覃一把拉下，長劍毫不留情地刺穿了他的咽喉，鮮血立時飛濺，頗為恐怖。步覃面無表情，乾脆飛身上了馬車的車頂，將意圖攀爬馬車的人盡數斬殺。

不過片刻的工夫，馬車周圍已經躺滿了鮮血淋漓的人。步覃煞氣逼人，眼神凶惡，滿身的戾氣，若不是親眼所見，誰會想到先前還是一副文弱書生模樣的儒生，片刻後竟變成了殺人狂魔？

刺客們對步覃望而生畏，殘存的幾個人早已被嚇得不敢前行，舉著鋼刀不住後退的模樣看起來是那樣諷刺。

先前還自信滿滿地高坐馬上的刺客首領徹底傻了眼，情報中可沒說齊昭身邊還有這樣一個殺人不眨眼的高手啊！如今他的人所剩無幾，想殺齊昭肯定是不可能了。

刺客首領大手一揮，高聲喊了一句。「撤！」

黑衣人們再也顧不得什麼，轉身拔腿就跑，誰知身後仍有一道如鬼似魅的黑影相隨。一道劍氣劈下，兩個正在奔跑的刺客就被砍倒在地，步覃又一個挺身，抓住了另一個逃跑中刺客的手臂，將之踢翻，長劍毫不留情地刺入他的胸膛。只一眨眼的工夫，倖存的刺客已全都被他斬殺殆盡，只剩策馬狂奔的刺客首領。

步覃冷靜地站在官道之上，看著那人奔跑的背影，將勁氣注入長劍，發力射出，「呲」

一聲便刺穿了那人的後背，刺客首領難以置信地看著從背後刺穿到身前的利刃，翻身倒下了馬背。

步覃神態自若地回到了馬車前，只見齊昭正震驚地看著周圍的一片煉獄，他不禁挑眉問道：「怎麼？怕了？」

齊昭伸長了脖子，嘴硬道：「怕、怕……怕什麼？我……我才不怕！」

步覃對他勾唇一笑，不再理他，對韓峰和趙逸比了個手勢，讓他們趕緊收拾了馬車周圍的屍體。

齊昭見狀，也讓護衛們過去幫忙，然後他才期期艾艾地走到步覃身旁問道：「你、你……你的武功沒有廢啊？」

步覃一手拎起了一具屍體，看了齊昭一眼，沒有說話。

齊昭見他如此，覺得有一種被騙了的感覺，口氣不覺間便不好了起來。「雖然你救了我，但是也請別這麼高傲好不好？況且你把所有刺客都趕盡殺絕了，讓我問不出幕後主謀，我都還沒找你算帳呢！」

步覃將屍體拋到一邊，對齊昭反問道：「我不趕盡殺絕，難道要留他們回去通風報信，然後讓他們再派幾百個人來刺殺我們？」

「……」齊昭被步覃一句話堵得啞口無言。見所有人都在清理現場，自己也不禁撿起了掉落的長劍，走到山坡上去幫趙逸挖坑埋屍去了。

一場實力懸殊的戰鬥就此結束，以步覃單方面的斬殺為主。

步覃掀開車簾一角，看了看車裡，只見席雲芝抱著小安，一臉驚魂未定地縮在軟鋪的一角，步覃對她安撫一笑。「沒事了。外面亂，你們暫時別出來。」

席雲芝隱約也知道外頭發生了什麼事，先前她就把小安的耳朵和眼睛全都捂了起來，生怕他看見什麼血腥的東西。她對步覃點點頭，深吸一口氣，讓自己盡快鎮定下來。

步覃見她嚇得不輕，便將簾子放下，低頭看了看自己身上染了血的袍子，想也沒想，就脫了下來，只穿著中衣便爬上了馬車。

將小安拉到自己身上坐好，再將席雲芝不住顫抖的手握在掌心，給予安撫。「別怕。」

席雲芝搖搖頭。「我沒有怕，只是……忍不住打擺子。」

步覃失笑。「忍不住打擺子，這不是怕是什麼？」

席雲芝低下頭，有些窘迫。

步覃將她拉入懷中，說道：「沒事了。妳第一次經歷這些血腥的事，難免會感到害怕，但妳只要相信我，就不會有什麼事的。」

席雲芝在他懷中點點頭。「我當然相信你，我也是因為第一次經歷，才會覺得害怕，以後不會了。我是你的妻子，就必須要與你一同承擔這些，我不會再懼怕任何事，你也不要再為我擔心，好嗎？」

步覃在她臉頰上親了一下，一家三口這才平靜地抱在了一起。

第二十四章

清理完官道之後，馬車再次上路，於當晚子時終於趕到了雍州城。齊昭出示了權杖，城門才趕緊幫他們打開。

齊昭讓所有人都在他的行館中休息，自己則馬不停蹄地去了雍州軍營調兵了。

小安早已累得睡著了，席雲芝把他抱到床鋪上放好，這才走到屏風外去替步覃擦洗身子。

累了一天，兩人洗漱完之後，便相擁上鋪了。

深更半夜，齊昭領著五百精兵包圍了自己的行館，火把照亮了半邊天。

雍州軍營的副將上前對齊昭說道：「殿下，要動手嗎？天亮前動手抓了步覃，天亮之後，就可以快馬加鞭地趕去京城救駕了。」

齊昭猶豫地看著自己行館的大門，門裡一片寂靜，齊昭能想像裡面的人如今睡得有多安心。

如果他此刻下令攻進行館，那席雲芝必然一輩子都不會原諒他。就像步覃曾經說過的那樣，他可以給她提供衣食無憂的生活，卻不能給她一個完好如初的幸福家庭。但是，步覃是齊國的心頭大患，他若是真的武功全廢也就罷了，可他的武功偏偏仍在，並且強悍得叫人感到恐怖、心生畏懼……但，若不是因為有他，今天埋骨山林的就是他齊昭了。

齊昭陷入前後兩難的境地，又一次低頭看了看自己受傷的手臂，面上顯出猶豫。

副將又在他耳旁說道：「殿下，不能再等了，您快下令吧！」

齊昭瞇著眼，看著行館緊閉的大門，突然一咬牙，調轉馬頭，發號施令道：「全體跟我趕去京城救駕！行館中不過是個廢人，無須浪費人力圍殺，走！」

隨著齊昭一聲令下，所有將士立即跟在他的馬後奔跑起來。

行館大門後，韓峰和趙逸緊貼著大門左右兩邊，聽到齊昭的話之後，趙逸從門縫裡偷偷看了看外面，對韓峰點頭道：「真的走了，這小子夠意思啊！」

韓峰不放心地再看了一眼，確定之後也點點頭，說道：「嗯，去稟告爺吧。」

原來，步覃早就猜到齊昭在知道自己武功仍在之後，內心一定會糾結要不要殺了他、斬草除根，所以他和席雲芝睡下之前，便跟趙逸和韓峰吩咐過，讓他們隨時注意行館外的情況。

果真如步覃所料，在取得雍州軍營的兵力之後，齊昭第一件事就是包圍了行館。但最終，他還是選擇了和席雲芝的姊弟情誼，將兵又全都撤了。

趙逸在步覃的房門外學了兩聲布穀鳥的叫聲，這是知會步覃對方已退兵的暗號。兩人知會完之後，才各自回到房間休息去了。

第二天一早，席雲芝收到了齊昭傳回來的信，說是讓他們拿著他留下的權杖出兗州關外，他則要趕往都城營救皇上，就不親自送他們出去了。

席雲芝把信拿給步覃看了看，並且把權杖交到了步覃手上。

步覃將信看完之後，便還給了席雲芝，對她說道：「齊昭是個好弟弟，跟妳一樣，有著一副很善良、很大度的心腸。」

席雲芝驟然聽到步覃誇獎她，不禁不好意思地啐了他一口，這才噙著笑，坐下給小安盛粥。

步覃看著手中的權杖，若有所思地說：「從出關開始，咱們的仗就要正式開打了。」

因為有了齊昭的權杖，因此，席雲芝他們出關很是順利，從雍州到兗州，然後再到出關，不過兩日的時間。

自兗州出關之後，他們便直接穿越了雪原，在雪原留宿一宿，第二天直接去了遼陽。

原想在遼陽休息兩日，等副帥魯平他們趕過來會合的，沒想到魯平他們早就在遼陽準備好了一切，只等步覃他們的到來。

進了城之後，就有專門的人前來接應，將他們帶到了遼陽東城的一所私家宅院裡。

步覃一入院子，給從裡頭趕出來的幾個男人請去了書房商量事情，席雲芝便帶著小安從車上跳下來。

因為天氣寒冷，小安穿得像只炮筒子，小臉蛋紅撲撲的，頭上戴著嶄新的瓜皮帽子。不過幾個月的工夫，小傢伙的個頭又高了一些，都到了席雲芝大腿處了，成天跑來跑去的，沒個定性兒。

席雲芝讓韓峰和趙逸將有用的東西全都搬下了馬車，問了宅院的管家他們要住的院子在哪兒後，便揹著跟她撒嬌的小安，去到了院子裡。

因為是預備著他們這些日子到來的，所以院子裡收拾得非常乾淨，古樸小巧，看著挺舒服的。

席雲芝對這些本就不怎麼講究，便安心住了下來。

趁著步覃還沒回來，她事先在院子裡的小廚房裡燒了些熱水，把小安叫進房裡，給他洗了個頭。小安乖乖地坐在小椅子上，拿著一把趙逸削給他的小木劍比劃。

給小安洗過頭之後，讓他自個兒在院子裡玩。席雲芝自己也洗了回熱水澡，然後又把剩下的熱水倒入了暖爐子裡，想著等步覃回來，也給他通通頭、洗洗澡。

誰知道，步覃根本一夜都沒回來。

席雲芝迷迷糊糊地趴在桌上睡了一夜，步覃第二天一早回來的時候，看到的便是她睡得有些不適的模樣。

他輕柔地將她拍醒，指了指床，說道：「去床上睡，會著涼的。」

席雲芝睜著惺忪的睡眼，站起來要去給步覃打水洗漱，卻被步覃拉住了，圈在懷中。

「妳就別管我了，今後不許再等我。我儘量早點回來，如果回不來，妳自己先睡，知道嗎？」

席雲芝隨意地點了點頭，答應得不夠誠懇，被步覃無奈地輕咬了一下肩頭。

只聽步覃又說道：「估計這段日子，我都會在會議廳裡度過，大家有太多事要規劃、要定奪，不是三、兩日可完成的。」

席雲芝聽後便懂事地點點頭。「我知道，你們在商量大事，我不會去打擾的，但是，你可得自己照顧好自己。該吃就吃、該睡也要睡，總要把身體養得好好的，才好去做大事，不是嗎？」

步覃在她淺色的唇瓣上親了一下，這才對她點頭道：「是是是，夫人的話，為夫記住了。現在，便請夫人隨為夫去床上再睡一會兒吧！」

席雲芝被他拉著去了床鋪，把睡得四仰八叉的小安往內側擠了擠，兩人這才躺了下來。步覃好幾天都沒有好好休息了，再加上昨晚一夜沒睡，幾乎是倒在枕頭上，就沈沈睡了過去。

席雲芝只是稍微瞇了一會兒，就起來了。

因為各個小院子裡的小廚房只是方便各院的人燒熱水，卻是沒有食材的，席雲芝便獨自去了大廚房，取了一些米麵和蔬菜回來，就著熱鍋煮了一些粥，然後又蒸了一籠鮮肉包子，用剛從地裡拔出來的蘿蔔醃了兩小盤子涼菜就粥吃。

等她忙得差不多的時候，才睡了一個多時辰的步覃也從房間裡匆匆走出，跟席雲芝打了聲招呼，就直接往外走。

席雲芝叫住了他。「哎，吃一些再走吧？」

步覃回頭看了看她，說道：「來不及了，我晚上回來吃。」

席雲芝不依他，用一個小瓦罐盛了些粥，然後裝了一盤子肉包，又撥了些醬菜給他，全部放在一只托盤裡，讓他帶去議事廳吃。

步覃看著瓦罐裡晶瑩剔透的粥、熱氣騰騰的包子，想著自己也的確好久沒吃過東西了，便端著盤子，往議事廳走去了。

席雲芝這才放心地回到房間，把還在睡懶覺的小安叫了起來。

母子倆坐在院子裡吃過了早飯後，席雲芝又帶著小安去外頭逛了一圈，給他買了些糖飴和小玩意兒，這小子才心滿意足地跟她回來了。

回來之後，就見趙逸在院子門口等他們。

一見她走來，趙逸便迎了上前，對她說道：「夫人，您早上做的白粥和肉包子好評如潮，包括魯副帥在內，大家一致要求您再給做一些出來。」

席雲芝有些意外。「再做一些白粥和肉包子？」

趙逸點頭。「是啊！我早上就吃了半個肉包，那味道可比得上大廚手藝了，好吃得我都快把舌頭嚼下去了呢！」

對於趙逸的誇張讚美，席雲芝有些受寵若驚。

被趙逸連請帶求地送進了廚房後，他又自告奮勇地去大廚房要來了米麵。

席雲芝問了他之後才知道，會議廳中有二十來個人，她若是全做肉包子，估計這麼些肉肯定不夠，便做了三十個飽滿噴香的肉包，然後又做了一些甜而不膩的白糖糕。粥只煮了一鍋，不稀不稠，正好搭著包子喝，解解肉膩，另外又做了糖醋拌蘿蔔和麻油洋芋，給他們就著粥吃。

全都做好之後，趙逸又招呼了兩個人過來搬，席雲芝也端著兩盤子醬菜，跟著他們去了議事廳中。

議事廳中烏煙瘴氣，好像幾年沒有開過窗戶的陳腐氣味令席雲芝眉峰一蹙。

步覃與魯副帥並列坐在主位上，看見席雲芝親自端著盤子前來，步覃從椅子上站起，迎了上去，接過她手裡的盤子，對她抱歉一笑。「辛苦妳了。」

席雲芝搖頭。「這有什麼辛苦的？就算趙逸不來跟我說，我也想做些午飯給你們送來的。」

魯副帥為人耿直，聽了席雲芝的話，當即大讚道：「哎呀，賢弟妹果真是賢良淑德，手藝好不說，人品也是頂呱呱的！」

席雲芝朝魯副帥福了福身子，對他笑道：「魯大哥過獎了，下回有什麼想吃的，跟雲芝說了便是。還有大夥兒也是，你們都是做大事的，我一個婦道人家，幫不上你們什麼忙，但煮煮飯、做做後勤還是可以的。」

這番話說出之後，步覃的臉色一變，朝著乘機想要向席雲芝提出要求的幾個人瞪去了幾眼，那些人便摸著鼻頭，把要求又給吞了回去。

席雲芝對大家見禮之後，就走出了議事廳。

晚上步覃回到房間時，席雲芝正在記帳。

步覃洗漱完了之後，便把依舊在燭光下操勞的席雲芝拉回了鋪上，對她說道：「妳可別忘了自己如今的身體狀況，妳要太累了，咱們家老二可該鬧意見了啊！」

席雲芝知道他說這些，是在怪她今日在議事廳承諾那些人煮飯、搞後勤的事，不禁笑道：「你知道我這個人閒不住，你們在前線做事，我幫不上忙，但煮飯、搞後勤這些事兒，我自問還是安排得過來的。你也看到了，我今日不過是做了些白粥和肉包子，就讓他們吃得那樣歡快，那不是說明我的手藝好，而是說明這些弟兄們已經很久都沒吃過一頓像樣的飯了，所以才會對這樣平常的東西大力讚揚。」

步覃沒有否認席雲芝的話，深吸一口氣後，才又道：「話雖如此，但也可以專門安排其他人管這件事，不必妳親自動手啊！」

席雲芝笑著安撫他道：「你放心吧，我雖然閒不住，但也是做慣了掌櫃的人，凡事我當然更願意安排，不會什麼都親力親為，把事情全攬上身一個人做的。」

步覃聞言，還是有些不放心。

席雲芝笑著對他保證了又保證，才把他拒絕的話語給壓了下去。

由第三天起，席雲芝就開始接手了眾人伙食安排的問題。

她每天會制定出菜譜，讓廚房出去採購食材，然後安排兩個廚子做出來，定時給議事廳送過去，大約半個時辰之後，再派人去將碗盤盡數收回清洗。

有了她的配合，原本需要商議一天一夜的事情，現在一天就可以搞定，多出來的時間，大家可以充分的休息。眼看著議事廳的氣氛越來越好，參與討論、制定計劃的人們精神氣色也是越來越佳，無形中給大夥兒增添了不少助力，紛紛稱讚席雲芝是賢內助、好幫手。

步覃見她將事情都安排得井井有條，而且又沒怎麼累著她自己，也就不那麼擔心，放手讓她去做了。

就這樣，一群人商議了大半個月，終於制定出了完整的計劃。

因為步帥無端慘死，令南寧二十萬步家軍感覺心灰意冷，感受到了唇亡齒寒的威脅，因此，他們決定在沒有步上步帥後塵之前，先把皇帝給反了再說！而他們之所以要步覃迅速趕回來與他們碰頭，為的便是讓他回來接管帥印，主持大局。

這件事，是在步帥遇刺前就已經和將領們商議好了的事情，所以步覃毫無懸念地在步家軍二十多位將領的支持下，坐上了新主帥的位置，並且另外畫下一面旗幟，正式與朝廷勢力分裂。

南寧二十萬大軍全都蓄勢待發，等待主帥、將領們的回歸。

在遼陽逗留一個月之後，大家輕裝簡車，往南寧出發。

席雲芝跟著大部隊後頭走，在走之前，特意讓趙逸去把劉媽和如意、如月從李毅的府上一同接了出來。

劉媽和如意、如月在見到席雲芝的那一剎那，全都抱著哭出了聲，紛紛埋怨是自己不好，才讓席雲芝受了那麼大的苦云云。

席雲芝笑著安慰了她們，說自己並沒有受什麼罪，再三保證之後，劉媽她們才稍稍收起了一些自責的心。

大概是步覃回來的消息傳了出去，他們在回南寧的路上，又遭遇了兩、三回的襲擊，但每回襲擊的人數都不算多，一看即知都是一些出來打探消息、臨危受命的先鋒。步覃每回都下令將這些人一個不留，盡數擊殺，為的就是怕這些人將消息越傳越大、越傳越遠，給他們找來更多不必要的大麻煩。

每回將人殺了之後，便挖坑埋了，令後面的人找不到任何線索，這樣就能讓大家相對稍微安全一些，將領們對步覃的命令也是完全的配合與信服。

就這樣，趕了半個月的路，大家披荊斬棘，終於來到了位於南寧步家軍的總營地——鐵血城。

鐵血城是步家多年經營的營地，以驍勇善戰、百戰百勝而得名。城門打開之後，便是一片看不到頭的空地，空地上的營帳如星芒般綿延數百里，座落在這片土地上，由城門到主樓，就是騎馬也要騎上大半個時辰才能抵達。主樓之後，是各位將領的府邸，主帥府則在最裡面，靠山而居，最為安全。

席雲芝是主帥夫人，自然被安排在主帥府邸，這府邸雖不及將軍府雕梁畫棟，卻自有一股古樸大氣的味道在裡面。當她還在收拾院子的時候，小安已經出去轉了一大圈，回來之後，不住地跟她嘮叨。

「娘，這裡簡直太棒了！好多好多的人，我都看花眼了！」

席雲芝看著他那副沒見識的小樣，不禁笑道：「是啊，聽說這裡有二十萬人，外面的營帳中全都住滿了人呢！」

小安誇張地伸出了手指。「二十萬？那一天得吃多少糧食啊？」

席雲芝對小安無奈地笑了笑，不禁也在心頭打了個問號。是啊，鐵血城中有二十萬的兵，他們每天吃什麼？就像小安問的，他們一天得吃多少東西啊？

更別說除了吃飯問題外，還有穿衣問題、武器配備等問題，這些事兒都是不可忽略的。

在兩軍交戰之際，一隊吃飽了飯的隊伍和一隊沒吃飽飯的隊伍，自然是吃飽飯的那一隊占上風啊！

也不知這裡的一切都是誰在安排，要管理這麼大一份家業，可是不容易呢！

鐵血城有專門的伙頭軍，所以大夥兒在營地裡都有飯吃，就不需要席雲芝動手了，她閒來無事，便兀自在後院悠閒地教一教小安讀書、寫字。步覃白日去營地練兵，晚上回來，日子就這樣平靜地過了大半個月。

這日，席雲芝和劉媽她們坐在院子裡納鞋底，正說到什麼時候把如意、如月的婚事給辦了時，趙逸走了進來，把如意、如月羞得臉蛋紅撲撲的，拿著針線籃子便躲到屋裡去了。

趙逸覺得這對姊妹對他的態度變得很奇怪，看著她們離開後，不禁問道：「她們怎麼了？怎的一見我就跑？」

席雲芝對他笑了笑，說道：「如意、如月出落成大姑娘了，見著男子難免害羞些。你來後院是有事嗎？」

趙逸這才想起自己來這兒的目的，一拍腦殼。「喔，對了，爺讓我回來傳話，說讓夫人晚上多做些菜，營裡的將領這幾日都寡淡怕了，想吃頓好的。」

席雲芝放下針線籃子，奇道：「寡淡怕了？營地不是有伙頭軍嗎？據說也是個大廚子，怎會寡淡呢？」

趙逸看著席雲芝，支支吾吾了一會兒，便決定不再隱瞞了。「嗨，再好的手藝也架不住無米之炊啊，營地裡都十多天不見肉渣了！夫人，您可別說是我說的啊！晚上多整點肉，越肥越好！」

趙逸走後，席雲芝來不及細想營地裡怎會無米之炊，當即叫了劉媽和如意、如月，一同去附近村民處買肉買菜去了。

鐵血城外也有一些村落和良田，在幾座村落的中心地段有一片小集市，雖然買不到什麼稀罕的東西，但一些菜和肉還是能夠買到的。

席雲芝找了一架小推車，讓如意、如月推著走，她和劉媽走在前頭選購。正好有一家村民剛殺了一頭豬，搬到集市上賣，說是家裡等著錢回去給母親看病，又說他飼養豬有絕招，每頭豬都是膘肥肉厚。席雲芝可不懂這些技巧，但既然他是想賣了豬肉回去給老母親看病，她也樂得助他，將整頭豬都買了回去，那人對席雲芝千恩萬謝。買好了菜肉，又去隔壁村子搬了四、五罈子燒刀子。

一切都買完之後，她們便回到了主帥府。

劉媽負責剁肉，如意和如月負責打水洗菜，她則負責切菜裝盤，就這樣忙活了一個下午，終於做出足供三、四桌人吃的菜餚。

步覃晚上回來時，帶來了三十幾個營地的將領，大家剛開始還對席雲芝有些不好意思，但在看到滿桌的大菜之後，就完全拋開了靦覥，坐下大快朵頤了起來。
席雲芝偷偷地問步覃，大家能不能喝酒？步覃說一天練兵結束了，多少喝點沒什麼，席雲芝便叫如意、如月去給大夥兒倒酒喝。
眾將領沒想到晚上不只有肉吃，竟然還有酒喝，紛紛大感意外，對席雲芝這個主帥夫人更是感謝不已。
安排好了一切後，步覃對她招手，讓她在他身邊的空位上坐下。
席雲芝坐下之後還沒開始吃，與步覃同桌的魯副帥就對她豎起了大拇指，讚道：「夫人手藝真是一絕，這肉太好吃了！」
席雲芝溫婉一笑，指了指廚房，回道：「雲芝不敢居功，這些菜大多都是劉媽做的，我只是打打下手。」
魯副帥原也只是想找個由頭跟她搭話，聽她這麼說，又開口說道：「不不不，還是要感謝夫人，若不是夫人大方安排，我們現在肚子裡哪會有這般油水呀！」
席雲芝吃了一口步覃給他挾來的萵筍，隨口說道：「你們成日裡這樣辛苦，總要吃飽才有精神嘛！」
魯副帥猶豫了一會兒後，才端著酒杯，從座位上站起，對席雲芝毫不隱瞞地道：「不瞞夫人，咱們自從跟朝廷決裂之後，朝廷就斷了咱們的糧餉。原本我們也有些積蓄，可是現有的銀錢，還是架不住這二十萬人每日的開銷，如今帳房也就只剩下幾萬兩的餘錢了，這幾萬兩頂多夠二十萬人再喝十多天的粥吧，待這十多天的粥喝完了之後，那可只能啃樹皮去了。」

席雲芝聽了魯平的話，雖然覺得他的話或許要打點折扣，但營地裡財政緊張肯定也是真事，要不然他不會在這種場合對她說出來的。

魯平端著酒杯，走到了席雲芝身前，突然對她下揖道：「聽聞夫人乃經商奇才，咱們步家軍如今正是多事之秋，您是主帥夫人，若是這時夫人能伸出援手，替我們管管這快要見底的糧倉，那咱們定會牢記夫人的大恩大德！」

席雲芝趕忙從座位上站起，扶起了對她作揖的魯平，說道：「魯大哥快請起。」

魯平起身後，對她遞來期盼的目光。席雲芝沒想到他們來吃飯的同時，還留著這一齣等她，不禁轉頭看了看步覃。

步覃在她身旁說道：「他們跟我提了，我說我不能替妳決定，還是要看妳的意思。覺得為難的話，不做也沒關係。」

席雲芝斂眸想了想，又將眾將領環顧一圈後，才下定決心般地點了點頭，說道：「既然魯大哥盛意拳拳地相請，那雲芝便斗膽接下這份差事了。但是，我也有兩個條件。」

魯平一聽席雲芝肯接手這個爛攤子，當即拍胸脯說道：「夫人儘管說，只要我們能辦到的，一定照辦！」

席雲芝點頭，給自己倒了一杯水，對著眾將士先乾為敬，而後說道：「我不勝酒力，便以水代酒了。第一，這軍中糧草銀錢全都由我出資，並且由我一人掌控，後勤糧草部分，所有的事情都只聽我一個人的，沒有第二人選。」

眾人你看我、我看你。先前他們也聽魯平說了，軍裡的糧餉不過只剩下幾萬兩，他們還害怕席雲芝接手之後再問他們要錢呢，如今不要他們管，他們只需安穩地等飯吃就好，有何不可？當即得到了所有人的贊同。

席雲芝又倒了一杯，然後再道：「第二，必須給我派一隊五百人的小隊供我差遣，無論做什麼，他們都得聽從我的安排，絕不可有任何怨言。」

這個要求倒叫魯平有些遲疑了，他在眾人間環顧一圈，最後視線落到席雲芝身上，故作輕鬆地問道：「夫人不會是想讓他們去打家劫舍吧？」

魯平這番話成功緩解了現場的氣氛。

席雲芝也知他在擔心什麼，便笑著向他保證道：「魯大哥放心，我讓他們做的絕對不會是擾民的壞事，最多活兒苦一些、髒一些。將伙頭軍也一併算在這五百人裡，只要他們肯幹，我保證絕不會虧待他們。」

趙逸聽到這裡，也忍不住插嘴道：「是啊，大家就放心吧，我們夫人可不是一般人物，能跟著她做事，那是上輩子修來的福氣，絕不會有虧吃的！」

席雲芝看著趙逸，無奈一笑。

魯平經過一番心理掙扎之後，便點頭說道：「好，既然夫人提了要求，那魯某一定照辦。連原本營內的三百六十名伙頭軍在內，我另外再調派兩百人給夫人安排便是。」

席雲芝聽後，也當即點頭，給自己倒上了第三杯，與如釋重負的眾將士一乾而盡，宴席這才繼續了下去。

晚上，席雲芝坐在燭光下算帳，步覃走進來時，席雲芝的帳才算了一半，便沒起身。

步覃自己坐到她身旁，等她把最後一筆帳都算完之後，才開口說道：「其實妳不答應也沒事兒，誰都知道這是個爛攤子。」

席雲芝對步覃笑了笑，說道：「這件事我若不接，那一來對你鞏固軍中地位不利；二來，如果真如這帳本上說的，再這樣繼續過個十多天，大家可能真的要一起去啃樹皮了。」

步覃當然知道營裡的情況。「步家軍從前積累了很多珠寶，不過那些珠寶要兌換成銀錢，在如今這時局卻是極為不易的。妳有多少私錢，可以養得起二十萬大軍嗎？」

「我有這個數……」席雲芝在算盤上撥了一個數，給步覃看了看就又撥亂了。「就算坐吃山空，也還能維持兩、三年。但若是超過兩、三年或是戰事一起，那必須要未雨綢繆，想其他法子了。如果可以的話，我希望夫君能告訴我，你們這場仗想怎麼打？準備打多久？從什麼地方開始進攻？進攻會派多少人？每一場戰爭在開打前，最好也跟我這裡報備一下，我好估計預算，這樣才能準確地做出開支計劃，減少不必要的損失。」

步覃見她已經決定認真做這事兒了，便不再勸阻。因為就像她說的，雖然他如今是步家軍的主帥，但畢竟還未帶領大家打出多少戰績，若是大家在他的帶領之下，過著衣不蔽體、食不果腹的生活，那他這個主帥就算再能幹，也是沒有任何作用的。

打仗的目的，是為了讓大家過上好日子，若是連他自己手下的兵都過得不好，那又如何能取信於天下百姓？

「我只是希望妳不要太過操勞。」步覃牽著席雲芝的手說道。

席雲芝點頭回答：「你放心吧，我早就說過，我喜歡這種忙忙碌碌的生活，有事做我也覺得開心啊！操持這些事，對我不僅不是負擔，反而是我生活的動力，也是我釋放壓力的方法。你就不要擔心了，相信你家夫人可以管理好這個後勤，管理好自己的身子吧！」

步覃將席雲芝摟在懷中，在她頸項中埋了埋頭，這才點頭說道：「好。」

席雲芝在接手後勤工作的第二天，早早便起了身，去了營地的糧倉看了看，將糧倉中所剩的糧食都一一記錄下來。然後，又緊急帶人去到了附近的村莊，以高出市價一倍的價格，將百姓手中的餘糧都收購了回來，接著在村子裡找了兩個固定的菜農，讓他們收集四方村落的蔬菜，集中送入軍營。

伙房有米、有菜、有肉，當天中午就給大夥兒做了一頓乾飯，雖然菜、肉有點少，但相比前幾天每天喝粥的境況，卻是好上很多了。

吃過飯之後，魯平親自將五百多人集中到了主帥府外頭，等候席雲芝檢閱。席雲芝一一將他們的姓名記錄下來之後，便各自給他們分配了任務——一百人負責煮飯，三百人負責去開墾荒地種菜，一百人動手建造豬舍和羊舍，剩下的人就做一些雜活兒。

安排好之後，席雲芝又把韓峰和趙逸全都找了過來，吩咐道：「你們倆再替我跑一趟京城吧，去將燕子巷裡的東西全都取出來，務必小心。」

她在進皇宮前，便將之前的所有財產分成十份，藏在燕子巷荒宅裡的十個地方，逃亡之時她讓韓峰取出了一份，算上路上用度，剩下的幾十萬兩也全都在被齊國俘虜的時候丟失了。如今她身上有的是在齊國時齊昭陸續給她的幾萬兩銀子，這陣子用下來，也要差不多了，想來想去，只好動用那一筆銀錢了。

趙逸和韓峰對席雲芝竟還藏有私房錢的事兒極為震驚，他們一直以為夫人所有的私房錢在逃亡之時就已經全都取出來，然後遺失在了齊國。沒想到夫人神算，竟然還留了那麼多藏銀在京城中！

兩人趁著夜色，出了鐵血城，往京城趕去。

席雲芝又將之前在她手底下做事的小黑等十多人從步覃那裡要了過來，畢竟是認識的人，用得也比較順手。

她叫小黑帶幾個人替她捎三封信去洛陽，一封是給在步家老宅周圍耕地的堰伯和福伯；一封是給繡坊的蘭嬸娘她們；還有一封則是遞給漕幫幫主，她之前跟漕幫有點交情，只希望那點交情這時還能管用。

席雲芝在京城的店，自她逃亡之後，便被朝廷封了，雖然那些房屋的地契全都還在她手上，但此時不適合用來換錢。幸好洛陽的資產還未受到牽連，堰伯和福伯年年豐收，自是積下了不少餘糧，若是能託漕幫運輸過來這裡，那自是解了燃眉之急；然後蘭嬸娘那裡的繡坊越開越大，她們有了這麼多年的經驗，想必無須她親自前去，蘭嬸娘她們就能給她開設出一間甚至幾間大的繡坊，專門做將士們的衣物。如此安排下去，便算是保證了一段時間內將士們的吃穿問題。

有了這段時間，她就能夠想出其他辦法來交替補充糧草和衣物了。

席雲芝最近明顯感覺到自己胃口變好了，不僅吃的量多了，吃的次數也變多了，許是因為最近東奔西走，消耗得快，所以人們經常可以看見席雲芝手上拿著小食在吃的畫面。

營地最後方的豬舍已然建好，席雲芝讓人先捉了兩百多隻小豬崽回來，試著養起來，看能不能很好地長成。她還親自去了周圍的村落，尋訪養豬的專業人士回軍營幫忙，恰巧遇上了那回賣她整頭豬肉的那個漢子，對方見是她，便很熱情地毛遂自薦，說願意給她這樣的東家做事情。

那漢子又把同村的幾個好手也一起叫了過來，席雲芝派人跟在他們後面看了十幾天後，這才放手讓這些熟門熟路的莊稼漢做，將士們只要負責幫他們打料、上料就可以了。

趙逸和韓峰風塵僕僕地趕了回來，交給席雲芝兩個包袱，幸不辱命地說道：「我們怕給人發現，一路從京城轉去了關外，再從關外趕回來的。九個包裹一個不少，都在這裡。」韓峰做事向來縝密，生怕暴露了他們的行蹤，還特意留了個心眼，去關外轉了一圈，這樣就算真有人發現了他們、跟蹤他們，也能多些機會察覺，儘量避免將麻煩帶回軍營。

「辛苦你們了。」席雲芝看他們灰頭土臉的，不禁對他們說道：「我讓如意、如月燒了熱水，你們先回房洗漱一番，晚上讓劉媽給你們做頓好吃的。」

趙逸和韓峰這幾天也確實累了，一聽晚上有好吃的，便趕忙回房洗漱去了。

席雲芝將房門關上，拿了算盤之後，坐到了床帳裡頭，將帳幔放了下來，然後才打開了這幾個包裹，將包裹裡的珠寶首飾先放在一邊，就銀票來了個全盤大清點。

算了整整兩刻鐘的時間，終於算清了如今她手中所擁有的數額，加上一些小額的，她手上總共還有四百二十八萬兩，比她預想中的還要多一些。但這筆對於尋常百姓家來說是巨額的銀款，在二十萬張嘴面前還是顯得有些薄弱。這幾日她粗略地算了一下，軍營中一天的開支平均就在二千四百兩左右，這還只是平日的開支，還未算上正式打起仗來所投入的軍耗。

但，如果洛陽的米糧能夠成功運來南寧，也許一日可省下一半的銀錢。這麼一想，席雲芝覺得洛陽之事確實只許勝不許敗，當晚便將心中的想法跟步覃說了一番。

步覃想了想之後，決定暗地裡派一隊兵前去洛陽接應小黑他們，務必確保洛陽的糧草能順利運來南寧。

席雲芝的肚子已經看得出來了，與第一次懷孕相比，她這回顯然有了經驗，而且肚皮也沒有第一次那麼癢了，總的來說，比懷小安的時候要輕鬆一些。

只是，她的口味變了好多。從前懷小安的時候特別喜歡吃甜的，但是這回卻是喜歡吃酸辣多一些，總是偏好那些重口味的東西，簡直可說是無辣不歡。

劉媽每天給她做辣椒麵都做得提心弔膽的，因為有一次她吃著吃著突然吐了之後，步覃就再不讓她吃辣了，可是她每天又止不住饞嘴，因此一有空就纏著劉媽給她做辣椒麵，恨不得就連炒個青菜裡面也加一點辣椒。

但是，這是要背著步覃吃的，所以，從前席雲芝總是盼著步覃回來跟她一起吃飯，可是現在，她卻不那麼希望他天天回來吃飯了。

因為跟步覃一起吃飯，他總是管東管西，一會兒不能吃這個，一會兒不能吃那個，永遠都只能吃那些清淡的菜色，叫胃口大開的席雲芝總是覺得吃得不爽快。

這日，席雲芝正在床上伸伸腿、彎彎手時，步覃拎著滿身泥漿的小安走了進來，臉色很是不好。

席雲芝趕忙從床上下來，把小安從他手上救下來，問道：「怎麼了？兒子怎麼搞成這樣？」

步覃顯然是氣壞了，冷著臉對小安說道：「妳問他，問問他做了什麼好事！」

席雲芝看著有些畏縮的小安，直覺可能發生了什麼不得了的大事，便給小安遞去一個

「你說」的眼神。

小安經過一番掙扎之後，才說道：「趙寧笑我不會武功，他欺負我。」

步覃一拍桌子。「他欺負你，你就使用卑鄙手段偷襲他，把他推下泥潭差點淹死嗎？」

小安被罵得頭往後縮了縮，不服地說道：「我沒有偷襲，那是埋伏……」

步覃氣得又是一拍桌子。「埋伏是對敵人用的，趙寧是你的敵人嗎？你把他推入了泥潭，但你知不知道他不會泅水？」

小安的脾氣也倔了起來。「可是我也下去救他了呀！」

「你救他？」步覃看著那張氣鼓鼓的小臉蛋，深吸了一口氣，試圖讓自己冷靜下來。「那我問你，你自己會泅水嗎？」

「……」小安被問得啞口無言，卻還是不願承認自己的錯誤。

席雲芝大致明白了這對父子在僵持什麼，於是什麼也沒說，只從外頭打來了熱水，將開始有些小脾氣的小安拉到身邊，替他把身上沾滿泥漿的衣服都脫了下來，然後用熱水給他擦了臉和身子，為他換上了乾淨的衣服之後，才讓他坐到軟榻上，裹著薄毯子繼續聽他老子訓話。

步覃是第一次對小安發這麼大的火，不是因為其他，而是因為小安自己沒有分寸，讓自己和同伴都深陷險境。如果這回不是恰巧被大人發現了他倆，那麼兩個不會游泳的孩子掉下水將會是什麼後果，大家都心知肚明。席雲芝也想藉此機會讓小安明白安全的重要性，所以，任憑步覃怎麼教訓，她都沒有開口替小安辯解一句。

直到晚上睡覺的時候，她才抱著心情鬱悶的小安說道：「你爹也是怕你出事。趙寧是個孩子，他說話沒輕重，咱們不去跟他計較，而且他說你不會武功也是事實，咱們馬上學就是了，犯不著為了這麼點小事跟他較勁，是不是？」

小安還是比較聽席雲芝的話的，在她懷抱裡乖乖地點點頭。「我也要學武功，娘妳讓爹教我好不好？」

席雲芝摸著他的腦袋。「你爹早跟我說了，等過了你今年的生辰，就開始教授你武功，原也是想讓你多舒服些時日的，但既然你自己這麼要求了，那好吧，明兒我便去跟你爹說，好不好？」

小安這才安心地點了點頭。

等小安睡著之後，席雲芝才去到院子裡，找到還在生氣的步覃，站到他的背後，替他輕柔地捏著肩膀，說道：「夫君，小安知道錯了，說下次絕不會再做這種危險的事情了。」

步覃冷哼一聲。「哼！妳是沒看見當時的情景，要是魯平晚去一步，兩個孩子就那樣淹死在裡面了也說不定！」

席雲芝光是想像那個畫面也覺得後怕，她從後面抱住了步覃，說道：「我知道，但事情已經過去了，小安也知道錯了，你就別再怪他了。如今他自己好學，想要學武功，那是好事，他懂得跟別人較勁了，也是好事，這說明他正一步步地長大，不是嗎？他小的時候咱們不就希望他快些長大嗎？如今他終於長大，有自己的想法，咱們要做的是好好地引導他，而不是為了一些錯誤去懲罰他。」

席雲芝溫和的嗓音在步覃耳旁響起，像一條清澈的溪流過他煩躁的心，讓他頓時覺得連著幾日的煩惱全都消失不見了，周身都洋溢著這個女人特有的香氣與溫柔。

拉住席雲芝的手，將她帶到胸前，又怕他的後背抵著她的肚子，便又將她轉了一個圈，讓她坐在自己腿上。看著她光潔無瑕的側臉，她也只有在懷孕的時候，會看起來肉嘟嘟的，他情不自禁地撫上了她的臉頰，摩挲一陣後，才說道：「那小子有沒有跟妳說我壞話？」

席雲芝聽了步覃這句話，不禁噗哧一聲笑了出來，橫了他一眼。「他才沒有！你怎麼比個孩子小心眼呀？」

步覃被她點著鼻頭，眉峰不禁一挑，說道：「誰小心眼？好啊，你們娘兒倆現在聯合起來笑話我了是不是？我看妳是太久沒被整治，皮在癢了是吧？」說著，步覃伸手欲在席雲芝身上哈癢癢，卻被席雲芝先一步逃開。

她端著架子跟他說道：「主帥請自重！為婦……在房裡等你。」

步覃看著席雲芝臨走前那一抹勾魂攝魄的嬌媚眼神，頓時心癢難耐，跟著她的身後就走入了房間，打算用實際的行動來好好「教育」一番最近膽大包天的妻子！

五月初的時候，洛陽的米糧終於運到了南寧。

席雲芝看著這一袋袋送入糧倉的糧食，懸著的一顆心總算是稍稍定了下來。

小黑這回洛陽之行，不僅給大夥兒帶回了米糧，還給席雲芝帶回了一個碩大的包裹，說是繡坊的蘭嬸娘和堰伯交給她的。

席雲芝回到房間打開一看，便看見包裹裡全是一摞一摞的銀票，雖然面額都不是最大的，但勝在厚度。包裹裡還有兩本帳目，一本是蘭嬸娘繡坊的帳，還有一本是這幾年糧食收成買賣的帳目。原來這麼長的時間過去了，他們竟然還能維持著她原來的做法，並且沒有將這些銀錢據為己有。

席雲芝匆匆點了一下，蘭嬸娘總共給了她二十二萬兩，堰伯則給了她九萬兩。如此她的手頭上就又多了三十一萬兩的資本，並且還多了滿滿一糧倉的糧食。

魯平見識了席雲芝的管理手段，不由得也對這個女人豎起了拇指，暗讚自己作這個決定的正確性。

有了銀錢和糧草的支持，六月初，步家軍便要正式出擊，與蕭國沿海地區的海軍展開戰鬥。

由於是與朝廷正式展開的第一仗，所以步覃這個主帥就必須親自出馬，打響第一仗，鼓舞士氣。

步家軍也有專門負責海戰的，但是戰船不多，加上以往得到的戰利船，也不過一百多艘，每條船能夠容納兩千士兵。而這回朝廷派出了十萬海師，集結淮海，誓要將步家軍的氣焰壓下去。

步覃覺得海軍陣容是他們步家軍的弱項，如果將一百多艘戰船全都派出去正面對敵，不僅沒有勝算不說，還容易全軍覆沒，便在戰前先集合了二十支探路小隊，分別由不同方向潛入敵方範圍，每隊兩百人。他們要做的不是先鋒，也不是突襲，只需隱藏好自己的蹤跡，將敵軍的行軍狀態一一彙報回來。

步覃全面瞭解了敵軍的形勢，畢竟在淮海上有一支十萬人的海軍，這是很難掩藏的，所以打探起行蹤來相對容易。既然不能正面力敵，那就分散軍力。步覃一番深思熟慮之後，才決定兵行險招，出奇制勝。

他跟席雲芝說了計劃，他這回只打算出動六十艘戰船，而且還不是一起出動，要分為十日，每日出動六艘，借鏡海盜的戰鬥經驗，以少擾多，以快打慢。他們六艘船可以隨時撤退，只要看清對方的行船方向，避開敵軍的炮火射程，便進可攻，退可守，能牽著敵軍的鼻子走，讓他們打不著、抓不到，抓耳撓腮奮力一搏的時候，六船已經成功地分散了路線，轉道回到鐵血城的碼頭。第二日再如法炮製，換個臨時決定的方向，換個攻擊的時辰。如此一來能讓敵軍時刻緊繃神經，不敢休息、不敢停歇。然後他們再乘機利用漁人找尋敵軍運送糧草的船隻，從船底鑿穿，讓水進入船艙，斷了對方的供給。

像這樣被輪番耗個一、兩個月，估計船上的人們就得瘋了。

步覃的計劃十分詳盡，席雲芝連夜根據他的計劃做出了用料明細單，第二天一早，就在碼頭奔波，安排供給事宜。按照步覃的思路，她沒有特意安排一支專門的糧草船，而是採用巡邏船的方式，給海上的船隊送水和食物，讓敵人摸不清他們的去路。巡邏船個小輕快，與一般漁船差不多大，送了就走，不會耽擱太久，所以也不擔心會暴露行蹤。

每一次巡邏船出動的時候，席雲芝都會提前在碼頭檢查一番貨物，確保東西都對，然後再批准他們出海。

戰爭打得如火如荼，船隊在步覃和一些航海強手的指揮之下，捷報連連，幾乎沒有聽到任何傷亡消息。

席雲芝每天也都會去聽情報，知道大家都平安無事了，她才肯放心去忙其他事情。

六月底的時候，軍營後方的一片菜地也都長出了綠油油的菜苗，馬鈴薯收成大好，不過幾日的工夫，就堆成了一座小山坡，席雲芝看了十分欣慰，讓種菜隊伍不能停歇，趕緊將地重新翻一翻，然後繼續耕種。

有了席雲芝的操持，營地上的士兵們也能保證每天都吃上兩葷三素、米飯及饅頭管飽的日子了，個個都在說，從前他們吃的國家軍糧，每頓的標準不過是四兩米飯、兩個饅頭、一盤菜、一碗湯，比之現在雖不說天差地別，但也有了差別。知道伙食這事兒全是主帥夫人在一手操持的士兵們，對席雲芝更是感激不已。

有些認識她的，在營地裡遇見了，還會湊上來跟她行禮打招呼，席雲芝也都一一回禮，謙恭大方的性格又給她加分不少。

小安自從上次跟趙寧鬧了一回之後，步覃乾脆就把他丟給了趙副將——趙寧他爹一同教授武功。趙副將對小安也沒客氣，沒有因為他是主帥的兒子或是年紀小就有所寬待，該蹲的馬步少一刻都不行，該揮的拳少一下也別想走。不過幾天的工夫，小安便瘦了許多，從前圓滾滾的肚子也稍稍收回去了一點。

每天晚上席雲芝給他按摩手腳時，會問他這麼辛苦，要不要放棄？小安卻都倔強地搖頭，席雲芝也不再勸說了，每天儘量保證他吃得好一些、睡得好一些，其他的就隨他了。

七月中旬，步覃所帶領的水軍大獲全勝，凱旋而歸，六十條大船威風凜凜地破水而來，不僅沒有折損一條，並且還在最後方另外拖了一百多條船回來！

席雲芝站在最高的眺望塔上，扶著小安站在欄杆上，不住地跟甲板上的人揮手。

小安興奮地在那兒大叫：「爹、爹！」

士兵們群情激動，軍號撼動天地，呼喊振奮人心。

步覃帶著一身風塵，自甲板上走下。一個多月的時間在海上漂泊，他生出了鬍渣，渾身上下滿是粗獷的氣概。他停在最前方，目光四處搜索，轉了一圈後，鎖定在右前方的眺望塔上方。

小安從欄杆上跳下，小小的身子推開身前的障礙，跑下眺望塔的臺階，飛奔著撲到了父親的懷抱裡。

席雲芝挺著肚子，人群自動給她讓開了一條路，讓她暢通無阻地去到了步覃面前。

步覃懷裡抱著小安，看著多日不見的嬌顏，天知道他有多想擁她入懷！他伸手在她肚子上摸了摸，說道：「大了些呢。」

席雲芝笑著點了點頭，主動牽起了他的手，溫婉地說道：「回去吧，我給你們準備了接風宴。」

步覃收起了這個月來在海上漂泊的心，無依的靈魂終於回到了屬於他自己的港灣。

席雲芝早已準備了熱水，等待步覃回來時替他好好清洗一番。

步覃將身子泡在滾燙的熱水中，發出了一聲舒服的嘆息。「海戰絕對比陸戰要辛苦得多，海風刺骨，別說熱水澡了，就連熱茶都未必能喝到……」

席雲芝在旁邊用皂角塗抹刮刀，聽他說話，也不發表意見，就只是靜靜地、微笑地聽著。塗抹好了刀後，她便彎下身子，小心翼翼地給步覃刮起了鬍子。

房間內針落可聞，步覃閉著眼睛躺在澡盆裡，享受這難得的安逸與幸福。

「那小子，有沒有趁我不在時偷懶？」刮好了鬍子，步覃又忍不住拉著席雲芝給他擦背的手，問道。
席雲芝笑著搖頭。「沒有，我想讓他偷懶來著，可是他自己不肯，我也沒辦法。」
步覃輕捏了她一下。「妳怎能叫他偷懶呢？」
席雲芝舀了一瓢水澆在步覃的肩膀上，說道：「我看他每天那麼辛苦，回來的時候腿腳都硬邦邦的，腳底也磨破了好幾塊皮，我這個做娘的怎能不心疼？」
「要練好武功，基本功最重要，若是現在偷懶了，將來苦的還是他。」步覃將席雲芝的手放在唇邊輕吻了幾下。
席雲芝怕癢，想縮回去，卻被他抓得更牢。「好好好，我知道了。我不去管他便是，就他那小脾氣強起來，八頭牛都拉不回來呢！」
步覃聽席雲芝埋怨兒子脾氣強，竟絲毫不覺奇怪，反倒點頭道：「對，隨我。」
席雲芝失笑，在他肩頭敲了兩記。「討厭！你也知道自己的脾氣啊？」
步覃被她弄得心猿意馬，想把她拉入水中，可是看到她高高隆起的肚子，只得深呼吸了幾口，這才歇了心思，轉移話題道：「這回打了場漂亮的勝仗，不僅傷亡很小，還另外帶回了一百多條戰船、五十多個戰俘。這些人交給妳隨便用，管飯就行。」
席雲芝一聽，訝然道：「我只看到戰船，竟然還有戰俘嗎？既有戰俘，又怎會只有五十人？」
步覃笑道：「多了怕給妳增加負擔。我帶回來的這些可不是尋常的戰俘，留著有大用。」洗好了身子，步覃從水中走了出來。

席雲芝一邊替他擦拭身子，一邊問道：「五十個戰俘還有什麼大用？」

步覃對她解釋道：「尋常的戰俘只是普通士兵，降了就降了，我帶回來是自討苦吃，留下要費口糧，殺了名聲又不好，所以我只帶了五十個有用的回來。別看他們是戰俘，一個個可都跟皇室沾著親，不是公爵大臣，就是皇親國戚。改明兒跟蕭絡談談，看他願意出多少錢把人給贖回去。」

席雲芝聽得目瞪口呆。「贖回去？怎麼聽起來，咱們就跟土匪似的？」

步覃聳肩。「所有脫離國家編制的隊伍都是反賊，比土匪好不了多少，既然如此，我們還跟他客氣什麼？」

席雲芝被他說得不禁笑了出來，但想想他說的也對。

夫妻二人便有說有笑的前往已經開始熱鬧起來的接風宴。

第二十五章

步覃大獲全勝，無疑給步家軍帶來了極大的鼓舞，這些日子在軍營裡走動就可以看得出來，士兵們臉上滿是自豪，再也沒了前途迷茫與不信任的表情。

步覃帶回的俘虜，全都給席雲芝安排在菜地和豬舍中工作，戴著腳鐐、手銬，面朝黃土背朝天，好好地體驗了一把辛苦耕種的滋味。

席雲芝從菜田出來時，正好看見幾個戴著腳鐐的人正被幾個士兵抽鞭子，那些不斷哀嚎的聲音讓她不禁想起自己流落齊國初時的慘境，便走上前去問道：「他們怎麼了？不肯種地嗎？」

抽鞭子的士兵認識她，趕緊停了手過來行禮，其中一名士兵指了指他們身後不遠處，說道：「回夫人，是張副將叫我們好好教訓一下這幾個老頭的。」

席雲芝蹙眉。「張副將？」她記得管這些俘虜的將領並不是姓張的。

順著這士兵的指向，往不遠處看了過去，只見一個瘦高的將領正往她這邊走來，席雲芝這才認出他。他是前鋒一營的副將張勇，兩撇小鬍子是他的招牌，一雙綠豆大的眼睛總是不住地打量四周，這種人不是心性不定，就是心懷鬼胎。

只見張勇往席雲芝的方向走來，明知她的身分，卻既不行禮也不問好，而是直接對那幾個士兵凶道：「怎麼停了？繼續打，打死算我的！」

那幾個士兵互相看了兩眼，又將目光投向了席雲芝。

席雲芝對他們揮揮手之後，說道：「你們先回去吧，這些人我來處理。」

士兵們聞言放下了手裡的鞭子，對席雲芝和張勇抱拳彎了幾下腰之後，倉皇逃跑了。

席雲芝與張勇正面對上。

張勇一副瞧不起她的樣子，雙手抱胸說道：「哼！夫人好大的膽子，這些人可都是俘虜，夫人這樣偏袒，就不怕我去主帥那裡告妳一個裡通外叛之罪嗎？」

席雲芝看出了他眼中的不敬，卻也只是笑笑。「張副將好大的火氣，這些人橫豎已經是俘虜了，你將他們打死，不是壞了主帥不殺降俘的名聲嗎？」

被席雲芝這麼說，張副將臉色一變，當著席雲芝的面啐了一口唾沫，說道：「好利的一張嘴！」目光在席雲芝身上流連片刻後，張勇將眼神停留在她的肚子上，然後突然伸手抓住了席雲芝的下巴，說道：「等妳生了孩子後，老子再來教教妳什麼叫做婦道！」

席雲芝大驚，一掌便將張勇的手拍開，往後退了幾步，蹙眉怒道：「放肆！」

如意趕緊扶住了驚魂未定的席雲芝，如月則衝到張勇面前，指著他罵：「好你個張勇，竟然敢對元帥夫人動手動腳，你不怕我們去告訴主帥，讓他殺了你嗎？」

張勇驀地將如月一把抱在懷中，不顧她的掙扎，光天化日之下就對如月上下其手，還極盡猥瑣地用自己的下身摩擦如月的臀部，嚇得如月尖叫一聲。

如意趕忙上前踢打張勇，這才迫使張勇放開了手。

意猶未盡地舔了舔唇，目光又在如意身上流連一番後，張勇說道：「誰都知道，軍營裡的女人都是公用的！主帥夫人又如何？不怕告訴妳們，便是當今皇后，老子也玩過！」

張勇邊說邊靠近不住後退的如意，大言不慚地說道：「我是幫主帥打天下的兄弟，沒有我們這些兄弟的幫忙，主帥一個人光桿兒打天下嗎？只要天下到手，到時候要什麼樣的女人沒有？夫人算個什麼東西！」說完，大手一伸，就抓住了如意，正要狎玩一番時，卻被聞訊趕來的趙逸制止。

不由分說，趙逸抓著張勇的衣領，把他從如意身上拉開，一腳將他飛踹出去！

張勇一看是趙逸，趕忙從地上爬起來，落荒而逃。

趙逸在後面追趕了幾步，大叫道：「不要命的死東西！下回別讓我看見，見一次打一次！」然後趙逸才轉身，扶起了哭哭啼啼的如意，見席雲芝捧著肚子走過來，便說：「夫人不用怕，我這就去告訴爺！」說完就要離開。

席雲芝忙叫住了他的腳步。「趙逸，算了。爺剛打了勝仗，士氣正高，別拿這種事情去掃他的興了。」

趙逸蹙眉。「那怎麼行呢？夫人。這個張勇是前段時間主動投來步家軍的，從前他跟著蕭絡在西北打過仗，魯副帥見他武功不錯，便收了他進步家軍，沒想到他竟敢做這種事情！」

席雲芝斂目想了想，還是決定搖頭。「這件事不用告訴爺，我自有辦法對付這人。這種事情若真鬧上了檯面，對誰都不好看。」

趙逸又猶豫了會兒，回頭看了一眼哭泣的如意和如月。的確，這事兒要是傳了出去，這兩個姑娘今後怕是難嫁人了……這麼一想，也就算了。

席雲芝則看著張勇離去的方向，暗自咬了咬牙，目光透出一抹深沈。

張勇在外頭訓了幾個兵之後，回到自己的營帳，卻發現營帳裡被潑滿了水，他的被褥全都濕了不說，就連櫥櫃都被人拉翻在地上！

他啐了一口唾沫，跑出帳外喊了起來。「哪個王八龜孫幹的？他媽給爺站出來！」

帳外正逢士兵們回來歇息，人來人往的，個個看著張勇，卻是沒有一個站出來跟他說話。

張勇怒不可遏，便往管營帳的隊長那兒走去，見了隊長的面，劈頭蓋臉就是一頓大罵。「我帳裡的水是誰潑的？麻溜地給老子站出來！要是被我查出來，小心老子扒了他一層皮！」

隊長淡定地看著他，說道：「你誰啊？我這兒可沒你要找的人，想撒潑換個地兒去。」

張勇深吸一口氣，怒道：「我是前鋒一營的副將張勇，沒聽過嗎？我那帳篷裡都是水，下腳都能摸魚了，讓我晚上怎麼睡？推條船進去嗎？」

隊長面無表情地看了他好久，才說道：「你營帳裡有水，關我們什麼事？我們只管分配營帳，裡頭著火進水的事兒可不歸我們管，你他媽找錯地方撒野了！真以為自己是天皇老子，鼻子裡插兩根蠟燭就能充象了？」

張勇眉頭一皺，深吸一口氣，強忍著怒火跟他說道：「好，算我找錯門兒了！可我那營帳裡都是水，怎麼住？趕緊地給我換一處！」

隊長忙著看冊子，聽他這麼說，乾脆揪著張勇的胳膊，把他往外頭推，說道：「剛說了讓你別裝象，你怎麼就聽不進呢？你是主帥他爹呀？你想要個帳篷，我就得上趕著給你安排啊？鐵血城二十萬的兵，要是每個都跟你似的，進個水就跟我要營帳，那我是不是還得去圈地呀？進了水就去找消防營，別他媽的在我這兒瞎哼哼！」隊長說完之後，便走入了營帳，讓張勇吃了個閉門羹。

張勇想衝進去找他發火，又怕事情鬧大了難堪，只好去了消防營。誰知道，消防營的人竟一口認了這事兒！

「喔，是啊，今兒有人投訴，說那片兒有個老鼠窩，我們就派人去放水淹了老鼠窩。怎麼，你帳子裡也有水啦？」

張勇一聽，來火了。「什麼叫我帳子裡也有水了？就是你他媽往我帳子裡放的水！床和櫃子全都泡水裡了，你讓我晚上怎麼睡？」

消防營的人見他口氣這麼衝，也沒好聲兒對他。「你晚上對付一宿怎麼了？鼠窩不滅，遭殃的是大夥兒，犧牲你一個保全了大夥兒，你應該感到光榮才是！」

張勇氣得簡直要冒火了。「你們把我的帳子淹了，我他媽還要感到光榮？我告訴你，這事兒沒完！你要不給我解決了，我他媽拆了你們營帳！」

那人看著暴怒的張勇，好半晌沒說話。

張勇以為自己橫了，正得意呢，沒想到外頭突然走進來兩個參天大漢，一人捉一隻胳膊，把他給架了出去！

消防營的頭兒從裡頭走出來，指著他的鼻子罵道：「我這消防營一年到頭不知道得接待多少你這樣無理取鬧的人！想拆了我們營？你也不掂量掂量自個兒的能耐！有本事就讓人給你再安排個營帳，沒本事的話，我告訴你，接下來的一個月，我們消防營都會在你那帳子裡灌水淹鼠窩，受不了就滾蛋！」

張勇在兩個參天大漢的逼迫下，也不敢再多糾纏。忿忿地回到自己的營帳，一看見滿地的水就來氣，他乾脆去了手下士兵的大帳，奪了個床位，就這樣對付著住了進去。

士兵們對他敢怒不敢言，張勇在他們身上又找回了些自信，說話越發裝腔作勢，滿嘴什麼「要是配合我，今後便提拔你」云云。

原以為事情就這麼著了，沒想到晚上吃飯的時候，又來事兒了！

張勇忍著滿嘴的疼，把嘴裡的一大口米飯全都給噴了出來，噴了不夠，還端著飯碗，一個勁兒地往地上吐口水。把嘴裡的東西全吐出來之後，他將飯碗重重地放在桌子上，大聲叫道：「這他媽什麼飯吶？盡是石子，餵豬吧！來呀，誰煮的飯？」

隨著張勇的叫喚，從後廚走出來一個胖子，手裡拿著炒勺，說起話來也霸氣。「誰嫌飯不好吃就滾蛋！怎麼旁人能吃，就你不能吃啊？你是天皇老子，還是玉皇大帝啊？民間的飯不合你胃口，你就趕緊地升天兒吧，留在俺們這旮旯（注）受苦幹麼呢？」

張勇今天已經被無數次回嗆，覺得鬱悶得沒法說起了。他深吸一口氣，把飯碗又端了起來，放到胖子面前，說道：「就你這石子飯，老子按你一臉，你信不信？」

胖子啥也沒說，手一掀，張勇手裡的那碗「石子飯」就掉在了地上！胖子用腳把碗踢開，然後用腳尖兒在飯上撥了兩下後，說道：「哪兒有石子？你倒是給我找出來！旁人吃得好好兒的，你不是找茬是什麼？還是那句話，要吃就吃，不吃滾蛋！」

張勇一日受了三、四回氣，沒想到如今連個小小的廚子都敢給他甩臉子了！轉首看了看周圍的人，沒有一個是吃了石子的表情，現在飯也給掀地上了，他想說理都沒證據了！摸摸鼻子，氣都氣飽了，他邊走邊指著胖廚子威脅道：「好，整我是吧？都給老子小心著點兒！」

張勇怒氣沖沖地走出了飯堂，臨走前還踢翻了一鍋熱湯，不料正好灑在自己的腳面上，於是他更加生氣地跺腳走了。

注：旮旯，音ㄍㄚ ㄌㄚˋ，意指不受注意的偏僻角落。

倒楣的一天，張勇以為就這樣過去了，沒想到等待他的還有更加經典的橋段。

洗澡沒有熱水，喝茶沒有熱水，睡個覺都會被人搧嘴巴子！好不容易睡著了，突然感覺被子裡冰涼涼的，用手下去摸了一下，差點把他三魂七魄嚇出了，他媽竟然是條蛇！

終於熬到了早上後，早飯所有人的饅頭都沒問題，就是他的那個硬得像石頭，粥裡也全是石子！端著碗去後廚找人發洩，把胖廚子揪到了管事的面前，管事的卻面不改色地說，粥沒問題啊，因為是大鍋飯，誰能保證大鍋飯裡沒點兒小石子呢？

張勇不管在哪裡都沒受過這樣的窩囊氣，一下子便把這狀告到了專門管後勤的參將那裡去，誰知那參將見到他是橫挑眉毛豎挑眼，說話夾槍帶棒的，又把張勇給氣了個半死。

如此持續了好幾天之後，張勇終於受不了了，只能披頭散髮、灰頭土臉地到參將那裡去跪著了，不管三七二十一就跟那參將認錯。

「不管我張勇有哪裡得罪了您的，您大人大量，別跟我一般見識了，行嗎？」

參將笑咪咪地從書案後頭走出來，彎下身子對跪地的張勇說道：「喲，知道錯啦？」

張勇這幾天已經被整得沒了脾氣，只要能繼續過安穩的日子，現在即便讓他叫人爺爺他也願意！連忙點頭道：「知道了、知道了！小人以後再也不敢得罪參將大人了，您就高抬貴手，把我當個屁放了吧！」

參將一聽他這麼說話，又直起了身子。「嘿，看來你還是不知道啊？那對不起了，還是走吧！」

張勇一聽這話，趕緊乘機問道：「請參將大人明示！我哪兒說的不對了？」

參將在他臉蛋上拍了幾下，笑道：「人，不對。」

張勇簡直接近崩潰邊緣了。

那參將看他實在被整得可憐，不過短短幾日，就瘦得不成人樣，便對他提了個醒兒。

「這麼跟你說吧，你以為咱們二十萬步家軍吃的是誰的糧？穿的是誰的衣？住的是誰的帳篷？」

張勇蹙眉。「是……主帥……」

參將又拍了他幾下嘴巴子。「嗯，少說了兩個字，是主帥夫人！我們如今吃的、用的、穿的、住的，全都是主帥夫人給的！聽明白了嗎？」

張勇瞪大了眼睛，這才恍然大悟。「你是說，這些日子整我的，是那個臭娘兒們?!」

參將臉色一變。「怎麼說話的！什麼臭娘兒們？沒有她，別說是吃飯，你他媽就連糊糊都沒得吃，更別說是打仗了！這個軍營裡，你就是惹了主帥都未必有什麼事兒，可是你偏偏不開眼，惹了主帥夫人！小子，我都替你覺得可憐吶……」

從後勤參將那裡出來後，張勇失魂落魄的，兩隻拳頭捏得喀嘣作響。他原以為自己是得罪了什麼上級，沒想到竟然是那個臭娘兒們！他張勇再怎麼樣，都輪不到一個女人家來收拾吧？

席雲芝，妳給我等著！

張勇惡向膽邊生，偷偷地跑到了主帥府邸，打算將那個該死的女人好好教訓一番，卻沒想到竟差點碰上她。

張勇趕忙躲到了旁邊的草叢中，只見席雲芝身後跟著趙逸和韓峰，他們倆手裡抬著一個碩大的箱子，只聽席雲芝邊走邊對他們說道——

「這箱子裡有一百萬兩，可得收好了，這是整個營地下個月的開支，丟了它就是丟了咱們的命，爺那裡咱們就是有九個腦袋都不夠砍的！」

趙逸點點頭，說道：「是！夫人，您就放心吧！每回我們都是把箱子藏在東廂最左邊的屋子裡，那裡根本沒人住，丟不了的！」

席雲芝捧著肚子，淡淡地點了點頭，說道：「好，你們藏好就好。我去書房看看爺，你們藏好了便去營裡看看有什麼要忙的，別一天到晚地守在我身邊。」

韓峰接著說：「夫人，是爺讓我們守著妳的。」

席雲芝揮揮手，說道：「好了好了，反正我是去書房，那裡有爺在呢，你們走吧。」

席雲芝和趙逸、韓峰分道兩路。

席雲芝去了花園，花園那頭應該就是書房，主帥步覃此刻正在裡面；趙逸、韓峰肯定是去藏銀子！張勇從樹叢中爬出來，眼珠子一轉有了主意。

席雲芝那個女人可以等等再收拾，他乾脆先把銀子神不知、鬼不覺地偷到手，然後讓主帥去懲罰那個女人，等她跌到谷底，他再去補一刀，豈不妙哉？

這麼想著，張勇便調轉方向，小心翼翼地跟著韓峰和趙逸去了東廂。

躲在樹後，親眼看著他們把箱子放進了房間，然後關門離開，往營地的方向走去。

張勇從樹後走出，嘿嘿一笑，見那房門外只有一把小鎖，他大力一拉，鎖竟輕易掉了下來！沒想到事情會這麼容易，難怪別人說，走運的時候，連老天都幫忙！想想那箱子裡的一百萬兩銀子，他不禁有些小興奮呢！

推開房門，裡面啥都沒有，只有一個黑箱子被放在中間。張勇迫不及待地衝了過去，把箱子打開，入眼全是銀票！他此刻的心情，就好像掉進了米缸的老鼠，驚嚇的同時，更多的是難以抑制的驚喜。伸手抓了一把銀票，正要笑出來時，頭頂上卻突然掉下一張大網，把他罩在其內！接著，趙逸和韓峰飛也似地從外頭竄了進來，一人抓住網的一邊，把他牢牢困死在裡面，插翅難飛！

見席雲芝嘴角噙著笑走了進來，張勇這才明白自己中計了，氣得大叫道：「好妳個賤——唔唔唔……」

話才說了幾個字，張勇的嘴裡便被韓峰塞了一隻臭鞋，令他再也說不出話來。

席雲芝慢悠悠地走到了張勇身前，對他雲淡風輕地說道：「這幾天過得可還舒服？」

張勇唔唔唔地說不出話，但一雙瞪紅的眼睛死死盯著席雲芝。

席雲芝毫不懼怕，繼續對他說道：「我忘了對你說了，當今皇后甄氏是我席雲芝最好的朋友。你冒犯我的事，倒也就算了，但你還曾經冒犯過我的朋友，這筆帳可不能這麼輕易地甘休。你猜我會怎麼對你呢？」

不等張勇發聲，席雲芝便捧著肚子，淡定地轉身，對趙逸和韓峰說道：「此人偷盜巨額軍餉，人贓並獲，帶去刑堂，按軍法處置！」

「是，夫人！」

趙逸和韓峰知道這人的惡行，只覺得席雲芝此舉大快人心極了！兩人將張勇身上的網扭成了麻花兒，把他交給了奉命在外頭看熱鬧的士兵，帶去了專門處置犯罪士兵的刑堂。

步覃正在主帥營帳中研究地形，看見外頭有幾個士兵匆忙跑過，便叫人前去一問。守門的士兵回報說：「爺，聽說刑堂今兒抓了一個偷東西的。」

步覃走到案邊，端起一杯茶，淡淡地問：「偷了什麼？」

「回主帥，偷了夫人收藏的軍餉，聽說有一百萬兩呢！」

步覃正要喝水，聽士兵這麼說了之後，他驀地放下了杯子，走到帳外大喊了一聲。「韓峰、趙逸！」

沒多會兒，韓峰和趙逸就來到了步覃的面前。

步覃對他們倆問道：「誰偷了夫人的錢？不是讓你們看好夫人的嗎？」

兩人對視一眼後，韓峰說道：「爺，是夫人讓別告訴你的。那人是個混蛋，冒犯了夫人，還輕薄了如意、如月，夫人不想鬧大，只好出此下策了。」

步覃還未開口，趙逸連忙補充道：「爺，那人真的太可惡了，您千萬別怪夫人！」

步覃面無表情地聽完了趙逸轉述張勇那日冒犯席雲芝她們的事情，沈默了一會兒後，才沈著一張臉，走出了主帥營。「走，去刑堂看看。」

趙逸和韓峰對視一眼，在心裡為那個張勇點了一根蠟燭。看他們爺的舉動，大概是動了真怒了……

刑堂外頭，圍滿了看熱鬧的士兵，見步覃過來，全都作鳥獸散。

步覃暢通無阻地進到了刑堂，刑堂上的刑官見他入內，趕忙從審案後頭走出來，把位子讓給了步覃。

席雲芝原本坐在下首的太師椅上，看到步覃也站了起來，朝跟在他身後的趙逸和韓峰投去了一抹詢問的眼神，只見趙逸對她眨眨眼，韓峰對她搖搖頭，不知道這兩個人想表達什麼。

步覃目不斜視地從她身邊經過，坐下之後，被五花大綁的張勇像是見到了親人般，對步覃喊道：「主帥，我是冤枉的！是那個女人設計陷害我！」

步覃好整以暇地整理好衣服的前襟後，終於開口道：「哪個女人？」

張勇見步覃對席雲芝的態度也不是很熱情，便大著膽子看了看一臉淡然的席雲芝，說道：「還不是主帥夫人！她仗著自己手裡有點權力，就將我等股肱之將耍弄於股掌之間，聯合多人捉弄我不說，如今竟然還冤枉我偷盜軍餉，太卑鄙了！」

趙逸聽了張勇的話，氣不打一處來，指著他罵道：「張勇！明明是你覬覦巨額軍餉，尾隨在我與韓峰身後，要不然，你怎會知道那軍餉就藏在東廂的小屋裡？」

張勇被趙逸點明指戳，面上一僵，當即反駁道：「我是見你們鬼鬼祟祟的，為免你們做出傷害步家軍的事，才跟過去看看的，沒想到卻中了你們的奸計！」

趙逸冷哼一聲。「我也沒想到，你竟能睜著眼睛說瞎話！我與韓峰在主帥府邸出沒乃天經地義，何來鬼祟之說？倒是你，青天白日地出入主帥府邸，門房也沒有你的入內登記，我倒要問問，你是如何進入主帥府的？」

「我……」張勇被問得啞口無言，咬牙說道：「總之，我沒有偷，是你們陷害我！」

見他一口咬定的無賴相，趙逸也無可奈何。

這時，座上的步覃突然對張勇開口道：「軍餉的事暫且先擱下不談吧。」

步覃的一句話，讓原本僵持的氣氛變得更加詭異。

趙逸和韓峰對視一眼，不知道自家爺想幹什麼。

倒是張勇一副春天來了的精神樣兒，從地上爬了起來，站到步覃案下溜鬚拍馬道：「主帥英明，張勇佩服！今後定為主帥兩肋插刀，效犬馬之勞！」

步覃深吸一口氣，從案後走出，負手來到張勇面前，對他勾唇說道：「軍餉的事可以暫且擱在一邊，咱們先來說說前幾日，你對夫人不敬的事吧。」

張勇的臉色變了變。

席雲芝也想說些什麼，卻被步覃未卜先知般，對她比了個噤聲的手勢，讓席雲芝想說話都不好說了。

「張勇對夫人不敬，這事兒過去好些天了，相信營裡也傳開了吧？所以，咱們先不管軍餉不軍餉的事兒，就對夫人不敬這一條，先把帳算了吧。」

張勇面露尷尬，對步覃說道：「主、主帥，這事兒在這兒講，不合適吧？」

步覃搖搖頭。「沒事兒，合不合適，我說了算。你只要回答我的問題就行了。」

「咳咳！」張勇乾咳兩聲之後，才開口說道：「是，前幾日屬下確實跟夫人生了些口角，但那都是搬不上檯面的小事兒，橫豎都是女人家使小性子罷了，不值得主帥特意提起。」

步覃不動聲色地看了他好一會兒，看得張勇只覺得背脊發涼。

過了一會兒，又聽步覃勾唇說道：「你是不是說過這麼一句——夫人算個什麼東西？」

張勇被步覃看得頭皮發麻，忽地，胸腹遭到重擊，他捂著肚子彎下身去，前襟卻被步覃揪住，整個人被高高舉起，摔出了刑堂外頭！

步覃的聲音在他耳旁嗡嗡地迴盪著——

「我今日就告訴你，夫人到底是個什麼東西！」

步覃從刑堂的架子上抽出一根長鐧，來到校場之上，對著剛剛爬起來的張勇便是一頓抽，回回到肉，招招見血，不一會兒的工夫，張勇身上就布滿了血痕，在地上打滾哀嚎。

魯副帥聞訊趕來，見就要鬧出人命，趕忙衝上前去制止步覃，低聲勸道：「主帥，要行刑也別在校場上，觀感多不好！」主帥殘暴，這種印象傳出去的話，對步家軍的形象可是很不利的。

步覃將魯平推開，又在張勇身上抽了幾下，這才將長鐧拋到一邊，深吸一口氣後，說道：「夫人是什麼，讓我來告訴你！夫人是在你快要放棄自己時，將你拉出泥潭的人！夫人是在你自暴自棄時，對你義無反顧的人！夫人是在你眾叛親離時，對你不離不棄的人！夫人是在你饑寒交迫時，給你溫飽的人！夫人是在你身受重傷時，十天十夜不睡覺照顧你的人！夫人是在你一無所有時，傾囊相助的人！」

步覃的話在校場上迴盪開來，士兵們你看我、我看你，全都鴉雀無聲，但步覃的話，每一句都深深地印刻在人們心間。

「步家軍一共有二十萬人，試問哪一個沒有受過夫人的恩惠？你們吃的飯是夫人給的，你們穿的衣是夫人給的，就連你們手上用的盾牌、兵器，每一樣都是夫人給你們掙來的！她為了讓你們吃飽一點、穿暖一點，挺著七個月大的肚子，每天東奔西走，為的是什麼？難道就為了從張勇這樣吃裡扒外的混蛋口中受到侮辱嗎？」

步蕈說得激憤不已，他雙目有些泛紅，神色無比的鄭重，一字一句敲擊著眾人的耳，激盪著所有人的靈魂。

「現在，誰能告訴我，張勇這樣的人，該不該打？」

圍在周圍的士兵們稍稍沈默一會兒後，不知是誰開始說了第一句「應該」，接著，此起彼伏的「應該」聲便傳了出來，到最後，竟變成了響徹雲霄的呼喊！

「應該！應該！應該——」

席雲芝站在刑堂之中，根本沒有去到校場，但是步蕈的每一句話她都聽在耳中，硬是咬緊了牙才不至於哭出聲來。這個世上，再沒什麼比一個男人這樣不懼任何流言蜚語地公然保護，更令人感動了。

他說的不是道理，而是坦誠的愛護。席雲芝覺得今生能夠從步蕈口中聽到這些愛護之言，她已經死而無憾了。

男人三妻四妾是常事，休妻再娶的也不在少數，即使男人能專一，真正能夠體諒與愛護妻子的男人，卻是極少的。不論財富與地位，單就這份赤誠的心，就足夠她傾注一生的愛戀了。

步蕈是個好夫君，在席雲芝心中，他絕對是天下第一等的夫君。她好慶幸自己的緣分能夠落在他的掌心，感謝他的愛護體貼，感謝他給了她心靈的歸宿，感謝他願意用同等的愛來與她交換愛情。

如果女人的婚姻是一場豪賭，那麼，她已經贏得了屬於自己的萬里江山。

步覃在校場懲治了張勇之後，又回到了主帥營，繼續研究地形戰略，直到晚上才回到主帥府邸。

席雲芝見他回來，趕忙迎了上去，卻被步覃閃開。她愣然地看著他的背影，不知怎麼一回事。

「夫君……」她試探著喊了他一聲，步覃卻是沒有理她。席雲芝的目光一直跟著他，看著他坐到了桌子旁。

步覃見她還愣在門邊，不禁沒好氣地說道：「過來倒茶啊！」

席雲芝這才反應過來，趕忙抱著肚子走到步覃身邊，有些莫名其妙地給他倒了一杯熱茶。

步覃接過喝了一口後，說道：「太燙了，吹吹。」

「……」席雲芝不懂這個男人在發什麼神經，不動聲色地順著他的意思做了，端起了水溫正好的茶杯，象徵性地在唇邊吹了兩下，然後又遞給他，步覃這才裝模作樣地喝了起來。

席雲芝見他這般，便也配合十足地走到他的身後，主動給他捏肩捶背。

好一番伺候之後，步覃才又開口問道：「知道錯哪兒了嗎？」

席雲芝停了停動作，搖頭說道：「不知道。」

步覃放下杯子，故意拉下面孔，轉過身來看著她，說道：「真不知道還假不知道？」

席雲芝斂目想了想，這才抱著肚子，可憐兮兮地說道：「我也是不想給你添麻煩嘛，要讓你為了我懲治一個替你打仗的手下，我怕旁的人會對你有不好的看法，所以……」

步覃聽後，面上浮出煩躁。「屁話！我要連妳都護不了，還談什麼打天下？」

席雲芝見他說得真切，腦中又不禁回想起他白天在校場上說的那番話，便軟了身子，依偎到他的懷中，溫柔似水地說道：「好啦，我錯了還不行嗎？下回有事兒，我一定先告訴你，你就別生氣了嘛……」

步覃被她這麼一軟，腹中早就打好的長篇大論頓時沒了發言的機會。看著她潔白無瑕的側臉，他心中一軟，伸出手臂將她摟在了懷中，溫和了口氣說道：「妳可別忘了這句話，下回再犯，看我怎麼收拾妳！」

席雲芝沒有說話，只是伸出一根手指在他胸膛上戳戳弄弄。

步覃將之抓在掌心。「聽到沒有！」

席雲芝無奈地點點頭，說道：「聽到了。」

步覃見她應答，臉色才稍微好了一些。

席雲芝見狀，不禁又湊在他耳邊說道：「夫君，其實我覺得你今天在校場上說的話，有些不對。」

「……」步覃難以置信地對她瞪著眼睛，一副「妳竟敢批評我說的不對?!」的凶惡神情。

席雲芝無懼威脅，倚靠在他身上，說道：「我替營裡做那麼多事，可不是為了那些士兵，我是為了你，是為了替我的夫君分擔，不是像你說的那樣大義凜然。我跟那些兵都是素未謀面，對他們可沒那個情分。」

步覃嘆了口氣，在她鼻子上刮了一記，這才說道：「我知道，妳當然是為了我，為了其他人我可要打屁股的！」

席雲芝噗哧一聲笑了出來，在他肩膀上敲了一記，嗔道：「討厭！」

步覃抓住她的手，又說道：「我之所以那麼說，是為了給妳立威。他們不服我的管制，我自有我的法子讓他們服，可是妳呢？若是我不鬧一回，讓他們好好知道妳的分量，今後他們再給妳整些什麼么蛾子出來，妳一個人怎麼對付？我若不在妳身邊，又該如何？」

席雲芝耳中聽著步覃沈穩的嗓音和有力的心跳，靜靜地點點頭。她當然明白步覃今日所做所言的深意，也知道他是在為她鋪路，就像之前張勇說的，營地不像其他地方，有本事的人太多了。這些人桀驁不馴，若是不能讓他們衷心折服，那今後必然會對她頗多異議，好點的下場只是言語不敬，壞點的下場，怕就是甄氏那種了。

因為蕭絡的不看重，甄氏在軍中處處遭人輕賤，最後竟落得那樣毫無尊嚴的對待……張勇也許只是其中一個，她真的很難想像，甄氏在流放期間，到底受了多少難言之苦？

而這一切，有絕大部分的原因，是因為蕭絡這個自私自利的男人！若是他能在關鍵時刻，拿出步覃一半的魄力，甄氏也不至於落得那般下場。

「在想什麼？」步覃見席雲芝失神了好久都沒說話，不禁問道。

席雲芝搖搖頭，說道：「沒想什麼，只是覺得自己好幸運，能夠遇上你這樣的夫君，不像皇后和張嫣……」

步覃當然知道她想說什麼，便將她摟得更緊。「我也很慶幸，能夠遇上妳這樣的妻子。若是旁的女人，怕是早就對我完全放棄了，只有妳，一心一意地堅守在我身邊，不離不棄。」

席雲芝笑道：「我才沒有你說的那樣好。」

步覃在她鬢邊輕吻一下，用行動回答了她。

兩人十指緊扣，依偎在浪漫的燭火下，氣氛甜蜜溫馨。

步覃打了場大勝仗，俘了朝廷五十個大員，這些人有的他認識，有的認識他。有些人在被俘的時候想跟他攀交情、敘舊事，全都被步覃以一句「道不同」給打了回去。

從前在朝，被貶、被抄家時，也沒見哪個人站出來替他步覃說過一、兩句話，如今再來攀關係，晚了。

步覃寫了一封言簡意賅的信，大意是說：要求朝廷用一千萬兩真金白銀把這些人贖回去。他給蕭絡一個月的時間，一個月之後，他一天殺一個人，然後再把那個人的人頭送去京城。

此舉在朝廷掀起了一陣不小的波浪，一時間對步覃的行為褒貶不一。但步覃人在南寧，也聽不見來自朝廷的咒罵。

這日，步覃難得抽空，留在府裡陪席雲芝，順便查一查小安最近的課業。

席雲芝的肚子已經七個月大了，隨便往哪裡一坐都像顆球般，圓滾滾的。

劉媽早些日子就已經在準備產房了，步覃也從外頭請好了穩婆過來府裡，隨時候命。

席雲芝這些日子倒是貪吃極了，因為有了第一次的經驗，所以，這一回不用劉媽她們催促，吃的雖然多了，但運動也多了很多。

每天早晨起來，她先去營地、糧倉、後廚轉一圈，然後感到有些累了，就在步覃的主帥帳裡隨便歇一歇，吃些點心補充精神，接著再回府邸吃正經的午飯，中午小睡一下，下午在園子裡看看帳本、吃吃水果點心，日子安排得井井有條，悠閒自在。

步覃和小安大汗淋漓地從校場上回來，步覃一路走還在一路對小安講解著拳法的精要之處，兩人個頭差了快兩個小安，但小安還是竭力仰著脖子聽父親嘴裡講的那些對他來說還太難的東西。

席雲芝見他們走進園子，便叫劉媽打來了水，讓他們坐下之前先來洗把臉。步覃自己動手，小安則乖乖地走到娘親身邊，讓娘親替他擦臉和手。

洗完之後，父子倆才步調一致地坐下休息。

小安對步覃的動作是有樣學樣，一副小小的身子偏要做出沈穩之態，看得席雲芝不禁搖頭暗笑。

席雲芝剝了一顆葡萄送到小安嘴邊，小安看了看步覃，然後才偷偷地吃進嘴裡。

步覃見他謹慎，放下茶杯，自己也拿起了兩顆葡萄，說道：「吃吧。」

小安這才看了看席雲芝，席雲芝就微笑著要再去給他剝葡萄皮，卻被步覃制止了。

「自己剝。」

一家之主發話了，娘兒倆沒人敢有怨言。

小安嘟著嘴，略有些不情願地坐直了身子，拿起葡萄剝了起來。

席雲芝在他頭頂上摸了摸，以示安慰，轉過身去時，卻發現唇邊突然多了一顆剝好的葡萄。

只見步覃自個兒正在吐核，一隻手架在她的肩膀上，手指上的葡萄果肉晶瑩剔透。

席雲芝有些不好意思地咬住他手上的葡萄，低頭羞赧地道：「我自己來，你吃。」

步覃的指背在她比從前還要潤滑的臉頰上輕觸了幾下，這才收回了手。

一家人坐在一起，雖然沒有說太多的話，但氣氛倒是相當平和。

吃完了水果後，步覃自己一個人回到了營地，小安則留在家裡學習文理。步覃特意叫了曾經考過科舉的劉參將教授小安習文，也省了席雲芝的心思。

轉眼便是八月了，天氣炎熱。

席雲芝懷著身孕，身子本就易熱，這段時日，她恨不得能每天都泡在水裡不出來，因為一出來，隨便動一動就是滿身的汗。

步覃本讓人在她的房裡放了四座銅鼎，銅鼎裡源源不斷地添加冰塊，可是，席雲芝還是覺得好悶、好吃力，整日蔫兒蔫兒的不說，吃的飯也比從前少了好多，不過幾天的工夫，人都變得憔悴了。步覃最後實在沒辦法，只好命人特製了一座很大的澡盆，裡面放著常溫水，讓席雲芝熱得受不了的時候，到水裡去泡一泡，這樣才稍稍緩解了一下她的難受。

「夫人，您都泡一刻鐘了，快出來吧！時間再長，怕會對身子不利啊！」劉媽站在澡盆旁，憂心忡忡的。

席雲芝才在水裡喝下了一碗銀耳湯，覺得泡得正舒服呢，便對劉媽撒嬌道：「哎呀，再泡一會兒吧，待會兒出去又熱得心口發悶，太難受了。」

劉媽卻怕她著涼，堅持道：「不行不行！爺吩咐了，一刻鐘是上限，絕對不能超過這個時間，您還是快起來吧！」

席雲芝被劉媽拉著胳臂，從水裡站了起來，劉媽立刻從旁邊取來了乾淨的布巾，將席雲芝裹住。

席雲芝裹著布巾，來到銅鏡前站好，撫著自己的肚子說道：「要是生的時候怎麼辦呀？就這天氣，我還不得熱死了呀！」

劉媽取來了乾淨的中衣，邊幫席雲芝穿上，邊說：「呸呸呸，什麼死不死的？夫人您就愛亂說！再說了，您這才八個月，還得近兩個月才生呢，那時候天兒便沒這麼熱了。」

席雲芝一聽也是，這才覺得心裡的擔憂少了一些。

劉媽看了看她的肚子，說道：「夫人，您這肚子又大又尖的，怕還是個小子呢！」

席雲芝低頭看了看肚子，對劉媽說道：「是嗎？可是我怎麼覺得是個丫頭呢？」

劉媽一聽，就指著席雲芝的肚子，為她解惑道：「錯不了，是個小子！您看您的肚子形狀，還有這腰身，我怎麼看都覺得是小子！」

席雲芝見劉媽說得篤定，也不想為了這個暫時沒有答案的猜測而爭辯，便摸著肚子，讓劉媽給她梳頭，閒話家常地向劉媽問道：「對了，這幾日怎麼很少見到如意和如月那兩個丫頭？」

劉媽一聽席雲芝提起如意、如月，不禁嘆了口氣，說道：「唉，不就是因為上回張勇的事兒嗎？她們總覺得營裡的人都知道她們被張勇輕薄了，成日不敢出門，就怕別人笑話她們。」

席雲芝一聽，轉過身子，問道：「是嗎？我說最近怎麼很少見到她們，還以為她們貪玩兒去了呢！」

也是她粗心，如意和如月畢竟是兩個雲英未嫁的黃花閨女，驟然被一個賴子輕薄了，心裡總是有疙瘩的。再加上她們倆都心儀趙逸，更是覺得在心上人面前丟了人，更加不好意思出門了。這事兒要是不好好解決一下，沒准這兩個丫頭今後還得埋怨她呢！

這麼一想，席雲芝若有所思地嘆了口氣，心中自有了定奪。

八月中旬，營裡出了件大事兒，讓步覃怒不可遏，在營地裡待了好幾日才回到府邸。因為前幾日，他收到了朝廷的同意書，要求在淮海邊上一手交錢、一手交人，步覃便派了一隊千人士兵，押送五十名大臣去了淮海邊。誰知道，大臣們剛剛出了鐵血城，在離淮海還有十幾里的地方時，就遭受到一幫死士的埋伏！千人士兵誓死將五十個大臣護著折回鐵血城，但千人的隊伍，最後竟只剩下三百多人！

來殺大臣的死士是誰派來的，一目了然。蕭絡為了不願付巨額的勒索款項，竟然暗地裡下此毒手，要將五十個官員全都殺死了事，這種當面人背後鬼的行徑著實可惡至極！

步覃這幾日便是在營地裡部署進攻朝廷事宜，一連安排了好幾日，才心情鬱悶地回到府邸。

他回來的時候，席雲芝正在泡澡，只見他眉頭不展地在澡盆旁的椅子上坐下，一副像是在陪她，卻又不像在陪她的模樣。

席雲芝簡短地問了幾句之後，步覃即將此事對席雲芝和盤托出。

席雲芝也覺得蕭絡這個人品行著實惡劣，想到即將要為此展開大戰，腦中忽然靈機一動，對步覃說道：「夫君，也許這場仗不一定要打呢，咱們可以用其他方法逼蕭絡就範。」

步覃對蕭絡這個人早已絕望透頂，重重地呼出一口氣，說道：「就範什麼？他如今是擺明了不想管這些人的死活了，再怎麼逼迫也是沒用的。」見席雲芝從水裡站了起來，步覃趕緊拿著布巾去幫她擦身子，怕她出水後著涼。

席雲芝換上了乾爽的中衣之後，這才對步覃說道：「他既然是派人來暗殺，而不是明殺，那就說明了他殺人的這件事並不想讓其他人知道。他選擇在半路動手，就是想把殺死降俘大臣的罪名加在咱們身上，讓京裡的其他官員與我們為敵。」

步覃隱約有些明白席雲芝的意思了。

席雲芝繼續說道：「既然如此，那咱們便來將計就計，不戳穿他的惡行，反而要對他讚賞有加，讓這次遇襲的大人們每個人都寫一封家書回去，且家書定要送到他們至親的親人手裡。」

蕭絡可以不管這些大臣的死活，但是這些大臣的家人不可能不管的。他們還指望著步覃收了贖金之後，放這些大臣回去跟他們團聚，所以定然不會就這樣放棄這些大臣，這麼一來，勢必會在有限的時間裡做出無限可能的事來。

步覃完全明白了席雲芝的意思，她是想用京城中這些大人的家眷們來牽制蕭絡，逼得他必須要付出這筆巨款，要不然，就會落下個「罔顧臣子死活」的暴君名聲！

步覃覺得席雲芝的這個方法還算可行，可是……

「可是，就算蕭絡被逼得交出贖金，若他又在暗地裡動手，再派出死士過來刺殺，又該如何？到最後，我們不還是會被扣上『殺俘』這頂帽子？」

席雲芝勾唇一笑，往他大腿上一坐，順勢摟住了他的肩膀說道：「我們幹麼非要朝廷那筆贖金呢？先讓那些家眷們去鬧一鬧，讓京城裡所有人都知道這件事，然後，咱們便把那些大人們偷偷放回去，就說已經收到了那筆贖金，所以按照約定把人給放了回去。那些大人們回了京城後，蕭絡要殺他們可得多費不少心思了，再加上這些大人們都經歷過生死，知道了蕭絡的本性，日後他們為了自保，定然也會與蕭絡展開殊死搏鬥，至於我們嘛……」

步覃摟著席雲芝的腰，接著她的話說道：「我們只需坐山觀虎鬥，不費一兵一卒，便能攪得京城天翻地覆。」

席雲芝遞給步覃一個嬌媚的笑顏。「不錯。反正那筆贖金咱們也不可能拿到，乾脆做個『順水人情』，給蕭絡那廝找點兒事做豈不是更好？」

步覃左想右想，覺得這的確是個好主意，在席雲芝屁股上拍了拍，說道：「我去安排一下這件事，妳自己先休息。」

席雲芝點點頭。「去吧。」

步覃當天就把這件事兒給落實下去了，他先去牢裡看望了那五十個歷經生死的大人們，一番威逼利誘之後，讓那些大人們以為，步覃還沒對朝廷的那筆贖金死心，所以他們眼下還是安全的。一來是為了暫時能保命，二來也覺得步覃的那個方法可行，他們被困南寧，天高皇帝遠，雖然皇上派了死士前來暗殺，但若是讓家眷們去朝廷鬧一鬧，皇上抹不開檯面上的關係，說不定還會回心轉意，真把他們救出去也說不定，因此一個個都按照步覃的意思寫下了家書。

橫豎是個死，乾脆搏一搏，反正是沒有比如今這個結果更壞的了。

可這些大人哪裡知道，步覃根本不是想要那筆贖金，而是要搞一齣大規模的反間計。

果然，信送去京城後的第二天，便陸續傳出各大人的家眷四處托關係、求爹告娘，最後沒辦法，家眷們乾脆抱團兒跪到了正陽門前，日日喊冤，天天哭訴。老的哭暈了，少的再上，一個個恨不得都學孟姜女，要把正陽門給哭倒了，然後直接撲到蕭絡面前去，讓他大發善心，打開國庫，救他們的大人回家團聚。

蕭絡躲在宮裡，一直沒有表態，那些家眷足足哭了五、六日之後，第七日，突然發現他們的大人一夜之間全都被安然無恙地放了回來，頓時舉家大喜。

宮裡的蕭絡一聽到這個消息，大為震驚，覺得這些人全都是步覃故意放回來的探子，因此表面上雖然跟這些人和樂融融，暗地裡卻百般查探、萬般刁難。

那些官員有膽小的乾脆辭官回鄉，可是每每在回鄉的第二天，就會被人發現一家老小全死在回鄉的路上。

這樣去了幾位之後，那些官員們再也不敢提出辭官回鄉了，因為血的教訓告訴他們，最危險的地方才是最安全的，一個個為了保命，只好卯足了勁頭抱團抵禦，將手裡還未被剝奪的權力用到極致，給蕭絡添亂。

一、兩個落單的官員好殺，可是抱團作堆的官員便不容易動了，畢竟再小的官兒手裡都有一些盤根錯節的權力，一下子根本拔除不乾淨，如果要將他們一起定罪了，那前些日子他辛辛苦苦豎立起來的明君形象就會瞬間崩塌，付諸東流，所以不到萬不得已，蕭絡還不想在眾臣面前徹底暴露出他的本性。

步覃每天聽著這些京裡來的奏報，感覺心裡痛快極了。

第二十六章

八月下旬，魯副帥將魯恒、張果和琴哥兒他們都接回了步家軍營來，步承宗和席徵也順道跟了回來。

魯副帥就是因為兒子被蕭絡關入天牢，才下定決心，要跟朝廷決裂，然後帶人劫牢之後，就將他們藏在外地的一處別莊裡，直到最近風聲沒那麼緊了，才將他們都帶了回來。

步承宗與席徵已經許久沒有見過席雲芝了，再見她時看她肚圓人康，懸著的心才總算放下了。步承宗開心得每天都讓席雲芝多吃點，席徵則日日陪在閨女左右，順便從劉參將手裡接過了教導小安文理的工作。畢竟劉參將只是中過秀才，而席徵卻是真真正正中過狀元的。

席雲芝對席徵稍微說了一番她和步覃在齊國的遭遇，並告訴他，她已經找到了雲然，雲然現在在齊國過得很好。席徵問及席雲然現在在幹什麼的時候，席雲芝猶豫了一會兒，便決定不告訴他真相，只是隨便答了一句。「他……就在那人的家裡幫忙做點事情，那人對他挺好的。」

席徵盯著席雲芝看了好一會兒後，才呼出一口氣，說道：「那人……是他的親生父親吧？」

席雲芝僵了僵，然後支支吾吾地答了一句。「嗯……是吧。」

席徵抱著小安坐在那裡，一雙早已被風霜浸染得有些年老的雙眼看在席雲芝的眼中，盡是淒涼，她不禁開口問了一句。「爹，你對我娘是一種什麼樣的感情？」

席徵愣了片刻後，才回道：「我也說不清楚，懊悔、懦弱、膽怯，似乎每一種情緒都有，但只要能每天看見她，我就覺得很充足，這是無論讀多少書、做多少事都不能彌補的充足。」

「這是……愛嗎？」席雲芝問的聲音很小，因為在知道了真相之後，她變得不那麼有底氣了。

席徵幾乎沒有猶豫，直接點了點頭。「是。我愛她，雖然只是一廂情願，但我依然愛她。看著她為情所困，我也很難過，我想補足她的缺憾，可惜她卻始終不願接受。」

席雲芝讓小安自己一個人去玩兒，她與席徵兩人坐在涼亭中吹風，良久後，她才對席徵說道：「她想接受你的，只是她始終覺得自己配不上你。從前她對你是怎麼樣的，我都看在眼中，沒成親之前我不懂，以為那只是一個女人的本分，可是直到成親以後我才明白，一個女人願意為了一個男人那般日夜操勞、什麼都替他打點得妥妥善善，如果心中沒有愛的話，根本做不到。」

「……」

父女倆就這麼坐在涼亭中好久，席徵都沒有再開口說過話。

八月底，朝廷又重整旗鼓，派出水軍，集結在淮海之上。這回他們總結上回的經驗，學乖了，十萬人再也不聚在一起，而是學著上一次步覃的戰略，將兵力分散開來。

步覃得知這一回朝廷派出的是之前專門在海峽彎打海仗的陸朗寧，所以這一仗，他還是必須親征才行。

可是，席雲芝生產在即，步覃實在有些放心不下，晚上回來跟席雲芝說起這事之後，席雲芝卻在他身邊笑作一團。

步覃將她困在懷中，不許她再笑了。「我擔心妳，妳還笑？」

席雲芝乾脆將自己沈重的身軀全部靠在他的身上，然後好不容易止住了笑，說道：「我有什麼好擔心的？我生孩子你又不能進來，你在門外面陪我，或者是在戰場上陪我，對我來說沒什麼區別。你只要保證你能安全回來替我抱孩子，那就好啦！」

步覃無奈地看著自己懷裡的妻子，好好的一番話從她嘴裡說出來，總覺得有些變味。

「所以，你安心地去吧，速戰速決，別忘了家裡還有妻兒在等著你回來。」

其實步覃又怎會看不出席雲芝眼中的不捨？但她卻未向他流露出半句，心中雖然不捨，卻也明白事情孰重孰輕。步覃不捨地抱緊了她。

出征前，步覃將席雲芝身邊伺候的所有人都集中在一起，吩咐了又吩咐、叮囑了又叮囑，這才稍微放心一些地走了。

步覃離開後，席雲芝每天依然好吃好喝的，一直到了九月底，肚子還是沒什麼反應，一點要生的跡象都沒有，她不禁有些急了，因為肚子雖然沒反應，但是伺候她生產的那些產婆們的反應卻是很大啊！

她們不僅每天督促她要做大半個時辰的產前運動，最關鍵的是還限制她吃飯，說是孩子出來的前幾天是最長肉的，吃得太多了，最後苦的還是她自己云云。所以，從九月初開始，席雲芝只被允許一天吃三頓，早上吃雞蛋、中午吃肉、晚上吃素，周而復始，弄得席雲芝的胃口寡淡得不行，私心也想要肚子裡的小孩快些出來，這樣她才能放開了吃東西呀！

這日，席雲芝做完了運動，正坐在風口乘涼時，卻被劉媽和兩個產婆拉到了亭子裡。

劉媽對她說道：「夫人，您這心可真大，都九月底，天兒都涼了，您還敢在風口吹風，也不怕著涼！」

席雲芝這些日子已被她們嘮叨慣了，就連反駁的心都沒有了，坐在亭子裡專心地吃著她們特意給她準備的兩小碟水果。看著這精緻「小巧」的小碟子，席雲芝欲哭無淚，便是小安的飯量也不止這麼多吧？

三、兩口，她就把水果全都吃光了。

劉媽又開始給她上課，跟一旁的產婆商量著今晚再沒有動靜的話，明日得開始做一個時辰的運動。即使席雲芝哭喪著臉看著她們，也不能打動三個女人的堅定態度。

這時，小安從外頭跑了進來。

從前他最喜歡的就是衝入席雲芝的懷裡，最起碼也要見面時抱一抱什麼的，可是最近他卻是劉媽她們竭力阻攔的人，生怕他一個不留心衝進他娘的懷裡，撞到席雲芝的肚子。

「哎呀，小安都這麼大了，不會碰到我的。小安，快過來娘這裡！」

小安對劉媽她們哼了一聲，這才走到席雲芝身前，沈穩地看著她的肚子，摸了摸後說道：「娘，這丫頭什麼時候出來呀？我都等不及了！」

席雲芝替他擦去了額前的汗珠，只是笑笑，沒有說話。

劉媽在一旁打趣道：「欸，小少爺可不能隨口說啊，我看明明是個小子，怎的你看卻是個丫頭呢？」

小安不懂劉媽是什麼意思，直接就說道：「可是，我想要個女孩兒！」

他的話，讓在場的女人都笑了出來。

席雲芝看看桌上兩碟空空的盤子，想著小安肯定是餓了，讓劉媽又去準備了幾盤點心和水果過來。

小安邊吃還邊塞了幾塊點心在她口中，席雲芝裝作沒看見劉媽她們著急的神情，幸福地對小安的行為表示了鼓勵。

小安接收到娘親眼中的示意，小手在各個糕點上方盤旋，直到席雲芝眼色一變，他才停住動作，拿起下方的糕點送入席雲芝口中。

有了小安的完美配合，席雲芝今天總算是點心吃了個飽。

回去房間的路上，她一路打著飽嗝，慢慢悠悠地爬上了石階。

突然，只覺得肚子一陣抽痛，她趕緊扶住了石階旁的柱子，又等了一會兒後，她覺得有些不妙了，忙放開了聲音叫道：「劉媽！劉媽──快、快……快來啊！」

所有人立即一窩蜂地往席雲芝的位置趕去，卻都被劉媽無情地驅散開來。

產婆來摸了下席雲芝的肚子後，說道：「動了、動了，快生了！」

隨著產婆的一聲令下，院子裡的所有人都動作了起來。

劉媽趕忙去把產房的門窗都打開，然後掛上預先準備好的白簾。

如意、如月有了之前的經驗，不等產婆吩咐，就往小廚房裡燒熱水去了。

席雲芝被幾個婢女半抬半扶著入了產房，趁肚子還沒疼得那麼厲害前，先換上了乾淨寬鬆的衣服，然後配合著產婆的要求，躺到了產床之上。

平靜的時光過得總是那樣迅速，隨之而來的，便是翻江倒海般的抽痛……

步承宗和席徵都焦急地在院子裡等候，一個時辰之後，房間裡傳出一聲響亮的嬰兒啼哭聲，兩人這才放下了心。

沒多會兒，一名產婆從房裡走出，對院子裡等候的老爺和老太爺說道：「恭喜老爺，恭喜老太爺，是位六斤六兩的千金！」

步承宗衝到前頭說道：「哎，千金好啊！我孫媳婦沒事兒吧？」

產婆如釋重負地說：「沒事沒事，夫人這是第二次生，比第一回順暢多了，身子好著呢！」

步承宗和席徵對視一眼，放下了懸著的一顆心。兩老又相攜待在院子裡，等待產婆將孩子洗淨後抱出來讓他們瞧上一眼。

小安一聽是個妹妹，高興地在院子裡翻跟頭亂轉，最後被席徵無奈地抱在懷裡才稍微安分了些。

席雲芝生完了孩子，感覺還是精力充沛，竟然自己從產床上爬了起來，配合劉媽清洗乾淨後，又自己換了身衣服，忙了好一會兒後才再躺回剛被收拾乾淨的產床之上。

「夫人，您歇會兒吧，哪有女人生了孩子後還這麼精神的？快躺下，別到時候出什麼毛病來。」

席雲芝靠在專門給產婦用的軟枕上，對劉媽說道：「我真不累，就是有點餓……」

席雲芝這話一說出口，劉媽和兩個產婆都笑了。

產婆將孩子清洗乾淨，抱到院子裡給步承宗和席徵看完後，又抱到了席雲芝身邊。

席雲芝看著這紅撲撲的小肉團子，開懷地笑了，說道：「像她爹多些，是不是？」

原本安靜的小姑娘像是認得娘親的聲音，席雲芝只說了一句話，就不住地哼哼起來，產婆看了看，對席雲芝說道：「喲，怕是餓了。夫人您看看，奶出來了嗎？」

席雲芝轉過身子，將衣襟解開看了看後，對產婆點了點頭，產婆便將孩子抱到席雲芝身上，讓席雲芝手托著餵奶。

原本還有些抗拒被人觸碰的小姑娘，在嚐到第一口奶的滋味後，就放棄了抵抗，趴在席雲芝身前大口大口地吃了起來。

小姑娘的胃口出奇的好，吃了大概有一刻鐘才算是吃飽喝足，沈沈地睡了過去。

席雲芝將她放在一邊睡覺後，輕聲對劉媽說道：「快去弄些吃的來，我實在餓得不行了！」

劉媽領命而去，不一會兒，給席雲芝端來了一大碗紅糖水雞蛋。

席雲芝也不管不顧，呼嚕呼嚕全都吃了下去，這才感覺胃裡不那麼空落落了。看著身旁的小小身子，幸福的感覺溢滿心中，她終於感到有一些疲累，沈下身子，便睡了過去。

孩子生下來之後，席雲芝便開始了她幸福的坐月子生涯。雖然被限制了行動自由，但對於沒生之前所有事情都被限制的她來說，如今的生活已經好了不知多少倍了。

最起碼，無論她想吃什麼，都會有人馬上做出來送到她手裡。她每天除了抱抱孩子、餵餵奶，剩下的就是吃吃吃吃了。

雖然席雲芝吃得很多，但是這小姑娘吃得卻更多，席雲芝總是笑說這姑娘吃的可比小安多多了。小安生下來的時候，雖然也有近七斤，可是胃口明顯沒有他妹妹好，小姑娘每回吃奶時總是拚了命地吃，吃到最後自己打飽嗝了才肯停下。不僅不哭不鬧，還特別乖，只要吃飽了就睡，除非是餓了或是尿了才會放聲哭那麼兩聲，然後只要感覺到有人理她了，就不再哭，繼續睡她的覺。

步承宗和席徵不能進產房，只好每天固定時間在房外等著，讓產婆將孩子包裹嚴實了給他們抱出去看看。

小安倒是沒什麼忌諱，自從第一天被攔在外面的時候，他從產婆腋下偷偷闖了進來，便再也沒有被攔在外頭過了。

他每天練完了武功，就會來席雲芝的房間看書。妹妹醒著的時候，他就呆呆地看著妹妹；妹妹睡著了，他也跟著爬上床，挨著席雲芝睡，睡飽之後，就蹭著吃席雲芝的月子飯。

此刻，見妹妹埋在娘親胸前吃奶，小安奇怪地看著她。

席雲芝在他臉上輕捏了一記，問道：「小安要吃嗎？」

小安果斷地搖頭。「小安大了，不吃奶了，給妹妹吃。」

席雲芝笑了，不禁又在他的小臉蛋上掐了一記。

步覃得勝的消息也適時地傳了回來，席雲芝懸著的心總算全都落地了。問了傳信的人步覃的歸期，那人說估計還得半個月，因為這回的收穫也挺大的，主帥要留在船上等所有東西都盤點好了才能回來。

然後，席雲芝便開始一日日地盼著步覃的歸期到來。

如意和如月被安排在她的房裡伺候，席雲芝看著她們姊妹倆爭著抱孩子的畫面，不禁開口對她們說道：「如意、如月，等爺回來了，我就替妳們求一門親事，如何？」

如意和如月對視一眼，臉上一紅，卻也透著緊張。如意膽大，對席雲芝問道：「夫人，您想將我們姊妹嫁了嗎？」

席雲芝點頭，對她們招了招手，笑道：「是啊，再不嫁人妳們可都要成為老姑娘了。」

如意將孩子送還到席雲芝手上，咬著下唇站在床邊，沒有說話。

如月也是一副蔫兒蔫兒的神情。

席雲芝見狀，將孩子抱在手裡拍了拍，這才對她們說道：「妳們可有心儀之人？可以跟我說一說，做個參考。」

如意咬了幾下唇之後，才紅著臉，低頭說道：「夫人，我們的心思您不是都知道嗎？」

席雲芝想起來，這兩個丫頭確實都提過她們的心上人是誰，不禁說道：「我知道妳們都喜歡趙逸，可是……他只有一個人，妳們兩個要怎麼分呢？」

如意一聽，趕忙看著席雲芝說道：「我和如月是姊妹，姊妹共事一夫——」話說了一半，如意才驚覺不對，她的話委實也太不矜持了，竟然連共事一夫的話都說了出來！可是，既然夫人開口問了，她若連這事都說不出來，萬一錯過了這個機會，她豈不是這輩子都別想跟趙逸在一起了嗎？

如月的膽子比如意要小，但也知道這次是個機會，便接替了如意沒有說完的話。「如果對方是趙逸，我和如意願意兩女共事一夫。」

她們這麼主動，倒叫席雲芝覺得有些為難了，但看這兩個姑娘這般癡情，心中也覺得不忍，可是，先不說趙逸願不願意，就算願意娶好了，可他願意一下子娶兩個女人嗎？

這麼一想，席雲芝還是覺得要把最壞的結果對她們說清楚，免得到最後，餘下的那人受傷害。

「妳們都想嫁給趙逸，有沒有想過，趙逸要是不願意娶妳們呢？」

如意和如月一聽席雲芝的話，兩個人都愣在了當場。她們從頭到尾都在想著如何能夠嫁給趙逸，卻是從未想過人家趙逸願不願意娶她們！

席雲芝見她們面露震驚，不禁又說道：「這樣吧，妳們去想個辦法，證明一下趙逸對妳們倆的心思。如果他願意娶妳們兩個，等爺回來我就替妳們安排婚事；如果他只願意娶一個……那咱們就先安排這一個的婚事；如果他對妳們都沒有情愛之意，那……」

如意和如月沈默了一會兒後，才拿出一副視死如歸的神情，對席雲芝說道：「那咱們也不會多做糾纏，婚事該如何，便全由夫人作主了。」

兩個丫頭說完，就對視一眼，若有所思地走出了房間。

席雲芝本還想叫住她們吩咐些事情，可正巧小女兒醒了，在她懷裡亂動，阻了她的動作。

將襁褓打開一看，原來是尿床了。

乳娘連忙趕過來，替她換上了乾淨的尿布，又換了一件包裹的毯子，這才又送回到席雲芝的手中。

當天晚上，席雲芝剛剛睡下不久，就覺得身邊一陷，她猛然張開眼睛，迎來的卻是纏綿火熱的一吻，她先是抗拒，到後來慢慢地接受了。自家夫君的氣味，無論何時她都是不會認錯的。

兩人糾纏在一起，步覃想她想得狠了，乾脆將她的衣衫解開，埋頭在她的胸前，誰知才親了一會兒的工夫，他便滿身、滿臉都濕了。

席雲芝羞赧地將他從身上推開，步覃卻不依不饒，將她的手壓在身體兩側，自己則將唇舌再次襲上了胸前最高峰，吸了兩口，弄得席雲芝難受得很，卻又宣洩無門。

就在此時，一陣微弱的孩子哭泣聲自門外傳來。

「夫人，小姐餓了！」

席雲芝趕緊推開步覃，坐直了身子，緊張萬分地將自己的衣襟全都繫好，然後才故作鎮定地對門外叫道：「進、進來！」

乳娘們進來之後，一個負責點燈，一個負責抱孩子，當燈火亮起來的那一剎那，兩個乳娘都嚇了一跳，因為在她們主母的床上，竟然憑空出現了一個陌生男子！

見乳娘們看她的眼神都變了，席雲芝無奈地解釋道：「妳們才剛進府不認識，快來參見主帥。」

乳娘們恍然大悟，慌忙欺身上前跪拜。

步覃從席雲芝的床鋪上跳下，對她們擺了擺手，說道：「行了行了，起來吧！」說著，將孩子從乳娘手中接過。孩子正左右轉動腦袋，尋找吃食，櫻桃般的小嘴像隻嗷嗷待哺的小鳥般嘸呀嘸的，雖然還沒抱夠，但他還是老老實實地把孩子送到了席雲芝手上。

席雲芝轉過身去解開衣襟，將乳汁送到孩子口中後，這才對步覃問道：「你不是要半個月才回來嗎？怎的這才三日，你就回來了？」

步覃就著席雲芝睡前洗臉的水洗了把臉，覺得精神些了，才來回答她的問題。「原本要半個月清點完的東西，我讓他們兩天做好，做好之後，我就馬不停蹄地回來了，足足三天都沒睡過了。」

席雲芝有些生氣。「怎的這樣？不是讓你好好照顧自己嗎？」

步覃坐到床邊，看著滿足地吃奶的女兒，勾唇說道：「你們娘兒仨在家裡等我，我歸心似箭，怎的還不讓啊？」

席雲芝見他雙眼充滿血絲，心疼極了，卻又有種被人在千里之外惦念著的幸福感受。席想要喊劉媽起來去給他做些吃的，卻被步覃止住了。正巧她半夜的月子湯送了進來，席雲芝沒用，就讓步覃對付著喝了一些，然後，等小姑娘吃飽了，乳娘將她抱到隔壁之後，才和步覃雙雙躺了下來，抱在一起沈沈睡去。

第二天一早，席雲芝餵飽了女兒之後，發現步覃趴在床內側，還在沈睡，她便起身去了小廚房，親自做了些拿手小菜，給步覃端進了房。

步覃一睜開眼睛，正好看到席雲芝滿面笑意地看著他的睡顏，不覺一挑眉，翻了個身，深吸一口氣後，這才又翻回來。

「我做了早飯，起來吃點吧。」席雲芝將他額前的一綹亂髮撥開，溫柔地說道。

步覃看了看不遠處桌上的幾個碗盤，從床上坐起。席雲芝蹲下身子替他把鞋子穿好後，步覃對她寵溺一笑。「妳怎麼知道我肚子餓了？」

席雲芝用帕子掩在唇邊笑了笑，老實地說了一句。「夫君的肚子，一晚上叫個沒停，怕是餓壞了。」

步覃看著她，在她鼻頭捏了一記，然後才站起身，走到桌子旁看席雲芝給他準備了什麼好吃的。

一大碗蛋炒飯、炒茄子、紅燒豆腐、梅乾菜大肉，外加一碗排骨湯。

步覃看了東西後笑了，他兩天都沒吃東西，真怕席雲芝端上來的是一些清粥小菜，那可不夠他墊肚子。坐下之後，他就端起了飯碗，狼吞虎嚥地吃了起來。

席雲芝在他身旁坐下，幸福滿滿地看著他。

步覃挾了一筷子茄子送到她嘴邊，席雲芝搖搖頭，步覃才又繼續吃，邊吃邊說：「這些日子，辛苦妳了。」

席雲芝既不點頭也不搖頭，就這麼含情脈脈地看著他，看了好一會兒後，才開口說道：「夫君，你瘦了。」

步覃嘴裡滿是米飯，聽她這麼說，吃飯的動作頓了頓，隨即點頭道：「嗯，是瘦了些。妳倒是豐腴了不少。」

席雲芝不好意思地低下頭。「我是不是養得太胖了？」

步覃煞有介事地將她審視了一番後，果斷地搖頭道：「不會，還能再胖些，抱著舒服。從前我抱著妳都覺得磕手。」

「……」席雲芝一時無語。

吃飽喝足的步覃又去洗了個澡，換了身衣服後，神清氣爽地回到了席雲芝的房裡，從乳娘那裡把孩子抱了過來。

席雲芝因為一大早出了房門做早飯，一直被劉媽嘀咕了好長時間，說她不愛惜身體，將來要是頭疼、腰疼、腿疼該怎麼辦云云。

直看到步覃進來，劉媽這才歇了嘀咕的話，對步覃福了福身子，走了出去。

席雲芝見劉媽走了，便從床上坐直了身子，朝抱著孩子的步覃張開了手臂。

「快，再給我抱一抱！劉媽總擔心我落下月子病，孩子都不怎麼讓我抱。」

步覃看著她期盼的目光，便抱著孩子坐到了她身旁，說道：「我抱著，妳看。」

席雲芝有些不滿地噘起了嘴，只見步覃懷中的寶寶也同時噘了噘嘴，兩人一見心道不妙，果然，沒多會兒，嘹亮的哭聲就響了起來。

席雲芝從步覃手裡接過，將孩子放在手臂上拍了兩下之後還是哭，她便指了指屏風旁的架子，讓步覃取了一塊乾淨的尿布過來。

換過尿布之後，小姑娘果然就不再哭了，反而像是來了精神。仍舊看不太出形狀的小眼睛突然睜了開來，直盯著步覃的方向瞧，直到席雲芝又將她抱在了懷裡，她才像是突然感覺到了娘親的味道般，開始手腳亂動，一個勁兒地往席雲芝懷裡鑽，嘴裡還不時發出咿咿呀呀的聲音。

小安闖進來的時候，席雲芝正在餵奶，他直接撲到步覃身上，巴著不肯下來。

步覃沒辦法，只好把他甩到背上，故作嚴厲地問道：「武功學得怎麼樣？」

小安趴在父親背上，對答如流。「長拳學完啦！爹，你這回又打勝仗了，是不是？我每天可認真了，天不亮就起床紮馬步練拳，下午還跟著外公學寫字、讀書呢！」

步覃在他的小屁股上拍了兩下，以示鼓勵。「那待會兒爹可是要去檢查你的功課喔！」

小安在他背上格格地笑了起來，父子倆打打鬧鬧的聲音頓時充斥在房間裡。

席雲芝跟步覃商量之後，決定給女兒取名叫宜安，宜家宜室，平平安安。小傢伙能吃能睡，小胳膊、小腿生得十分結實，連步覃都坦言，宜安比小安那時要重上許多。

席雲芝月子期滿的時候，也是遠征大隊回歸的時候。他們帶回了豐厚的戰利品，有船、有物、有糧食，這些東西被整理成十幾本清冊後，一併遞到了席雲芝面前。

席雲芝翻看了一下，便叫人將東西清點入庫。

步覃跟她說，這些東西在不久的將來就會派上用場。朝廷兩次被他重創，損失慘重，在不久的將來定會一舉反攻，到時候，這些囤積的軍備都能派上大大的用場。

席雲芝將步覃的話記在心裡，開始思索：如果朝廷反撲，那她要事先給這二十萬兵準備好多少補給才好？

趙逸遠征回來之後，就發現身邊的一些人、一些事變了。

如意和如月兩個小丫頭彷彿較著勁，輪番對他獻起了殷勤，令他受寵若驚。

終於，在這日午後，兩個小丫頭跟他展開了殊死的較量——竟然全都同時「滑」下了水，同時「大喊」著救命！

趙逸驚呆了，趕忙下水施救，可是，兩個丫頭一東一西，他一下子救不上來，只好解開腰帶，往兩邊拋去，分別套住了兩個丫頭揚在水面上的手腕，將她們拉回了岸邊。

如意和如月抓到他手的那一刻，紛紛搶著說趙逸是先拉的她，兩人分別抱著趙逸的兩條胳膊不肯放，大哭大鬧了起來。

這一鬧，便鬧到了步覃和席雲芝面前。

席雲芝產後第一次出山，就見識了如意和如月的執著，因為她們到了這裡，仍舊還是不肯放開趙逸的胳膊。

「妳們……這是在幹什麼？」畢竟這事兒牽扯到了席雲芝的兩個丫頭，步覃便主動讓到一邊去，叫席雲芝出面處理。

如意和如月異口同聲地說：「趙逸喜歡的是我，他先救的我！」

席雲芝愣在那裡好一會兒，這才明白兩個丫頭為了證明趙逸是否喜歡她們，幹了傻事兒，她們是想用命來拴住趙逸了！見趙逸一副左右為難的模樣，席雲芝不動聲色地坐了下來，試探地問道：「妳們兩個都說趙逸喜歡妳們，可是……人家趙逸是這麼想的嗎？」

如意和如月不確定地看了看趙逸。

只見趙逸被看得頭皮發麻，甩開兩人的手臂說道：「妳們、妳們到底想幹什麼呀？這般輕視自己的生命！如果我不在場，妳們兩個早去見閻王了！」

席雲芝端起杯子，掩唇笑了笑，心想：你要不在場，那兩個丫頭也不會跳河啊！既然他們都已經鬧到面前來了，那今天她就替他們作一回主，看看這三個人到底是個什麼意思。

如意、如月異口同聲地問他。「趙逸，你到底是喜歡我還是喜歡她？」

趙逸被兩個小丫頭逼得往後倒退，倉皇不已。「妳們說、說什麼呢？什麼喜歡不喜歡的？」

如意率先衝上前對他說：「趙逸，你要是不喜歡我，之前在路上你幹麼百般討我歡喜，又是摘花又是送果子的？你喜歡的是我，對不對？」

如月也不甘示弱，湊上來便說：「不對，趙逸你喜歡的是我！之前在路上遇到危險時，你總是第一個擋在我面前，你喜歡的是我才對，是不是呀？」

趙逸一臉為難，席雲芝和步覃則在一邊悠閒自在地喝茶、吃點心。

只見如意、如月兩人不住地搖晃趙逸的胳膊，為的就是逼趙逸說出一句話來。

趙逸被逼得無可奈何，猛地一甩胳膊，怒道：「妳們別這樣！我……妳們兩個我都喜歡，沒有只喜歡一個的道理！妳們能不能理智些，別在爺和夫人面前鬧了？要鬧我和妳們出去鬧！」

如意、如月眼前頓時一亮，強忍著笑對視一眼，這才得逞般地放開了趙逸，來到席雲芝面前，說道：「夫人，您聽見了嗎？趙逸說，喜歡的是我們倆。」

趙逸一臉驚呆地看著她們。

席雲芝則對他露出一副「你完了」的神情，然後對如意、如月點頭說道：「行了，我知道了。」

趙逸一個頭兩個大。「夫人，您知道什麼了？不是您想的那樣！我——」

趙逸還想為自己辯解，卻被席雲芝笑著攔住了，對他說道：「趙逸，你也老大不小了，該給自己找個伴兒了。」

趙逸欲哭無淚。「夫人……我……她們……」

「如意和如月都是好姑娘，她們對你情根深種，其實早來我面前說過了，但是，我一直不懂你的心思，不好強加作主，如今你既然說了心裡話，那……夫人我就替你作一回主，把兩個姑娘都嫁給你。」

趙逸一臉驚愕的神情，大家卻都會心一笑。

他的好兄弟韓峰走過來，拍了拍趙逸的肩，說道：「你小子行啊，一下子就娶了兩個！」

趙逸將韓峰的手甩開，看了一眼雖然有些狼狽，但出落得還算標緻的兩個姑娘，頓時有一種被趕鴨子上架的心情。

無助的趙逸走到步覃面前，還未說話，便聽步覃說道——

「嗯，那這事兒就這麼定了。夫人作媒，定是好的，你且珍惜，知道嗎？待會兒爺給你置辦些聘禮。」

步覃一言既出，如意、如月兩個人便都走到趙逸身後，雙雙跪下，對步覃和席雲芝叩頭謝道：「謝主帥和夫人成全，我們定會好好珍惜！」

接著，兩人同時出手，將欲哭無淚的趙逸拉著跪了下來，各自摟著他的一條臂膀，喜不自勝。

趙逸和如意、如月的婚禮就定在十二月初六。一男娶二女，在營中掀起了不小的風浪，人人都在羨慕趙逸的豔福，趙逸被眾人羨慕多了，一開始的不情願也漸漸地消失，與人說道起來也越發有點新郎倌兒的樣子了。

席雲芝餵完了奶後，便將正在給自己趕製嫁衣的如意、如月叫去了裡間，將她的百寶箱打開，對她們說：「每人挑個五、六件兒，就當是我私下贈給妳們的。」

如意、如月知道席雲芝這盒子裡的東西都是好得不能再好的，當即便搖手推說不敢。

席雲芝斂了笑容，瞪了她們兩眼後，兩個小丫頭才顫顫兢兢地隨手拿了兩件不那麼起眼的東西。

席雲芝見狀不禁搖頭，將她們手上的東西取了回來，然後自己在箱子裡頭給她們一人挑了一對黃金鳳釵、兩條珠鍊、一對手鐲和耳環小飾若干，接著又分別給了她們一人五百兩的嫁妝。

「妳們自小在我身邊伺候，我也沒有其他東西給妳們，這些就權當是我的一點心意。妳們也別嫌棄我這個做夫人的不會給妳們料理嫁妝，那些糕粽糰圓我已經讓劉媽去準備了，嫁衣妳們自己趕著繡，其他的一些東西，我也再去詢問其他人，然後再做準備。」

如意、如月聽了之後，雙雙跪在席雲芝跟前，泣道：「夫人，您待我們如親生父母般疼愛，我們不會忘了夫人的大恩大德！」

席雲芝看著這兩個丫頭，她從小即在那吃人的環境中長大，對人心看得很淡薄，那次逃亡之際，她特意試探這兩個丫頭，看她們是否願意追隨，結果兩個丫頭都忠心得很。席雲芝已經很多年沒有遇見過這樣忠心的僕婢了，當即便決定要照顧好她們，不枉她們選擇追隨她的心。

她們對趙逸的心思，她早就看了出來，不過礙於趙逸的心意不明，一直沒能給她們作主，如今好了，趙逸終於鬆口，兩個丫頭也終於能夠雨過天青了。

劉媽在一旁看著，也不禁哭了出來。這兩個丫頭私下裡都是喊她娘親的，如今女兒們要嫁人了，她這個做「娘親」的自然會覺得感傷。

如意、如月見劉媽哭泣，便跪著走到劉媽跟前，兩人齊齊抱住了劉媽，說道：「劉媽媽，妳別哭了，我們只是嫁人，又不是要分開。」

劉媽這才止住了眼淚，也從袖中拿出一些自己這些年存的私房錢，硬是塞給了兩個丫頭，這才覺得稍微心安一些。

「要是趙逸那小子以後對妳們不好，劉媽我定不會放過他的！」

三人這才破涕為笑。

席雲芝從月子裡出來後，先去倉庫轉了一圈，出來的時候，正巧碰上剛剛練兵回來的琴哥兒。

這是琴哥兒被迎回來之後，第一次與席雲芝碰面。想起過往種種，琴哥兒多少覺得有些尷尬。

席雲芝倒還好，依舊帶著笑容來到琴哥兒面前，對她福了福身子，說道：「琴哥兒，好久不見，妳清減了不少。」

從前的琴哥兒颯爽之餘看起來精神健美，步帥的死定是給了她相當大的打擊，使她變得柔弱了許多，看起來也更像一個女子了。

「唔。」隨意應了一聲後，琴哥兒就低下頭看著自己的腳尖。

席雲芝見她額前滿是汗珠，心中不禁一軟，走上前替她拭了拭汗。

琴哥兒嚇得往後退了一步，臉上滿是戒備。

席雲芝對她笑了笑，意圖化解她的警戒。「我在廚房燉了些銀耳羹，一會兒讓人給妳送去帳裡。女兒家的身子不比男兒，得好好調理才行。」

琴哥兒嘴唇微動，瞪了一眼席雲芝後，這才開口說出了心裡話。「不勞妳費心，我的身子，我自己有數。」說完，便毫無禮數，轉身往另一個方向走去。

席雲芝看著她離開的背影，不覺嘆了口氣。這姑娘的性子太傲，早晚要吃大虧啊……

回到主帥府之後，席雲芝當即叫劉媽盛了一盅銀耳羹，外帶兩、三盤小點，給琴哥兒送去。

劉媽送去之後，回來就一直在嘀咕，說琴哥兒這姑娘太不懂事了。席雲芝以為琴哥兒對她有什麼過分的言語，誰知道劉媽卻說——

「不是對我說了什麼，而是她自己太不注意自己的身體了。」

席雲芝不解。「怎麼說？」

劉媽便將剛剛的見聞一一說與席雲芝聽了。

「剛才我去的時候，她正準備要洗澡，夫人您知道嗎？竟然全是涼水啊！而且……」劉媽左右看了看，確定沒人聽見，又將頭湊近席雲芝，小聲地說道：「而且，我進門的時候看見她換下來的一條襯褲，私隱處還有些血跡，說明她正來著癸水呢！竟然還用涼水洗澡，這也太……太不講究了！」

劉媽的話讓席雲芝愣了半晌，她一直以為琴哥兒雖然舉止行為很像男人，但最起碼內在是女人，可是如今看來，她連內在也是個十足十的爺們兒。

不過也難怪，琴哥兒自小被步帥收養，步帥一生未娶，身邊也沒個料理家事的女人，琴哥兒跟著他，自然也不瞭解太多女人私下的事兒，這才養成了她如今這種什麼都不在意的粗糙性格。

這種性格若是一輩子在軍營裡待著也就算了，若是今後有一天要為人妻、為人母，那可有得煩了。

暗自將琴哥兒的事情記在了心上，席雲芝便回到了房間看小女兒去了。

步覃回到家時，正是華燈初上，趕上席雲芝餵奶的時刻。他推門而入，乳娘們見是他，都知趣地退了出去。

席雲芝看了他一眼，便將全副精神投注在小女兒的身上，一會兒摸摸她的小手，一會兒捏捏她的小腳。

步覃在她旁邊坐下，也抓住了小女兒的小腳，誰料動作大了些，小宜安突然停止了吸奶，小腳象徵性地抵抗了一下，然後感覺騷擾她吃奶的手不動了之後，她才又繼續吃起來。

「我總覺得這小姑娘的食量太大了，比小安大了不只一點兒。我懷著她的時候，就特別能吃，如今每天也要吃好多，才能產足夠的奶讓她吃。」

席雲芝倒不是嫌棄自家女兒吃得多，而是覺得有些擔心，一個多月的孩子吃這麼多合適嗎？

步覃倒是不以為意。「吃的多就多唄，咱們養得起。」

席雲芝翻了個白眼，她也沒說養不起啊！唉，算了，這種事情，改天還是跟有經驗的劉媽探討探討，跟他這個爺們兒說不到一塊兒去。

步覃見席雲芝不跟他搭話了，也不介意，自己找了話題，又說道：「朝廷派了一隊兵，正在往山西進發，倒不是很多，約兩萬多人。山西是陳寧守衛的，有八萬大軍鎮守，如果讓朝廷的這兩萬與他們匯合，他們合併起來，轉頭打向我們南寧，那可就難辦了。」

席雲芝聽他這麼說，不禁問道：「你又要出征嗎？」

步覃見她眉間有些小憂愁，面上一笑，搖頭道：「不，這回只有兩萬人，我不出征，讓琴哥兒和韓峰他們帶兵前去狙擊。」

席雲芝不著痕跡地鬆了口氣。

步覃見她這般，不禁笑問道：「怎的，不捨得我再出去了？」

席雲芝挑了挑眉，彎起唇角，沒有說話，步覃卻覺得此時無聲勝有聲。

夫妻二人間的默契自是不必說的，正含情脈脈地看著對方的時候，懷裡的嬰兒一聲滿足的飽嗝打斷了他們。

小宜安吃飽喝足了，咂巴著小嘴兒開始東張西望了。

步覃將她抱了起來，席雲芝則轉過身去將衣衫整理好，墊上帕子，省得奶汁溢出來。

步覃抱著小宜安在屋子裡走動，咿咿呀呀地逗她發聲，小宜安卻對他的逗弄沒什麼興趣，張著兩隻眼睛左看看、右瞧瞧，就是不看她的親爹。

她倒是對席雲芝有著特殊的餵養感情，只要席雲芝一靠近，她便哼哼唱唱，渾身不自在，直到席雲芝把她抱在手裡了，她才安靜下來。

乳娘她們說，可不能讓小姐養成這個習慣，不然等以後老是要夫人一個人抱，那夫人可就累了。

席雲芝知道她們是為她好，但是，哪個娘親能受得了自己孩兒的呼喚呢？總恨不得把她抱在懷裡，養在手心，一刻都不願停哪！

「琴哥兒和韓峰帶兵行嗎？不會出什麼岔子吧？」席雲芝雖然也想讓自家夫君多休息休息，可是，也不免擔心大局。

步覃點頭道：「沒事的，韓峰和琴哥兒都身經百戰，琴哥兒就是單獨一個也領過兵的，雖然有時候總擺脫不了女人家的猶豫，但這回韓峰在呢，他總能決斷的。」

席雲芝這才放下心來，對他說道：「他們什麼時候出征？我明日便去替他們籌劃軍備糧餉。」

步覃點頭，說道：「這回人不太多，妳看著辦就行了。」

夫妻二人又逗弄了一會兒孩子後，才被劉媽叫出去跟大夥兒一起吃飯。

琴哥兒和韓峰整備出征後，步覃在營地裡也沒閒著，因為朝廷這回動兵，雖說動靜不大，可是隱約還是能夠看到一些蛛絲馬跡，朝廷是要跟他們步家軍動真格的了。

因為步覃從前也是手握兵權的，所以對蕭國境內哪處有兵？兵員多少？他心中大抵都有數。朝廷如今最重要的屯兵口，一個是京城郊外三里，擁兵十萬；一個是西北遼陽，李毅麾下有十二萬大軍；另一處便是山西，陳寧手中的八萬精兵。

步家的二十萬軍曾經是蕭國的中流砥柱，步家世代效忠蕭國帝皇，可是，最終卻落得子孫凋零，兩度被貶、被抄家，若不是命大逃得快，如今世上怕是已無步家了。

步覃在營地裡，跟眾位將領商議最佳進攻方案，每每到深夜才回到房間。

席雲芝生產完後，身子自是有些容易乏力的，但她卻倔強地要等步覃回來才肯上床去睡，叫劉媽給她準備了一件輕裘，讓她在軟榻上邊看書邊打瞌睡地等。

步覃回來看到的便是席雲芝倒在軟榻的枕頭之上、手裡拿著書本，進入夢鄉的嬌憨姿態。他不禁搖頭笑了笑，輕手輕腳地將她身上的輕裘掀開，然後將她抱起了身。

席雲芝感覺自己被人移動，微微睜開雙眼，看到了熟悉的下顎後，又沈沈睡了過去，步覃將她放在床上時，她也沒醒來。

步覃俯身看著她的睡顏，並不想吵醒她，就這樣溫柔地看著，笑著。

洛陽的秋糧又給送來了，外加蘭嬸娘她們幾個月來連夜趕製的軍備用品，滿滿五艘大船抵達了南寧港口。

席雲芝開懷地親自去港口相迎，看著士兵們將東西一袋一袋地從船上搬下來，運去倉庫，她只覺得心中沒來由地充實滿足。

隨船一同前來的，還有堰伯這個熟得不能再熟的老面孔！席雲芝一看見他，便驚喜地迎了上去。「堰伯?!你怎麼會來？」

幾年不見，堰伯看起來還是那樣精神矍鑠，只是鬢間的髮又白了不少。

只見堰伯懂禮地給席雲芝行了個大禮，老淚縱橫地說道：「老奴有罪，不能在老太爺、少爺和夫人有難時生死與共，著實慚愧，還望夫人原諒老奴！」

席雲芝見他如此，趕忙扶他起身。「堰伯，你說的哪兒的話？一切都是突然發生的，我們連給你報個信的機會都沒有，何來怪罪之說呢？」

堰伯還是覺得自己沒有盡到僕役的責任，又跟席雲芝說了好些抱歉的話。等席雲芝把他喊去了書房裡，他才從懷中掏出一疊厚厚的紙包，遞給席雲芝，說道：「夫人，您上回讓趙逸他們暗地裡帶去給我的那些珠寶首飾，我全都交給了南北商鋪的趙掌櫃，他將那些東西全都賣給了西域商人，價格不菲。趙掌櫃將這筆錢交給我的時候，順便還給了我這幾年南北商鋪攢下的銀錢，叫我一併帶來交給夫人。」

席雲芝看著眼前這厚厚一疊全是萬兩票額的銀票，又看著這風塵僕僕的老者，一時竟不知道要說些什麼才能表達自己心中的感謝。

沈默一會兒後，她才點點頭，對堰伯說道：「客套話，我也不會說，如今正是步家用錢之際，我巴不得手上的錢每一個都要掰開成兩個用，所以暫時不能給你們什麼承諾，但是你們對步家的這份情，我席雲芝今生今世都會記得。」說著便要給堰伯福下身子。

堰伯連忙阻止了她。「哎喲！可使不得啊，夫人，我們做的都是應該的。知道您此刻不方便，我們做這些可不是為了圖您的回報，而是您平日不知不覺間自己積下的德，我們對您都是極其敬佩的。南北商鋪的趙掌櫃說了，他這些日子會再努力掙一筆給您送來，以報答您當年的知遇之恩。」

席雲芝感動得都不知道該說什麼了，當即讓劉媽帶堰伯下去好好休息，自己則讓小黑去了帳房，將所有帳本都給抱回了房間。

算盤噼哩啪啦打得響動，堰伯這回又給她帶來了一百二十多萬兩，這可真是解了不小的燃眉之急。雖說之前的銀錢如今還夠用，但是，畢竟這才只打了兩、三回的仗而已。聽步覃說，步家軍跟朝廷的仗，還不算正式開打。這還沒開打呢，銀錢就已用去了一半，如果正式開打起來，她這後方若是補給不足，到時候影響了戰局，那可就是不恕之罪了。

如今多了這些，席雲芝的底氣總算是又足了一些。

第二十七章

琴哥兒和韓峰的仗打了半個多月就結束了。

席雲芝原本以為這仗最起碼要打到臘月裡，已經在營地裡給前線的士兵們準備好了禦寒的衣物，誰料這好消息便傳了回來。

十一月中旬的時候，琴哥兒領著得勝歸來的隊伍回到了鐵血城，可是，本該與她一同回來的韓峰卻未見人影。

琴哥兒還未完全來到步覃面前，就跳下了馬背，對步覃跑著跪了下來，焦急地說：「主帥，是我輕敵才害得韓峰受了重傷，您要怎麼罰我都行，但請先找軍醫救一救韓峰吧！」

步覃早已得知韓峰受傷的消息，他將琴哥兒扶了起來，讓她先下去休息，自己則去了運載韓峰的馬車旁，親自和士兵們一起將重傷昏迷的韓峰抬了下來。

席雲芝聞訊趕來，看到的便是韓峰營帳中十位軍醫會診的場景。琴哥兒不去休息，也不去換衣，就那樣焦急地在帳中亂轉，神情別提有多緊張了。

看見席雲芝走來，她愣了愣，然後將腦袋轉到一邊去，繼續焦急踱步。

「怎麼樣了？」席雲芝走到步覃身旁問道。

步覃雙手抱胸，蹙眉道：「斷了三根肋骨，還有箭傷。」

席雲芝看軍醫們圍著韓峰，知道自己就算著急也沒用，乾脆和步覃站在一起，等待診斷結果。

診完後，軍醫秦原帶頭走了過來。

琴哥兒立刻迎了上去，焦急地問道：「怎麼樣？」

秦原看了一眼步覃，步覃點頭，允許他在那裡彙報。

只聽秦原說道：「韓副將傷得很嚴重，主要是失血過多引起的，這幾天是關鍵。」

琴哥兒流下了悔恨的淚水。「如果不是我一意孤行，韓峰便不會代我出戰，我如果早些發現他，他也不會失血過多……都是我的錯、都是我的錯！」

步覃讓秦原下去開藥，看了一眼悔恨的琴哥兒，沒有說話。韓峰已經受傷了，他現在就是再去責怪琴哥兒也於事無補，還是先把韓峰治好才重要。

秦原說今晚必須有人留下徹夜守護，以防有突發情況，琴哥兒自告奮勇地說要留下，步覃見她身上也有傷，便勸說她回去休息，但琴哥兒打定了主意，怎樣都不肯離開韓峰的營帳。

步覃還想說什麼，卻被席雲芝拉出了帳。席雲芝對步覃搖頭，輕聲道：「你就讓琴哥兒留下吧，韓峰受傷與她有關，她內心必是極為愧疚。」

步覃又看了一眼帳內，這才牽著席雲芝離開了營帳。

這回出戰的一位副將帶回來一個情報，他說這回的仗之所以能贏，有一大部分原因是因為山西總兵陳寧暗地出兵相助。

這個消息對步家軍來說喜憂參半，因為不明白陳寧這麼做的原因是什麼。從前步覃跟陳寧並無交情，他會出手相助完全出乎他的意料，當即便讓魯平派出暗衛去調查陳寧這個人，以及他這些年來發生的事情。

韓峰的傷勢很嚴重，一直昏迷了七天七夜都沒有醒來，琴哥兒也就在他身邊守了七天七夜，不眠不休地給他餵水換藥。魯恒和張果他們前來勸了好多回，都不能將琴哥兒勸回去歇息片刻。

第八天的時候，韓峰終於第一次睜開了眼睛，琴哥兒興奮地從床邊站起，誰知道站得太猛，她頭暈目眩，整個人便直挺挺地倒了下去。用毅力支撐了這麼長時間，已經是她體力的極限了。

琴哥兒被抬下去休息，秦原則接替她留下來照顧有些好轉的韓峰。

席雲芝讓煲了一鍋烏雞湯，親自給琴哥兒送來了帳裡，正巧看見她和伺候的丫鬟鬧脾氣，說要下床去看韓峰。

見席雲芝走進來，琴哥兒這才不自然地低下了頭。

席雲芝讓伺候的婢女先下去，親自將烏雞湯放在床邊的櫃子上，坐到琴哥兒床邊，想要探一探她的額頭是否還有熱度，琴哥兒卻戒備十足地往後退了退。席雲芝沒有探到，也不覺尷尬，依舊溫和地對她說道：「我讓劉媽給妳燉了一鍋烏雞湯，妳趁熱吃點吧。」說著，不管琴哥兒願不願意，席雲芝就替她盛了一碗，送到她手上，見她僵著不動，又將勺子送到她的手指間，這才說道：「妳不吃，可是要我餵妳？」

席雲芝說著，便一副躍躍欲試的模樣，嚇得琴哥兒趕忙自己吃了起來，呼嚕呼嚕大口喝著湯，卻因為湯太燙了，好幾次她都是拚了命忍耐著嚥了下去。

席雲芝見她這般，實在看不過眼，將湯碗搶了過來，用勺子一邊在湯裡輕輕攪拌，輕輕吹涼，一邊埋怨地看了她一眼，說道：「妳這喝法，就是鐵打的喉嚨也受不了。別忘了，妳只是女漢子，可不是鐵漢子。」

琴哥兒見席雲芝還是對她這般溫柔，不覺面上尷尬，低著頭不說話。

席雲芝將吹涼的湯又遞回她手中，叮囑道：「吶，慢慢喝，這一鍋都是妳的，沒人跟妳搶。」

琴哥兒雖然不說話，但動作明顯緩了下來，席雲芝見狀，又開口說道：「這回的事兒，我也聽說了，也不能完全怪妳，妳無須將所有罪責都往自己身上攬。」

聽席雲芝提起這回的事情，琴哥兒停下了喝湯的動作，盯著稠黃鮮美的湯汁，幽幽地說道：「怪我。如果我不是那樣急功近利，韓峰根本不會中了敵人的埋伏。是我太想證明自己了，是我害了他。」

席雲芝見她目光中露出真摯的哀傷，知道她此刻的心情定不好受，便拍了拍她的膝蓋，安慰道：「妳想證明自己沒有錯，但也用不著把自己逼得太累。步帥的死是因為蕭氏皇朝對步家軍幾十年來的忌憚，並不是因為妳和步覃的婚事沒有落實，妳懂嗎？步帥是被蕭絡毒死的，並不是妳害死的。這回韓峰受傷，說白了，也是你們的共同決策，如果韓峰真的不贊同妳的觀點，他根本不會去執行，就是因為他的心裡對妳這個決策也是認同的，所以才會去做。」

「……」琴哥兒看著湯汁表面浮著的一層晶瑩剔透的油花，不知道該說些什麼才好。

席雲芝見她這樣一副如果自己再繼續說下去，就要哭出來的委屈神情，覺得她有些可憐。

席雲芝從她的床邊站了起來，在她頭頂摸了兩下，這才說道：「妳知道嗎？步帥之所以想讓妳嫁給步覃，是因為他覺得這個世上沒有其他男人能夠鎮得住妳，可是婚姻這種事情，並不是鎮得住就行的，這需要很大的勇氣和不斷磨合的感情，如果單用武力來控制，那定然是不行的。」

琴哥兒深吸一口氣，像是困頓的精神終於找到了突破口，只見她突然仰起頭來，故作驕傲地對席雲芝說道：「我以為妳怎會這樣好心來安慰我，原來不過是怕我再去纏著覃堂哥。怎麼，妳怕了，怕我搶了妳主帥夫人的位置？」

面對琴哥兒這般尖銳的問題，席雲芝淡定從容地笑了。她站在腳踏上，居高臨下地看著琴哥兒，揚起了篤定的微笑。「妳的心裡肯定清楚，我的位置，就算再給妳十年、二十年，妳也是搶不去的。我跟妳說這些的原因，不是因為怕，而是覺得妳很可憐，希望妳能找到屬於自己的幸福，不要沈浸在一些無謂的想像之中，從而錯過了最該相守的人罷了。」

琴哥兒聽了席雲芝的話，心口間像是有一股氣想要衝出來，可是卻又在看到席雲芝秀美絕倫的臉上那抹雲淡風輕的微笑時，徹底瓦解。

席雲芝見她不說話，便把她手裡涼掉的湯碗收了，然後又拿了一只乾淨的碗，從瓦罐裡重新盛了一碗烏雞湯放到她手裡，微笑著說道：「湯很燙，慢些喝。」

琴哥兒在這一瞬間終於明白了席雲芝這個女人的精神強大，絕不是她這種天真的人可以擊敗的。這個女人有著自己堅定的信念，根本無懼外界所有的風雨，萬念只執著地守護著屬於她內心的淨土，不容任何人侵犯與玷污，任何時候都冷靜得叫人害怕。

十二月初六，趙逸和如意、如月的婚禮照常舉行。

韓峰是趙逸的好哥兒們，傷勢還未痊癒，卻依舊拄著枴杖前來參加。

婚禮由魯平主持，證婚人當仁不讓是席雲芝和步覃，婚禮舉辦地點則是在主帥府中。新人拜過了天地後，兩位新娘被送入洞房，新郎倌則被眾人拉住，繼續喝酒。難得在營地裡有場喜慶的婚事，大家一時高興得忘了形，酒喝多了，在主帥院子裡又唱又跳又叫。

步覃知道這天確也是難得，便下令大家可以敞開肚皮喝，放手對新郎倌鬧騰。

趙逸應對得苦不堪言，大夥兒卻樂得前仰後翻。

這之後，趙逸被十幾個將領簇擁著往新房走去，他們說不能光鬧新郎倌，新娘子也要鬧一鬧才算圓滿！

韓峰拄著枴杖，既不能給兄弟擋酒，又不能隨兄弟去鬧，只能跟小安坐在一起乖乖地吃飯吃菜，還不及小安隨時可以下地跑跳的自由。正有些苦悶時，卻見旁邊突然伸出一隻手來，手上端著一只小杯。韓峰轉頭一看，只見雙頰有些酡紅的琴哥兒正醉眼矇矓地看著他，啥也不說，就把酒杯送到他面前。

韓峰正在吃肉，見狀不明所以，以為琴哥兒找錯人了，便也沒敢接酒杯，就這麼看著她不說話。

突然，張果從琴哥兒背後竄了出來，一把抱住她，說道：「琴哥兒妳喝醉了，韓峰正傷著呢，不能喝酒，妳還是跟我們喝去吧！」

張果喜歡琴哥兒是整座軍營都知道的事情，別聽他的話說得冠冕堂皇的，其實口氣酸著呢，就是不想琴哥兒跟韓峰待在一起，說什麼也要把人給帶回去。

可是琴哥兒是誰，她做事豈是張果能夠阻攔的？當場便將張果摔飛了出去，然後又執著地重新倒了一杯酒遞到韓峰面前，酒氣熏天地說道：「韓峰，要把我當兄弟，就喝了它！」

韓峰有些為難地看著她，不知道這姑娘今兒發什麼神經。步覃在一旁看見了，正要上前勸阻，卻被席雲芝拉住了胳膊。只見席雲芝悄悄地對步覃搖了搖頭，步覃這才停下了腳步，決定再觀望觀望。

琴哥兒見韓峰始終不接杯子，當即怒了，一腳踩在韓峰旁邊的空位上，匪氣十足地將杯子重重放在了韓峰面前，說道：「今兒你喝也得喝，不喝也得喝！」

韓峰看著琴哥兒，眨巴了兩下眼睛，這才嚥著口水，拿起了酒杯，卻是不直接喝。因為他實在不知道自己又哪裡惹了這尊女閻王，不知道自己錯哪兒了，這酒可怎麼喝呀！

「琴哥兒，若我韓峰哪裡有得罪的地方，妳大人大量，別跟我一般見識，這酒我便乾下了，所有恩怨，一筆勾消，可好？」

韓峰畢竟也是經歷良多的，這種場面自問還撐得住，他對琴哥兒說的那番話在情在理，又不失風度，恰到好處地表現了自己的沈穩和大氣。

在琴哥兒刀鋒般的眼神注視下，他一口將酒飲盡，含在嘴裡對琴哥兒比了比空了的酒杯，然後才將烈酒嚥了下去。

琴哥兒看著韓峰的一舉一動，像是著魔了，突然俯下身子，捧住韓峰的臉就貼上了他的嘴！

現場，鴉雀無聲。

韓峰嚇得連大氣都不敢喘了，他受驚過度，身子不自主地往後仰去，但因為行動不便，根本不能像從前那樣身手敏捷，因此便直挺挺地倒了下去，將捧著他臉的琴哥兒也一同拉倒在地。

韓峰驟然呼吸到了新鮮空氣，正要反抗時，卻見琴哥兒一抹嘴唇，燒紅了眸子，一不做二不休地就按住了他欲要反抗的雙臂，整個人如守宮貼著牆壁，把韓峰困得死死的，不顧對方嗚嗚抗拒，兀自強吻了起來！

看到這一幕的人們全都驚呆了，連一向從容的步覃也被嚇得從座位上站了起來，指著他們倆，久久不能說話。

席雲芝則像是不知道被誰點了笑穴般，捧著肚子笑個不停。

張果和魯恒合力上前將琴哥兒從韓峰身上扒下來的時候，琴哥兒還是一臉的醉意，踢踏著腳，對韓峰喊道：「老子愛上你了，老子要娶你！趕快給老子回去洗乾淨了，老子晚上就去找你睡覺！放開我，你們放開我，老子要跟他去親熱親熱！給我放開……放開……」

一場好好的婚宴，被這場額外的加戲鬧得可以用「沸騰」兩個字來形容了。

韓峰依舊躺在地上，沒人上前拉他一把，他欲哭無淚地看著滿天星光。這真可謂是一戰成名了，他竟然被一個女人給……強吻了?!

步覃晚上拿書看著看著，竟笑了出來。

席雲芝抬眼看了看他，也不禁勾起了嘴角。

步覃乾脆放下書本，笑個不停，而後來到席雲芝的軟榻旁半躺著，一邊吃水果一邊問道：「欸，妳說他們倆是什麼時候搭上的？」

席雲芝一邊刺繡一邊橫了他一眼。「什麼搭呀？夫君的用詞可真不好聽！我倒覺得這是琴哥兒想通了，明白誰才是她應該把握一生的良人。」

步覃將水果核吐了出來，還是有些不懂。「妳說他們不就打了一回仗而已嗎？從前也不見她對韓峰有意思啊！這……」

席雲芝將最後一針收尾，把線咬斷之後，對他說道：「這便是所謂的時機到了。從前他們雖然認識，但是並無深刻的交集，琴哥兒不知道原來在緊急關頭時，韓峰竟是這般靠得住的，一時芳心暗動也是常理。」

步覃聽了席雲芝的話，也覺得有些道理，遂抓著她的手，在唇邊輕吻幾下後，說道：「不錯，就算是再有緣的兩個人，能不能在一起，還是取決於一個時機問題。就好像我和妳，我若不是被貶到洛陽去，又怎會遇見妳？」

席雲芝反握住步覃的手。「是啊，若不是你被貶去洛陽守陵，你這身分，又豈是我可以高攀的？怕是連給你的將軍府燒柴火，你還要嫌我不夠機靈呢！」

步覃想起剛娶席雲芝那會兒，她面黃肌瘦，身上無半點顏色，當真是狼狽得很。當時他也確實腹誹過她的模樣，沒想到，竟差點錯過這樣一個美好的女子。

將席雲芝摟入懷中，輕輕地撫著她的後背。「妳剛嫁進來的那幾天，我連想死的心都有了。臉上沒有二兩肉，脖子絆著三根筋，身子全是骨頭，抱著都嫌磕手……」

席雲芝從他懷中探出腦袋，戳著他的胸膛，嘟嘴道：「有這麼誇張嗎？」斂眸一想，席雲芝突然也笑了。「……好像是呢。那時候我在席家一天只吃一頓飯，每天從早到晚都在做事，根本沒時間打理自己，倒讓夫君受驚了。」

聽席雲芝提起婚前的事，步覃不禁將她摟得更緊，兩人貼著臉好一會兒後，他才又用沈穩的聲音說道：「原以為妳是我的劫，沒想到，妳卻是我的命。」

席雲芝乍聽步覃說出這番動人的情話，不覺濕潤了眼眶。雙手纏過他的腰肢，將頭埋進他的胸膛，她悶悶地說道：「我也是。不過，我一開始就覺得你是我的命，窮極一生，不管多難，我都要黏著你，絕不放手的命。」

兩人相擁在一起，恩愛纏綿，此時無聲勝有聲。

韓峰和琴哥兒的事件儼然蓋過了趙逸的齊人之福婚宴，風頭一時無兩。

琴哥兒醉酒第二日醒來時，發現整個軍營裡的人看她的目光都變了，她疑惑地捧著腦袋，回想了一番昨日趙逸婚宴上的情形後，只覺得五雷轟頂，炸得她連想死的心都有了！

她怎麼能做出那樣的事情？簡直禽獸……不，禽獸不如啊她！

這讓韓峰以後怎麼看她？這讓步覃以後怎麼看她？這讓她的假想情敵席雲芝今後怎麼看她？

她竟然還說了那些話——老子要娶你！

她對韓峰那樣一個頂天立地的漢子說了那樣的話……這不是作死是什麼？難得跟韓峰用生命建立起來的革命情誼，就這樣被她的醉行給徹底打散了！

怎麼辦？怎麼辦？

琴哥兒在營帳裡左轉右轉，最後終於下了決定——這件事的確是她做錯了，所以她必須承擔後果，她要道歉，她要去跟韓峰道歉！就算他想把她千刀萬剮，她也要去道歉！

用帽子遮住了臉，琴哥兒特意挑了一條僻靜的小路，往韓峰的營帳走去，沒想到卻還是被認了出來。

一隊巡邏的士兵看見她，打招呼道：「步總領，妳要去韓副將那裡呀？」

「呃……不、不是……我去……」

「哎呀，妳別不好意思了，我們都知道的！韓副將剛才出去了一趟，現在肯定回去了，妳趕緊去找他啊！」

「……我……不是的……我、我去尿尿！」

琴哥兒被一群熱情的士兵說得面紅耳赤，最後不得已用了尿遁這個方法，卻也阻斷不了身後士兵們用一副「你懂我懂大家都懂」的曖昧目光盯著她。

天啊，她到底是做了什麼天理難容的事情，老天爺要這樣對她啊?!

將帽子徹底蓋在臉上，琴哥兒又摸回了自己的營帳，不料還未進門，就一頭撞到了一個人，帽子掉了下來，她的脾氣頓時上來了，一臉火爆地罵。「誰啊?走路不長眼睛嗎?!」

「是我。」

熟悉的男聲讓撅著屁股正在撿帽子的琴哥兒徹底僵住了，維持著撿東西的姿勢，她轉頭一看，只見韓峰拄著枴杖，正一臉尷尬地看著她。

琴哥兒警戒十足地彈了起來，原想用怒火來掩蓋心虛，可是在看見韓峰那雙沈穩的雙眸時卻又莫名地掩下了火氣。她低下頭，用小羊般的聲音說道：「是你呀……」

韓峰輕咳兩聲，許是鼓起了莫大的勇氣，只見他走到琴哥兒面前，將一只玉珮交到了她的手上，說道：「昨兒掉我衣服上的，料想是妳的，就給妳送了過來。」

琴哥兒一摸衣襟，她爹送給她的那塊玉珮果然掉了！沒想到竟是被他給撿到，琴哥兒整個人像是虛脫了般，心跳激烈，面紅耳赤。

韓峰與她相比，也好不了多少。

兩人間尷尬的氣氛簡直能逼死一隻飛過的鴻雁。

良久後，韓峰才又輕咳一聲，對一直低頭不語的琴哥兒點頭致意道：「那……韓某先告辭了。」

琴哥兒紅著臉，像個小姑娘般微微點了點頭，對韓峰說了一句。「好，你慢走。」

這句話一出，韓峰倒覺得還好，卻是把琴哥兒自己給雷得半死。若是半年前有誰跟她說，她在面對一個男人時會發出這種類似小貓叫的聲音，她一定一掌將對方拍死在牆上，讓人摳都摳不下來！可是，如今這事兒確是發生了……

看著韓峰離去的背影，琴哥兒的心怎麼都不能平靜下來。看了看手中的玉珮後，她扭捏地一跺腳，這才掀簾子入了營帳。

席雲芝和劉媽正在營地後方的空地上篩檢馬鈴薯，近來趕著收穫了一批，預備在冬日糧食短缺時，用來攙和著抵一抵饑。

席雲芝正躬身看著士兵過秤時，感覺身後被人碰了一下，她回頭一看，就見琴哥兒一臉扭捏地看著她。席雲芝站直了身子，對琴哥兒笑了笑，劉媽立刻便給她遞來了溫熱的帕子擦手，席雲芝一邊擦手，一邊對琴哥兒笑，卻是不開口說話。

琴哥兒正在等席雲芝開口問她做什麼，可是這個女人卻只是看著她，啥也不說，最後，還是她被看得無可奈何，這才深吸一口氣，鼓足了勇氣對她說道：「我想學女紅，陶冶性情，妳教我。」

琴哥兒這番話一說出來，席雲芝倒還好，卻是把空地上的士兵們全都嚇得愣住了！過秤的忘記過秤、搬運的忘記裝框、洗馬鈴薯泥的忘記拿刷子……這場面，好像他們聽見的是什麼能夠勾魂攝魄的事情一般。

席雲芝看著她，一如既往的沈著冷靜，揚眉點了點頭，對琴哥兒彎起了秀美的嘴角，平常地回道：「好啊！」

琴哥兒原本在心裡準備了一大堆的說辭，就是為了應對席雲芝難以置信的發問，可是，這個女人的反應未免也太平靜了吧？沒有得到意想中的反應，琴哥兒覺得有些失落，但還不至於震驚。乾咳了一聲後，琴哥兒這才僵硬著身子，故作鎮定地轉身走了。

席雲芝看著她幾乎同手同腳的步伐，覺得有些好笑，不禁搖了搖頭。

劉媽拿著兩個馬鈴薯，走到席雲芝身旁，吶吶地問道：「夫人，步總領這是想幹什麼呀？她瘋了嗎？」

席雲芝看了她一眼，淡定自若地笑道：「她不過是想亂了，一時看不清自己想要的到底是什麼罷了。」

劉媽還想再問些什麼，席雲芝便被奶娘喊回去了，說是小姐快醒了，讓她回去餵奶。

席雲芝離開之後，一眾士兵立刻開始了熱烈且放肆的猜測……

晚上，步覃回到主帥府的時候，席雲芝正好將宜安哄騙入睡了，兩人相攜回到了房間。

席雲芝替他除下外衣，整齊地掛在屏風上。步覃暫時還不想洗漱，席雲芝就沏了一壺茶，拿出兩碟白日裡忙裡偷閒做出來的小點心，供步覃消遣著吃。

步覃咬了一口頗合他口味的甜酥餅，對席雲芝說道：「今天下午，琴哥兒突然來找我，說要辭去總領一職。」

席雲芝正在沏茶，聽步覃說了這麼一句，手裡的動作頓了頓，片刻後便失笑著搖頭了。

步覃見她如此，不禁問道：「怎麼？」

席雲芝搖搖頭。「沒什麼，琴哥兒只是心血來潮吧。」

步覃點頭贊同。「沒錯，我也這麼覺得，所以，我當場駁回了她的要求。」

席雲芝嘴角含笑，將茶杯送到步覃面前後，說道：「如果你同意了她的請求，我敢打賭，至多十日，她就會後悔。」

步覃不懂席雲芝為何會這麼說，席雲芝便將琴哥兒今日去找她的事情對他說了一番，步覃聽後覺得有些不可思議。

「這丫頭想幹什麼呀？都做男人二十多年了，怎的突然想做回女人了？」

席雲芝嬌嗔地橫了他一眼。「琴哥兒本來就是女人！她如今正處在迷茫時期，不知道自己今後該怎樣去做。」

步覃將甜酥餅吃入口中，聳肩道：「她還能怎麼做？現在學女人未免也太遲了。」

「不管遲不遲，她總要嘗試一下才會死心啊！沒事的，只要幾天不讓她動刀動槍，她自然會明白自己要的到底是什麼了。」

步覃對席雲芝的話不予反駁，看她的樣子，似乎對此事早已有了定論，那他也不必多問，直接等著看最後的結果就是了。畢竟，他對自家夫人調教人的手段還是挺信服的。

臘月初十，由山西總兵陳寧那兒發來的一封書函，令鐵血城營地處在難以置信的喜氣中。

陳寧主動寫函投誠，說願帶著山西八萬精兵盡數投至步覃麾下，任憑調遣。

營裡的將領們都在說，如果陳寧這支軍隊能為他們所用的話，那步家軍就是如虎添翼了。

步覃拿著這封書信，左看右看，總覺得放心不下。「陳寧與朝廷並無瓜葛，此時投誠未免太過蹊蹺。」

魯副帥在之前韓峰他們帶回陳寧相助的消息時，便已經派人去調查過了，此時正好拿出來與大家說道：「陳寧這個人雖然看起來跟朝廷無甚瓜葛，兼且忠君愛國，可是，我在私下調查出了他曾動用軍餉私購武器一事。朝廷一直想找他的晦氣，若是將他逼急了，他投誠我們也並不是難以解釋的事。」

步覃也聽過暗衛的這些彙報，聽魯副帥在議事中提出，不禁說道：「陳寧私購武器的目的尚未查清，朝廷的確是在查他，可是也未必是證據確鑿的。我們不可掉以輕心，引狼入室，此案壓下再議吧。」

步覃身為主帥，他既然說壓下再議，那其他人自然也不能有其他異議。

魯副帥一臉可惜地問道：「那……陳寧那裡如何回覆？」

步覃斂眸又看了一眼手中的書函，沈吟片刻後，簡潔地說了兩個字。「婉拒。」

最起碼，在他徹底將陳寧調查清楚之前，他絕不能輕易地用此人。

在一片疑團密布的時候，席雲芝迎來了在軍營中的第一個新年。

早在臘月前她就已經準備好了，從年三十到大年初八，她讓後廚每天多做兩葷兩素，然後每人發放一件禦寒棉衣，各賞兩袋果子。雖然沒有壓歲錢，但只是這些，便讓士兵們覺得很開心了，個個都在稱讚主帥夫人大方。

席雲芝坐在後院裡，懷裡抱著粉嘟嘟的宜安。

小安吵著要給宜安餵肉吃，劉媽正在跟他講道理。

新年期間，按照步覃的吩咐，宴請營裡各位將領過來團聚，大家酒過三巡後，就開始胡天胡地地吹牛。

席雲芝由著他們鬧去，早早便帶著宜安和小安去了後宅。

這時，幾個探子突然出現，讓宴會的氣氛稍微冷卻了下來。

探子帶回來一個重大的消息。

「主帥，朝廷派兵抄了陳寧的家。皇上親自下旨，要將陳寧滿門抄斬！」

步覃蹙眉立起。「什麼？抄家？滿門抄斬？」

魯副帥醒了醒酒，也走了過來，對步覃說道：「你看，我就說這個陳寧真是想反了朝廷的，如今家都被人抄了，還有假嗎？」

步覃深吸一口氣，讓腦子稍微冷靜了一番後，對探子問道：「那他的家人呢？都被殺了嗎？」

探子盡職地回報。「還沒有，只是家裡的家僕被盡數屠盡。陳寧因為事先得知了朝廷這一舉動，便暗中將他的家人全都送往外地，如今正被朝廷追捕中。」

魯副帥聽了之後，立刻急道：「追捕？那還等什麼？咱們趕緊派兵相助吧，要過了這個村兒，可真就沒那個店兒了！等到陳寧揭竿而起，自成一路後，對咱們可沒什麼好處啊！」

步覃眉頭深鎖。

魯副帥先聲奪人，不顧步覃反對，便去了營地安排人手，準備前往搭救陳寧。

兩日之後，魯平將狼狽的陳寧救回了營地，步覃在主帥帳中接見了他。

陳寧一見步覃，就跪了下來，對他磕頭叫道：「步將軍大義！陳寧這條命是你們救的，今後便供將軍驅使，若有二心，天打五雷轟！」

步覃讓他起來說話，喚人給他安排了一張太師椅，將身受重傷的他安置坐下，這才對他說道：「陳總兵不必多禮，救你的人不是我步覃，是魯平魯副帥，你要謝便謝謝他吧。」

陳寧捂著受傷的肩頭，有些迷茫地轉頭看了一眼魯平。

只見魯平立刻粗獷地對他揮了揮手，說道：「欸，用不著，大家都是受朝廷迫害的，談不上誰救的誰，不必客氣！」

陳寧忍著傷痛，對魯平抱拳致謝。

步覃看著他的傷處，不禁問道：「陳總兵是如何與朝廷結怨，使得朝廷在用兵之際，仍舊要將你抄家滅門？」

陳寧大大地嘆了口氣。「唉，實不相瞞，其實我早在一年前就有了反叛之心，因此才會動用軍餉，向東瀛私購武器，為的是有朝一日揭竿而起，將那昏君斬殺於劍下！」

步覃靠在主帥椅中，好整以暇地看著激憤的陳寧，問道：「陳總兵與皇帝有何深仇大恨，非要揭竿而起？」

陳寧聽步覃這般問了，才決定不做隱瞞。「皇帝與我並無深仇大恨，不過，我深受先帝恩澤，在得知先帝之死過於蹊蹺之後，曾私下派人去江南調查，結果讓我查得了一個驚天的真相——先帝根本不是遭刺身亡，而是被當今皇上蕭絡而弒！如此不孝不義之人，我陳寧又為何要替他賣命？」

魯平聽了陳寧的話，覺得深有同感。他之前也從旁的管道，隱約知道一些關於皇帝弒父殺君的傳言，如今得到陳寧證實，心中更是疑慮大減，對陳寧的大義更為佩服。

步覃聽陳寧說出這個原因，不禁愣了一愣，再加上魯平竭力維護，他便默許了陳寧留在鐵血城中養傷，但必須派上人手強加看管。

魯平對步覃的執著很是不解，但礙於步覃主帥的身分，也不好說什麼，只能將陳寧安排在他營帳附近的帳中，便於他就近關照。

步覃看著他們離去的背影，眸中不禁升起一抹疑光。這個陳寧……怕不會是個簡單人物。

年後，各地傳來了大戰、小戰的消息，步家軍頻頻出動，短短半年的時間，就打了大小三十來回戰役。

勝多敗少，步覃率領的步家軍勢如破竹。

遼陽行省的李毅被朝廷封為征寧大將軍，與步覃展開了一連串的生死戰役。

步覃與李毅從前少有交情，但彼此都敬重對方是條漢子，步覃也曾經說過，放眼整個蕭國，唯一還能讓他產生些許佩服的，便是李毅這個人。人品與能力自是不必說的，兵法戰略也與他不相上下，只是人太過迂腐。步覃原本想與他暗地裡交流，看能否將其拉攏過來，卻不成功。

大戰連續打了好幾個月，庫中的餘糧最多再支撐兩個月就會宣告用罄，席雲芝將附近村民的地也全都一併收了過來，讓村民們全都加入耕種隊伍，但還是應付不了前線的需求。

席雲芝正一籌莫展之際，碼頭那裡傳來消息，說是有一位姓駱的商人求見。

席雲芝不解，什麼人會專門求見於她？在營地裡眾參將的陪同下，她去到了碼頭，只見一個有些面熟，但絕不能稱作熟悉的男子自步家軍運送的小船上走上了岸，一看見她，那人便笑著朝她抱拳走來。

「席掌櫃，多年不見，可還記得駱某？」

席雲芝將他上下打量了一番，在看見他腰上繫著的一塊嫩黃色和闐美玉時，突然想了起來。「駱幫主。」

洛陽漕幫駱家的主子，與沾著官親的王家不同，之前席雲芝在洛陽的米糧買賣，就是透過他們的。

「席掌櫃別來無恙。」

席雲芝隱約覺得這人此時出現得有些奇怪，但面上卻不動聲色，與之寒暄道：「是，有勞駱幫主掛念。不知駱幫主怎會找到這裡？」

駱雲海左右顧盼了兩下，便對席雲芝比了個請的手勢，將席雲芝請到一旁，掩唇說道：「實不相瞞，在下此次前來，是想跟席掌櫃討個彩頭。」

席雲芝笑言：「不敢當，我不是什麼當官兒的，可沒什麼彩頭能給駱幫主。」

駱雲海也不與席雲芝再多囉嗦，指了指十里開外的海面，直接說出了心裡的話。「十里開外有六艘千石大船，上頭是我漕幫庫裡所有的餘糧，我一分錢不要，全都送予席掌櫃，所求的，不過是席掌櫃一句話。」

席雲芝順著他的手指看了看海面，卻因為距離太遠看不真切。

將駱幫主送上岸的步家塔亭士兵走過來，對席雲芝說道：「夫人，確是六艘吃水甚深的糧船。」

席雲芝斂眸，對駱雲海正色問道：「駱幫主所求何言？」

駱雲海掃了一眼綿延千里的步家軍營後，對席雲芝直言道：「誰都知道，如今步家軍乃天命所歸，步帥才是真龍天子。我駱雲海不求別的，只求未來的皇后娘娘可以應承我一件事——若步家事成，那……我駱家要天下漕運總舵之位，可行？」

席雲芝沒想到駱雲海會將話說得這樣分明。就算步家此時做的確實是問鼎中原之事，但打的卻是替步遲報仇之名，未到最後關頭，誰也不敢真的將那層窗戶紙捅破，可這駱雲海一來，就用六艘千石大船的米糧壓得她不能拒絕。

「駱某既然將米糧運來，便是信得過席掌櫃的為人，席掌櫃若不同意，大可派人將我殺了，米糧還是你們步家的。」駱雲海見席雲芝猶豫，又說了一句激將之言。

席雲芝垂目看了看他，目光落在他兩根黑漆漆的指上，頓時明白了什麼，勾唇笑道：「好，既然駱掌櫃爽快，那我也不與你兜圈子了。我席雲芝在此保證，若今後步家能夠促成天下歸一，那漕運總舵之位非你駱家莫屬，不管今後我是不是皇后，這個承諾，我席雲芝發誓就是拚死也會替你維護住，永不失效。」

駱雲海聽後，眸光明顯一鬆，對席雲芝抱拳道：「好，駱某果真沒有看錯人，席掌櫃真乃女中豪傑，駱某佩服！」

席雲芝也對駱雲海抱拳一禮，笑道：「既然如此，還請駱幫主快些返程，將船上的燈油、炭石撤去了才好。」

雖然駱雲海說得豪氣，但是席雲芝卻見他身子明顯緊繃，身上盡是燈油味不說，手指也沾滿了炭石粉，這說明了，他早已經做好了玉石俱焚的準備，只要她拒絕，然後開始動手搶糧，他就會讓人點火燒船，讓他們什麼也得不到！

駱雲海見自己的計劃被席雲芝一眼識穿，不禁愣了好一會兒，然後才面有愧色地對席雲芝抱拳告罪。「此舉實乃逼不得已，望席掌櫃海涵！」

此舉雖然是玉石俱焚，卻也是無可奈何。六艘千石大船，是他這小小的漕幫所有的米糧，盡數投入步家軍之後，他便再無資本與其他漕運船隊競爭了。步家得了糧後贏了天下還好，若是輸了，那他要付出的可不僅僅是這六艘大船，而是全族人的性命，因此，他早已下定決心豪賭一場，如果得不到席雲芝的親口允諾，那麼他寧願將所有身家財產都燒個乾淨，徹底免去了這個後患。

席雲芝和善地點頭，說道：「駱幫主既然將全副身家盡數壓在步家軍身上，那步家軍定不會讓駱幫主失望的。」

駱雲海又對席雲芝抱了抱拳後，才坐上了先前的小船，往十里外的海中塔亭行去，並且囑咐划船的士兵動作快些，因為他跟糧船上的人約好了以一個時辰為限，若是他沒回去，就直接放火燒船。

席雲芝怎會猜不透駱雲海的一番計較？佩服他膽識過人的同時，也在心中默默地感謝上天。

看著六艘吃水甚深的大船漸漸朝港口駛入，席雲芝懸著的一顆心總算是稍微定了一些。

有了後勤的有力支持，步覃的隊伍在前線是越戰越勇，一路由陝甘打到了遼陽，正面與李毅對上激戰。步覃派出上百隊伍，將通往遼陽的所有道路盡數封起，不讓任何糧草隊進入遼陽，將李毅所剩的八萬軍隊全都困在遼陽城中，準備打耗時戰，不費一兵一卒，來個甕中捉鱉。

李毅曾向山西擁兵自重的陳寧求助，卻遭到陳寧的冷酷拒絕，無奈之下，只好飛鴿傳書前往京城。

被包圍期間，李毅曾五次飛鴿傳書，全都被步覃派出的空中崗哨盡數劫回，將李毅送往京城的密信燒毀後，再用他的信鴿，另外以自己的名義寫了一封信給遠在京城的蕭絡。

他使了個心機，將陳寧反叛的事情似真非真地告訴了蕭絡，一來是為了迷惑蕭絡，二來則是為了最後一次試探陳寧是否真心歸順。

在遼陽城外守了大半個月後，步覃有些疑心李毅城中的情況。照理說，就算遼陽城糧草充足，也禁不住八萬人在裡面吃喝，可是這些日子看來，李毅他們不僅在城中安然自在，半點都沒有彈盡糧絕的恐慌，反而像是游刃有餘地刻意跟他們耗時間。

心中一陣奇怪，可是他派出去的一百多路隊伍都說沒讓任何糧草流入遼陽城中，這就不得不讓人覺得費解了。

正納悶疑惑、百般調查之際，帳外突然傳來一聲通報，說是有一位自稱是鄂溫克族首領、名叫巴達的漢子求見。

步覃走出帳外，看見一個穿著雪貂袍子皮衣的魁梧漢子。一看見步覃，對方就迎了上來，單膝跪地對步覃行過大禮之後，才將來意說明。

只見他讓一百來個魁梧漢子拖來十幾條巨大雪橇，其中兩條雪橇上盡是被捆綁住的人，其他的雪橇上，就全是糧草、菜肉。

步覃指著他們，不解道：「他們是……」看樣子都是蕭國士兵的裝束，可是，怎麼會被巴達他們捆綁起來呢？

首領巴達得意地向步覃解惑。「原本我們也不知道這些人在嫩江底下做的手腳，是族裡一些洗衣服的婦女發現他們的。他們用漁人潛入嫩江，從護城河鑽入遼陽城，給裡面的人送吃的。我知道攻打遼陽的是你，所以就派人把這些人給劫了，又讓人在嫩江底下拉了一張大網，讓他們再也送不進東西。」

步覃聽了巴達的話，這才恍然大悟，明白了這些日子以來李毅他們不慌不忙地與步家軍僵持的原因了。

他以為是自己在跟李毅耗，沒想到卻是李毅反過來將他耗在遼陽城外！哼，真是好計啊！

巴達說他們已經受夠了被蕭國統治，邊境常年遭受齊國騷擾，對上頭報告多回也未曾得到解決，既然蕭國對他們保護不力，那他們若不自謀生路的話，在邊境的處境只會越來越糟，而步覃的名聲響徹天下，所以他們甘願替他賣命。

巴達他們對蕭國徹底絕望，這才尋了機會，一不做二不休，前來投靠步覃。

有了鄂溫克族的神來一筆，步覃對李毅的戰爭宣告完美獲勝。

李毅又被困了大半個月後，實在忍受不住饑餓，命人開了城門，將餓得頭昏眼花、準備作殊死一搏的八萬士兵全都放了出來。步覃卻不與他們打，直接喊出了「繳械吃肉」的口號，一下子便瓦解了對方想要殊死搏鬥的凌雲志氣，紛紛軟著腿、丟了兵器，往步覃早已準備好吃食的營帳中跑去，待吃完了肉、喝完了酒，脖子上也都被架上了刀。

步覃班師回城之時，整個鐵血城都沸騰了。

席雲芝一如既往，親自到城門迎接，看著她的夫君從遠處歸來。高馬之上的步覃冷毅決然，俊美無儔，這就是她的夫，她的天。

曾經的嬌羞愛戀如今已變成深深的依賴，看著他一日日變得近乎成神般的完美，她的心中總是喜憂參半，喜的是他越來越出色，憂的是怕自己跟不上他的步伐。

席雲芝比任何人都清楚地知道，遼陽這場戰役大獲全勝的背後所代表的意義——天下就要改姓，蕭氏一族將徹底消失。

接風宴吃過飯後，席雲芝便早早回到房間，看小安和宜安在房間裡玩兒。宜安已經快要周歲，能在地上歪歪倒倒地走了，小安總是喜歡跟宜安比身高，然後搶宜安的東西，逗她起身走。

席雲芝就坐在軟榻上看著他們在房間裡撲騰，反正地上她都讓人鋪了厚厚的毯子了，就算摔了也不會疼。

沒想到，宴席還沒完全結束，步覃竟先回來了。

帶著滿身的酒氣，步覃推門而入。

小安一下子撲到他的懷裡，跳上了他的臂彎，宜安卻是站在那裡不動，因為她已經好長一段時間沒有看到步覃了。她忽閃著大眼看著他，步覃跟她大眼瞪小眼了好一會兒，才在小安的臉頰上親了親，拍拍他的屁股讓他下來。小安下來之後，步覃就主動蹲下了身子，對宜安招了招手。

宜安看了看哥哥，又看了看席雲芝，這才挪著小步子，走到步覃面前，卻是面無表情。

席雲芝好笑地坐在軟榻上不動，想看看這個男人會怎麼搞定自己的女兒。

只見步覃從懷裡掏出兩塊奶糖，送到宜安面前，在她滿懷驚喜的眼神中，將一塊軟軟的奶糖送到她嘴前。宜安看著他一動也不動，直到奶糖貼上她的小嘴，她才伸出舌頭舔了舔，然後再輕輕地咬了一小口進嘴裡吃起來。

席雲芝完全失笑，對步覃的有備而來很是佩服。她從軟榻上走下，跟步覃蹲在一起，對宜安說：「叫爹爹。」

宜安現在會說的詞很少，但是爹爹這個詞席雲芝卻是第一個教會她的，不會叫其他人之前，宜安都是用爹爹這個詞來代替的。

忽閃著大眼睛，宜安轉了步伐，撲到了席雲芝懷裡，將她撞得坐在了地上。

席雲芝乾脆將她抱在懷裡，讓她坐在自己腿上，然後指著步覃說：「他是爹爹，宜安乖，要叫人知不知道？」

宜安盯著席雲芝看了好一會兒，彷彿正在努力理解她的意思，良久之後，才對席雲芝點了點頭，扭頭對步覃發出一聲根本分辨不出來是什麼的叫喚，但饒是如此，還是把步覃高興壞了。

從席雲芝懷裡接過宜安，舉高高了好幾回後，才把小丫頭逗得格格笑了起來，巴在他的肩上不肯下來。

安頓好兩個小的之後，席雲芝和步覃才雙雙回到了房間。

席雲芝溫婉微笑著替步覃除下外衫，卻被步覃一把抱在懷裡，饑渴難耐地在她脖子處亂吻，把席雲芝癢得直笑，在他肩上敲了兩下，才讓他停止了動作。

步覃抬起腦袋，卻是不肯放手，將席雲芝牢牢圈在懷中，可憐地說道：「這麼長時間，夫人果然都不願與我親近了……」

席雲芝哭笑不得，又在他肩上敲了兩下，然後才迎上步覃再次俯下的臉，雙唇相接，氣息傳送。

步覃打了大半年的仗，早在看到席雲芝的那一刻就已經心猿意馬了，如今鼻端滿是心愛女人馨香的氣息，更是叫他無法再忍耐下去，邊吻著邊將席雲芝橫抱而起，走向了屏風後的軟鋪。

他一路攻城掠地，毫不手軟，將大戰後所剩無幾的精力全都用在了這個女人身上，酣暢淋漓地宣洩了苦忍數月的慾望……

大戰過後，席雲芝披著外衫靠坐著，步覃則蓋著被子，側枕在她的腿上。席雲芝有一下沒一下地用手指幫他通頭髮，步覃則閉目養神，享受著這久違的寧靜。

此時的他，終於明白了那句話——有心愛之人的地方，才是家。這種安寧的感覺，是無論打多少勝仗，無論得到多少崇拜與仰望都無法比擬的。人不能總活在虛妄的讚美中，腳踏實地地享受親情的滋潤與溫暖才是最教人難以割捨的。

「李毅寧死不願歸降，在城頭拔劍自刎了。」步覃閉著雙眼，突然開口說了這麼一句。

席雲芝的手頓了頓，沒多久便恢復了，對步覃開口道：「你不是向來欣賞李毅是個將才，怎會……」

步覃微微睜開雙眼。「我欣賞他是將才，但他卻是蕭絡手下的將才。不能為我所用，留下就是禍害。」

席雲芝沈默了一會兒才說道：「只要你不覺得可惜，死了就死了吧。」

步覃聽席雲芝說完，便轉了個身，讓自己平躺著看她。他握住她的手，溫柔地問道：

「怎麼了？這次回來，妳好像不怎麼開心。」

席雲芝微微笑了笑，說道：「你平安歸來，我怎會不開心？只是……」

步覃靜靜地看著她，等待她繼續說下去。

席雲芝欲言又止，對步覃微笑著搖了搖頭，說道：「只是覺得心情有些複雜，但要說是哪裡複雜，我又好像說不清楚。」

步覃坐起身，看著席雲芝秀美的面龐，見她一雙墨色瞳眸中滿是不安，心下明白她在擔心什麼。將她摟在懷中，他鄭重地發誓道：「妳就放心吧，無論今後我在什麼地方，坐上了什麼位置，妳永遠都是我最愛的妻子，這一點，絕不會變。」

席雲芝沒有說話，而是靜靜地靠在他的懷中，聽著他強而有力的心跳，緩緩地點了點頭。

他知道她在不安什麼，因此給了她這個承諾。席雲芝也知道，以步覃如今的身分地位，能夠給她這個承諾，已是最大的恩賜……

第二十八章

時年九月，步覃讓陳寧領山西八萬精兵，率先攻往京城。營地中對步覃的這個決定褒貶不一，有的人認為，用陳寧的八萬兵馬攻打京城，等於是用他人之矛攻他人之盾，他們只需坐收漁翁之利即可；也有人認為，用陳寧的兵這件事，本身就是一場豪賭，先不說陳寧是否真心歸順，誰能保證他的八萬精兵去了京城後，不會被蕭國皇帝所用？

步覃將這些意見全都摒棄，一意孤行地將陳寧親自送往了前去京城的路，委以重任。

陳寧出發之後，步覃也沒閒著，從遼陽行省開始，到處都插上了步家的旌旗。因為守城大軍都已經被他所降，其他受大軍保護的大城、小城根本沒有能力與日漸壯大的步家軍抗衡，紛紛棄了城旗投降。

步覃對將士們下了嚴令，對待主動開城的，一律不搶不殺，如有違抗，殺無赦；但若是遇上作死頑抗的，那這條規矩就算作廢，讓將士們隨意發揮。

一路從遼陽征到了洛陽。

步覃早早便叫人通知了席雲芝征戰洛陽的時間，還特意問了她，要不要與他一同進入洛陽。

席雲芝對洛陽並沒有留下很好的印象，而且那邊已經沒了親人。何況她知道，如果她通知步覃，說她也要一同前去洛陽的話，那肯定會耽誤他不少時間，並且他很可能會叫人大費周章地安排，如此不但勞民傷財，也沒有什麼意義，於是只修書一封給他，讓他守住城南郊外一座荒墳不被亂軍摧毀就行。那座荒墳，算是她娘一生的歸宿，只要娘親不被驚動，那她也不急於這一時非要去洛陽不可。

步覃也明白了她的苦心，在洛陽短暫逗留之後，隨即帶著兵馬，馬不停蹄地趕去了下一座城。

十一月初，陳寧那邊便傳來捷報，要步覃親自前往京城驗收成果。

步覃派出的探子回報，京城的戰況確實如陳寧所言，被他盡數掌控，皇帝似乎也已經被他軟禁宮中，京城百姓人人自危，紛紛唸叨著變天，民怨沸騰。

步覃沒做停留，帶著不到一萬的兵馬，趕去了京城。

席雲芝站在城樓之上，看著風雨欲來的天色，心中升起了一股強烈的不安。狂舞的風吹亂了她的髮，將她的衣衫吹得獵獵作響，丫鬟勸她回去，席雲芝卻一動也不動，看著京城的方向，久久不能自已。

這場仗，終於要打完了嗎？

陳寧將步覃的兵馬迎入了城內。

步覃再次回到京城，覺得物是人非事事休。繁華的京城如今變得家家閉戶，街道上蕭條一片，兩邊站著的全都是陳寧的軍隊，偶爾能從門戶縫隙後頭看見一雙雙害怕觀望的眼睛。

步覃端坐高馬之上，陳寧與他並駕齊驅，一路上將這些日子的戰況跟步覃彙報，將步覃的人從正陽門迎入了宮。

「主帥，蕭絡已被我控制在乾元殿，就等您下令處決。」

陳寧從馬上翻身而下，主動替步覃牽了馬頭，等步覃翻身下馬之後，才至前方引路，將步覃帶到了從前百官上朝的乾元殿中。

推開厚重緊閉的朱漆大門，乾元殿中一片昏暗，自大門打開之後，強勁的光束射入殿中，這才看見一冷面男子端坐龍椅之上，龍袍加身，有說不出的威嚴，但在空無一人的乾元殿中，卻又顯得那樣可笑。

步覃走入殿中，也不說話，只站在殿下，冷冷地看著龍椅上的人。

蕭絡緊咬著牙，對步覃勾起了唇角。「不得不說，你的命真大，那麼多箭都射不死你。」

步覃冷冷瞥了他一眼後，便不再看他，在殿中負手轉悠起來。

只聽蕭絡又道：「你步家號稱忠君愛國，世代忠良，可是到了你這一代卻做了此等欺君犯上、奸佞篡位之事，你忘本背義，簡直辱沒了步家的列祖列宗！」

步覃嘆了口氣，倚靠在金龍盤柱旁，沈聲說道：「步家先祖忠的是國、是百姓，不是你蕭氏祖先。蕭氏先祖文治武功，有滔天的謀略，且仁義無雙，步家自然追隨。可到了你這輩，驕奢淫逸，親小人、近奸臣，罔顧倫常道義，這樣的君王，步家為何還要追隨？」

蕭絡聽了步覃的話，只覺得耳郭一陣輕鳴，當即自龍椅上站起，指著步覃怒道：「住嘴！明明就是你步家有反意在先，擁兵自重，逼得朕不得不動手剷除！朕愛民如子，問心無愧，是你步家心中有鬼！」

步覃雙手抱胸，看了蕭絡好一會兒，這才聳肩說道：「事到如今，我便不與你爭辯誰心中有鬼了，沒有意義不是？」

蕭絡從階上走下，指著步覃說道：「當然是你心中有鬼！你步家擁兵二十萬，又不肯交出兵權，哪個做皇帝的會放心？事實證明，朕的這份擔心是對的，你果然反了，不是嗎？」

步覃垂頭笑了笑。「是啊，我若不反，全家就都跟著我做了孤魂野鬼了。」

「做孤魂野鬼不可怕，最可怕的是連孤魂野鬼都做不成，朕會叫人將你和你全家挫骨揚灰！喔，對了，還有你的女人，朕要你親眼看著她變成我的女人！哈哈哈哈！」

蕭絡在半空中打了個響指，陳寧便帶著一隊親兵闖了進來。

步覃看到蕭絡臉上篤定的笑，不禁將手放下，按在腰間的劍柄之上，蹙眉對陳寧問道：「這是何意？」

陳寧沒有說話，倒是蕭絡忍不住狂笑起來，偌大的乾元殿中充斥著他誇張又陰險的笑聲。

「步覃啊步覃，你真是聰明一世，糊塗一時啊！」蕭絡笑夠了之後，這才指著步覃，得意地說著。「還真以為你是天命所歸，世上所有的勢力都會為你所用嗎？你與陳寧有何恩惠，值得他為了你步覃賣命嗎？」

步覃沒有說話，就那樣看著他。

乾元殿中，眾將士手中的刀鋒透著寒光。

蕭絡看來是想讓步覃做個明白鬼，眼看到了最後關頭，也不打算瞞他了，直言不諱道：「陳寧是我安排到你身邊去的，他假意歸順於你，為的便是替我將你引入甕中，一舉擒獲。哈哈哈哈，原也是一步險招，沒想到你竟絲毫都未曾懷疑，落得如此下場，是該說你自大呢，還是說你蠢呢？」

蕭絡如今看著步覃的眼神，好像在看一隻可憐巴巴的蟲蟻，彷彿只要他動動手指，步覃的人頭就會跟著落地似的。

「哎呀呀，如今我們倒來說一說，步將軍打算以何種方式死呢？是群起而攻之，死得壯烈一些，還是自己引頸就死，死得有尊嚴一些？」蕭絡說著說著，攤了攤手。「念在你步家過往的功績分上，朕允許你選擇死法，說吧！」

蕭絡一副「施恩於你，快來跪謝」的嘴臉，讓步覃看得有些好笑。

見步覃對他的話無動於衷，蕭絡笑意一斂，毫不留情地對陳寧比了個「殺」的手勢。

然而，乾元殿中毫無多餘聲響。

蕭絡見陳寧沒有回應，心頭一晃，不禁怒道：「愣著幹什麼？還不速將逆賊步覃擒下！」

陳寧好整以暇地嘆了口氣，對蕭絡冷冷遞去一眼。

蕭絡頓時大感不妙，想要從陳寧身邊的士兵腰間拔出兵器自保，卻被陳寧飛起一腳，踢在手臂之上！蕭絡倉皇間向後摔去，坐在地上，難以置信地看著陳寧。

「陳寧，你敢背叛朕?!你忘了自己曾發過的誓言嗎？朕說過的話一定會兌現，你陳家馬上就要飛黃騰達了，這不是你一直想要的嗎？朕給你，朕都給你！現在，朕命令你殺了步覃，殺了他後，你便是蕭國第一將軍！」

陳寧對蕭絡的話無動於衷，倒是步覃從旁邊走來，在跌坐在地的蕭絡面前蹲下身子，對他勾唇說道：「你許了陳寧榮華富貴，卻不知我早已抓住了他的軟肋。你與他做了一場以假亂真的反叛戲碼，煞費苦心，卻忘記了螳螂捕蟬，黃雀在後的道理。你以為你們做得天衣無縫，卻不知在旁人眼中根本漏洞百出。」

步覃站起身子，從陳寧手中接過長刀，指著蕭絡，冷冷說道：「從前我覺得你是蕭氏子孫中最出色的那個，一心想要輔佐於你，只要是為國家、為社稷，就算遭人誤會，日日被人刺殺，我亦願為。可是你登基之後，近奸臣，親小人，所做所為皆是昏庸之事，我為何還要效忠於你？」

蕭絡看著鼻端前的刀尖，額上滑下一滴冷汗，嚥了下口水後，才故作鎮定地對步覃說道：「哈，我做的皆是昏庸之事？我看你根本是公報私仇，惱我動了要她的心思吧？沒錯，我的確動了要她的心思！那段時日，日思夜想，夜不能寐，無時無刻不在想著如何讓她成為我的女人，就好像魔障了……」

步覃閉上眼睛，嘆了口氣，將刀架在他的脖子上，如地獄來使那般，勾起了一抹詭魅的笑，湊近蕭絡耳旁問道：「那你現在……還在想嗎？」

蕭絡只覺迎面一股寒氣逼來，叫他不由自主地豎起了渾身寒毛，步覃的笑令他感覺比惡鬼還要恐怖，彷彿只要他的口中敢說出一個「想」字，他就會毫不猶豫地亮出他的獠牙，咬斷他的喉嚨！

他想逃避，可是身為一個一敗塗地的男人，也有最後的一絲尊嚴。硬著頭皮迎了上去，儘量讓自己面部表情不那麼僵硬，蕭絡咬著下唇，痙攣般說道：「想啊，連作夢都想！」

步覃再也沒說什麼，將手裡的刀直直地刺入了蕭絡的胸腹，再立刻拔出，蕭絡連嗚咽的聲音都還沒發出，步覃已經將他拉了起來，正要刺入第二刀。

可就在此時，殿外卻傳來一聲近乎瘋癲的喊叫——

「不要！不要殺他！」

一個衣著凌亂的女人如瘋了一般衝進了殿，步覃見是她，手裡的殘殺動作才稍事停歇。

甄氏便利用步覃的這一停歇，用身子將捂著胸腹的蕭絡撞到了一邊。看著他指縫間汩汩流出的鮮血，甄氏泣不成聲，將蕭絡摟在懷裡，緊得像要窒息般。

陳寧見步覃停住，不禁上前說道：「主帥，這是蕭國的皇后，留不得。」

步覃看著哭得肝腸寸斷的甄氏，心中確實有些猶豫。

陳寧怕夜長夢多，提起長劍就要親自去殺，卻被步覃拉住了胳膊。

步覃冷冷吩咐道：「把他們關入天牢，一切等夫人來了再說。」

陳寧還想說什麼，卻被步覃冷言一瞥。

「不想要你一家老小的命了？」

陳寧聽步覃提起他的這個軟肋，面上一窒，將手中長劍收入鞘中。就像步覃說的那樣，蕭絡承諾了榮華富貴，可步覃卻抓住了他的軟肋。

早在他和蕭絡演那一齣叛變的戲碼時，步覃已經暗中派出兵馬，將他的一家老小至親三十二人全都軟禁了起來！若不遵從他的意思，三十二人將無一生還。

蕭絡以為他始終被控制在手中，便想出了這個引君入甕的計謀，讓他的八萬軍隊直接駐入京城大街小巷，就連正陽門都為他打開，好讓他的兵馬長驅直入，直搗黃龍，「拿下」整座皇城，為的是迷惑步覃，讓他在不知情的情況下被騙入京城，屆時蕭絡便可以不費一兵一卒地將步家軍的主帥殺掉。

如果這個計謀成功，那定會是列入史冊的壯舉，可是，偏偏在他這一步最關鍵的棋子身上出了問題。

步覃暗地裡給他指示，讓他配合蕭絡的計劃，將計就計。在蕭絡對他打開城門之後，他所帶領的、早已被步覃洗過牌的八萬兵馬立刻控制了京城的大街小巷。他按照步覃的吩咐，讓蕭絡對京城外的所有駐守兵馬下了道「有兵入城，無須干涉」的聖旨，為了能將步覃的人神不知鬼不覺地殺死。可是，蕭絡不知道的是，他所安排的一切，其實都盡在步覃的掌握之中。蕭絡確實有謀略，但始終抵不過身經百戰的步覃，一招螳螂捕蟬，黃雀在後的伎倆，步覃用的是爐火純青。

自此，誰都知道了，這蕭國天下已然崩塌，今後將是步家天下了。

京城的雨淅瀝瀝地下，席雲芝帶著小安和宜安坐了十幾天的馬車，終於趕到了久違的京城。

這回他們回來的排場可不是離開的時候能夠比擬的。萬軍擁簇之中，馬車緩緩徐行，以強勢回歸的姿態吸引了所有人的目光。靜靜地坐在馬車之中，席雲芝有一種恍如隔世的感覺。

宜安在她懷裡睡著了，小安則一個勁兒地趴在窗戶旁向外探視，席雲芝藉著他掀開的車簾向外看去，只看到馬車外人山人海，一排排將士按著腰間的長刀，龍行虎步。她知道，這些能守在她馬車旁邊的，將來都是會封官加爵的朝中大臣。他們從前只是步家麾下的將領，也許有的人曾想過，自己有朝一日會入朝作官，但是，那畢竟都只是個夢，而現在步覃就是那個幫他們實現夢想的人。

馬車停在城門外，長角聲響徹雲霄，彰顯著對她到來的尊敬。宜安被長角的聲音吵醒，睡眼惺忪地揉了揉眼睛，從席雲芝懷裡坐了起來。席雲芝將她睡歪的小髮髻整理了一番，便聽見有人在外頭恭恭敬敬地喊道——

「京城到了，請夫人下車。」

席雲芝應了一聲，車簾就被如意、如月兩人掀開，席雲芝讓小安和宜安先下車，他們分別被趙逸和韓峰抱在了手中，如意、如月這才將席雲芝扶下了車。

京城的天灰濛濛的，細雨綿綿仍不停歇，但在席雲芝下車的那一瞬間，便有人為她撐開了傘，腳下也鋪著一層防水防滑的錦紗毯。席雲芝往前走了兩步，站在城邊迎接的士兵們就整齊劃一地對她下跪，高呼拜見。

「參見夫人！」

那聲音簡直是響徹雲霄，傳至天際，宜安被嚇得往韓峰身上躲了躲，卻見席雲芝走出傘下，對眾人比了個請起的手勢，眾將這才立起。

伺候的人沒想到席雲芝會突然走出傘外，趕緊手忙腳亂地跟了上去。

京城城門大開，自城中走出一人。

丰神俊秀，冷意傲然，出色的五官經過時間的磨礪並未見歲月痕跡，反倒是多了一種貴不可言的氣度。

步覃親自迎出城門，小安一見他，馬上從趙逸手上跳了下來，往他奔過去，一頭撞入了步覃懷裡。

「爹！」

宜安見哥哥下來，也鬧著要下地，韓峰無奈地將她放下來之後，宜安卻是走到了席雲芝身邊，抓住她的手，然後拉著她一起往步覃的方向走去。

一家人在萬眾矚目下相聚，步覃拍了拍小安的後背，讓他先下來，然後才替席雲芝拭去額前的細小水珠，溫和地彎起了嘴角，看呆了一旁伺候的人。

步覃在軍中向來都是冷酷、果敢、決斷的，上陣殺敵也是毫不手軟，沒想到他也有這般溫情的一面。

「可累？」步覃輕柔地對席雲芝問出了這麼一句。

席雲芝沒有說話，只是搖了搖頭，兩人目光相交了一會兒，一切盡在不言中。

步覃蹲下身子，在宜安臉上輕捏了捏，然後將她抱在臂彎上，伸手牽住了席雲芝，小安則牽著席雲芝的另一隻手，一家四口在眾人的目光注視中走入城門，坐上了另一抬奢華的三十二人抬轎輦。

步覃的回歸，早已有了先前大大小小多場戰爭的預告，所以，朝中大臣已有了心理準備，大致的反應分為三派。

一派是人人自危的奸臣黨，一派是指責聲漫的迂腐黨，還有一派便是飽受前朝折磨、喜迎新君的支持黨。
步覃占領京城之後，對這三黨人士，分別採取了不同方法對待。
支持黨自然是要賞的。先不管官員能力如何，都歸在加官進爵的行列。
奸臣黨就是以打壓為主。步覃從前在朝為官之時，早已看清這些人的面目以及黨羽，以左相李尤和鎮國公赫連成為首，奸臣黨一概以強勢的手段收押，等他忙完這一陣，再去料理他們。
迂腐黨則是最令步覃頭疼的。這些人多為老臣，思想迂腐不化，滿口都是仁義忠君之言，將步覃列為謀朝篡位的亂臣賊子，寧死不從。
對待這些老臣，步覃打不能打、罵不能罵，可是不打不罵，這些人又成日給他鬧騰，最後，步覃乾脆亮出一張王牌——蕭絡弒父奪位，不忠、不義、不孝。若是這樣一位帝王都能讓那些老臣誓死追隨的話，那……他真的要考慮一下，怎麼安置這些人了。
果然，蕭絡弒父奪位的消息一經傳出，便在朝野掀起沸騰，那些前幾日還吵著讓步覃滾出京城的人也全都消停下來了。當然，仍是有人懷疑這件事情的真實性，但在步覃抓出當年謀逆的幫凶，將那人以國罪論處，五馬分屍之後，再也沒有人敢提出任何異議了。
只要是稍微有點腦子的人都知道，如今的形勢已經不是他們鬧一鬧就可以改變的了。天下群雄，以步覃手中的兵力最為雄厚，除了原本步家的二十萬兵外，另外遼陽、山西、京城的兵力也全都被他控制在手，放眼蕭國，誰還有這個資本與他步覃爭？既然爭不了，那只剩下順服這條路了。

席雲芝被安排在一座美輪美奐、奢華精緻的宮殿中，她站在庭前，看著院子裡奼紫嫣紅的奇花異草時，有宮僕前來稟報，說是主帥讓她去昭仟宮一趟，有些事情想讓她親自去處理一番。

席雲芝在腦中思量一番，就知道步覃讓她去幹什麼了。

甄氏與她有著過命交情，她曾經救過甄氏，甄氏也曾經救過她，原本這份情誼對兩個人來說都是難能可貴的，只可惜她們生錯了身分，兩人的夫君都有著天大的野心。不過這一成一敗之間，便將兩人中間隔開了一道天塹，不是自己去不了彼岸，就是她過不來這邊。

席雲芝心裡當然明白，其實步覃在抓到甄氏的時候，便應該手起刀落，將她殺死的，將甄氏留至今日不殺，不過就是顧及她的想法，這份體貼，令席雲芝很是感動。

跟隨宮人去到了一處廢棄冷宮，這裡的蕭條簡直教人難以想像，在這樣美輪美奐、富麗堂皇的皇宮中，竟然會有這樣破敗的地方。

守在門邊的侍衛顯然是認識她的，替她打開了圓形拱門，然後退至一邊，讓她進入。

原本守衛想跟著她一同進去，卻被席雲芝制止在外。「你們守著即可，我一人入內。」

守衛知她未來的身分尊貴不凡，自然不敢違逆，便將院門開著，讓席雲芝走了進去。

院裡的情景倒不像外頭那樣誇張，像是被人刻意收拾過一般，雖然東西也很破舊，但最起碼是整潔的。

甄氏從屋裡走出，端著一盆水正要倒掉時，看見一張熟悉的臉孔出現在院落之中。

甄氏的身上還是穿著她那身皇后服飾，只是多日不曾更換，顯得有些髒污。頭上的髮髻樣式簡單，只插著一根翠玉簪子，與她身上繁複的華服對比，顯得有些不相稱，諷刺得很。

甄氏端著水盆就那麼站在一株老槐下方，兩相對視。席雲芝率先對她勾起一笑，甄氏這才反應過來，低頭看了看水面，倒影中的自己狼狽不堪、形容枯槁，身上的衣服也是髒污不已，不禁一陣難為情，不再抬頭去看席雲芝。

席雲芝走到她跟前，看了她好一會兒，這才開口說道：「妳若願放棄他，我便能保妳一生平安。」席雲芝的話，絲毫沒有拐彎抹角，直接說出了重點。對步覃而言，甄氏的存在不會有太大影響，只要殺了蕭絡，那甄氏這邊，步覃也沒有非殺不可的理由，活下來應該不是難事。

甄氏聽了席雲芝的話，愣了又愣，才緩緩地低下頭，小聲地說了一句。「我不要平安，只想跟他在一起，是生是死，都在一起。」

席雲芝深深嘆了一口氣。其實在來的路上，她就已經想到會是這個結果了。對於甄氏的執著，席雲芝並不是完全不能理解。

蕭絡再混帳，與甄氏也是結髮夫妻，甄氏對他的感情自是深厚的，就是因為在乎，所以甄氏才受不了後宮女人與她爭寵，日漸變得冷酷殘忍，無數美人都喪生在她手中，而這一切，不過是因為她的愛。她愛慘了蕭絡，才會變得像個妒婦，像隻鬥雞一樣到處與人相鬥，至死方休。

「蕭絡……必死無疑。」席雲芝說出這句話時，其實心裡並不好受。不是她同情蕭絡，而是覺得十分對不起甄氏。畢竟，當初若不是甄氏冒死相救，她與步覃早被困死在宮中，根本不可能會有後來的際遇，也根本不會有打回京城的機會。

如今，她與當年甄氏的立場相同，可是她做不到甄氏當年的袒護，這一點，令席雲芝感到很難過，卻又無可奈何。正因為有過那些經驗，所以她比任何人都清楚，蕭絡絕不能放！

甄氏聽了席雲芝的話，並沒有表現出太大的驚奇，而是一副早已接受了命運的姿態，冷靜地對席雲芝點了點頭，說道：「嗯，你們動手便是。」

席雲芝緊捏著拳頭，難以抑制地渾身發抖。最後，她對甄氏問道：「妳可還有其他要求？我會盡力滿足。」

甄氏將水盆放在水井之上，深吸一口氣後，對席雲芝說道：「那……就請妳替我們準備一桌酒菜，酒要杏花樓的花雕，菜要燕子胡同張二飯莊裡做的，要一盤酸菜炒肚絲、紅燴大腸、百合炒芹菜、蝦仁豆腐、魚香茄子、爆炒雞毛菜……這些都是我嫁給他之時，他經常帶我去吃的。那時候他雖然是王爺，可是卻沒有錢，只能帶我去燕子胡同那種地方吃個飽，那是我一生中最快樂的日子……」甄氏說著說著，眼淚便簌簌落下。

席雲芝也低下頭，眼眶濕潤，強自鎮定地說道：「好。可還要其他？」

「不要了。這些夠了，再多我們就付不起了。」甄氏搖了搖頭，口中說了一句莫名其妙的話，目光看向天際中的某一點，沒有焦距，失神般沈醉在當年的記憶中。

席雲芝不忍打擾她，便轉身欲離開這裡，走到門邊之時，卻又被甄氏叫住。

「我窮極一生都沒有想通一件事，為什麼女人就必須要與人分享愛情？為什麼我們得不到一份全心全意的愛？我想不明白，因此做了很多錯事，短短幾年的時間，這座皇宮之中便到處都有我造的殺孽，她們每天都會到我夢中來嘶嚎，我的日子也不好過。」

席雲芝轉身又看了她一眼，只見甄氏的眸中有一股難言的清明。

她就那樣看著席雲芝，彷彿在席雲芝身上，看到了自己當年的影子。

「做皇后的第一門課，就是忍耐。若是做不到，那只有無盡的殺戮。女人的戰場是沒有硝煙的，卻絕對比男人的戰場還要慘烈。永別了……」

甄氏最後幾個字聲音很小，席雲芝沒有聽清，但是從她的口型，她還是明白了她說的是什麼。

永別了，我今生唯一的朋友。

席雲芝的目光在甄氏髮髻上的翠玉簪子停留了一瞬，接著便帶著滿腔的壓抑，回到高聳入雲的紅牆甬道之上。沒有華蓋的轎輦，能夠讓她看清烏濛濛的天色，一如她的心情那般，沒有陽光的照耀，沈悶不堪。

席雲芝回到殿裡，就親自帶上幾名護衛，出宮去了。
燕子胡同裡的張二飯莊在如今這個時局早已不營業了，幸好老闆張二便住在後頭的院子裡。
小黑從馬車上跳下，將飯莊緊閉的大門敲開。
席雲芝被兩名僕役扶下馬車，臉龐沈靜秀美，舉手投足間自有一番歲月沈澱後的貴氣。張二看著門口的這一行人，就算是傻子也看得出來這些人肯定非富即貴。
席雲芝走上前，親自對他說道：「老闆，給我炒幾樣拿手小菜吧，我的朋友託我來買的。」
張二愣愣地將門打開，舌頭好像僵住了，沒有說話，而是把大門開到最大，弓著身子，請席雲芝一行人入了店。
不一會兒的工夫，張二便將席雲芝所要求的菜餚全都燒好出鍋，對席雲芝說道：「原來那兩位竟是貴人您的朋友啊！」
席雲芝見他這麼說，不禁挑了挑眉。
張二將手往布上擦了擦，這才說道：「這些菜從前有一對小夫妻特別喜歡點來吃，一開始是夫妻倆一起來的，到後來就只有那個妻子一個人來了。」
席雲芝明白這是為何，微微勾唇一笑，神情有些落寞，起身便要走，卻被張二叫住了腳步。

只見張二從櫃檯後頭一只老罈子裡又裝了一碟花生和一碟醃漬醬菜，端著放到桌上，對席雲芝說道：「既然您是他們的朋友，就幫我跟他們說，這兩盤是我老張送給他們的。現在時局不好，但這店我以後還是要開的，讓他們以後多來光顧。」

不用席雲芝說，小黑即將那兩碟醬菜又裝入了食盒內。

只見席雲芝盯著張二看了好一會兒，才語氣悲涼地說道：「他們……怕是來不了了……」說完，便轉身出了門，坐上了馬車。

一段感情的終點很容易就到達，她唯一能做的只有送他們一程。甄氏是她來京城後的第一個朋友，原以為她會做濟王妃一輩子，和和樂樂的，可是人的期盼卻抵不過命運的顛簸。

回到宮裡，席雲芝便讓人將東西送去了甄氏和蕭絡所在的冷宮，自己是無論如何都提不起勇氣再去見他們了。

因為，她自問沒有甄氏的勇氣，不會也不能將他們放出宮去。更何況……席雲芝心中也清楚明白，步覃與蕭絡不同。對待家人，步覃會不惜一切去愛護，可是對待敵人，他卻是斬草除根，絕不留後患。

就算她有將甄氏他們放走的心，即便他們出得了皇城，卻絕對走不出京城，步覃對兵力的控制力可不是蕭絡能夠比擬的。

步覃這幾日都沒有來席雲芝住的宮殿，她倒也不覺得冷清。晚上將兩個孩子安置在偏殿之後，她一回到房間，就看見步覃正站在玉屏風前換衣服，見她走入，便不再動作，而是大張了雙手，等她去替他換。

席雲芝走了過去，正要伸手去解他的衣扣，卻被他抓住雙腕，拉到了他的懷中，被他霸道地抱住，不許她動彈。

步覃在她頰邊親了一口，說道：「從前只是覺得妳話不多，如今更是沈默寡言了，是不願再與我多言了嗎？」

席雲芝被他摟在懷裡，下腹緊貼，聽他這般問起，不禁莞爾一笑，說道：「我原本話就不多，現在只是不知道說些什麼。」

步覃居高臨下地看著席雲芝，伸手在她依舊細滑的臉頰上輕撫，凝視片刻後，不容置疑地吻了下去，以實際行動讓席雲芝熱情起來。

良久之後，兩人才喘著氣分開了糾纏，步覃捧住她的臉，說道：「妳不用怕與我說話會不會說錯，妳是我的妻子，不管妳說什麼，我都不會生妳的氣。我之所以會做到今日這般地步，為的不過就是能更好地保護你們，不讓你們再跟著我東躲西藏吃苦頭。若地位的代價，是妳的不理不睬，那我要這個地位還有何意義呢？」

席雲芝仰頭看著自己心中的神，深吸一口氣，說道：「我今日去了冷宮，見到了甄氏。」

步覃點頭。「我知道，他們告訴我了。所以，妳是想放了甄氏他們？」

席雲芝靜靜地看了他一會兒，然後搖頭。「不想。」

步覃牽著她的手，來到了一張貴妃榻前，將她按坐在榻上，說道：「妳不用覺得愧疚，當初甄氏會放我們走，其中雖是與妳有些情誼，但是，更多的是怕妳留在蕭絡身邊，會危及她的地位。」

「我知道。」席雲芝輕嘆了一口氣。「只是覺得心裡悶得慌，有一種沒法對抗命運的沈重。」

步覃在席雲芝面前蹲下，抓著她的手，說道：「萬物緣分皆有定數，該聚便聚，該散便散，時間到了，無須強留，妳只需明白自己當下該做什麼就好。」

席雲芝看著面前的人，沈默了良久後，才點頭開口道：「好。」

第二天一早，席雲芝正在餵宜安吃飯，小黑便闖進來對她說道——

「夫人，冷宮那邊出事兒了！」

席雲芝將飯碗交給劉媽，隨著小黑走到外頭，小黑才將詳細情況跟她說明。

「都死了，服毒而亡。」

「……」席雲芝閉上雙眼，深深嘆了口氣，對小黑揮了揮手，說道：「我知道了，你先下去吧。」

小黑退下之後，席雲芝在院子裡站了好長的時間都沒有動，直到宜安吃完了飯，跑出飯廳玩兒時摔了一跤，哭聲才將她拉回了現實。

走過去，扶起了宜安，將她身上的灰塵拍掉，又讓她趴在懷裡撒了一會兒嬌後，她才肯跟著劉媽去玩兒。

席雲芝收拾收拾便去了冷宮，裡頭依舊蕭條。宮裡還未有人來替他們收屍，兩個曾經高坐雲端的人，如今一身破敗地趴在飯桌之上，桌上的酒菜食用過半，想來是吃得很好。看到地上一根碎掉的翠玉簪子，席雲芝默默地嘆了口氣。

這是大內專用的鴆毒，自蕭國太祖開始，后妃在冊封之際，裝有鴆毒的簪子就會隨品服賜下，為的是讓后妃在關鍵時刻能夠死得有尊嚴些，有的妃子窮極一生都不會用到這個，最後便會一同下葬。

席雲芝昨日就在甄氏頭上看到了這個，由宮裡的老人向她解釋了這些後，她便猜想到甄氏大概會用這種方式結束兩人的性命，因為她昨天的態度已經明確地告訴了甄氏，她不會出手相救，不會一如當年甄氏不顧一切地救她那般……

席雲芝找人趕製了壽衣，用民間的方法，將兩人運出宮外下葬，圈了一小塊地，挖了座深墳，親自給他們燒紙錢。甄氏和蕭絡並無嫡親子嗣，因此這座孤墳也就只有他們了。

步覃高高站在不遠的一座山坡之上，遙遙望著那座插著新白幡的墳頭，還有跪坐在一旁燒紙錢的女人。

韓峰走上前說道：「夫人有情有義，讓她看著朋友赴死，心裡一定不好受。」

步覃看著那個面容沈靜的女人，說道：「你們夫人很聰明，她知道什麼該做，而且該怎麼做。這樣的死法，對於蕭絡來說已然很是體面。」

韓峰聽了步覃的話，點點頭，心中覺得爺說的很對。夫人就是這樣的性格，不聲不響，卻總在做著她覺得該做的事，她自知救不了甄氏，便只能給一個最有尊嚴的死法。

蕭絡的死讓那些蕭國老臣最後的希望全然破滅，由前朝備受尊敬的國師推算出了登基時日後，群臣上書請求步覃早日登基。

席雲芝已經很多天沒有看見步覃了，派人去問也只說有事在辦，問了兩次後，她也就不問了。

安靜地待在步覃給她安排的婉儀宮中，養養花、修修草、帶帶宜安，日子倒也與在外頭時沒什麼區別。

又過了幾日，尚衣局的女官前來替她量製新衣，席雲芝也沒說什麼，只是配合地做了。

沒想到，當晚，步覃便回到了婉儀宮。

她聽到守夜宮人傳呼，原也沒覺得怎麼樣，可是兩位嬤嬤卻從外間走了進來，對她說道——

「夫人，皇上駕到，請您出去相迎，這是宮裡的規矩。」

席雲芝躺在床鋪之上，睡眼惺忪，宜安在她身旁睡得正香甜。

兩位嬤嬤見她無甚反應，乾脆走到她的床鋪之前，又將先前的話說了一遍。

席雲芝從床鋪上坐起，兩位嬤嬤就攙著她的胳臂，將她拉下了床，手腳麻利地替她穿戴整齊，送到了門口。

步覃走進來的時候，看到的便是她披散著柔順的長髮，一臉睡意，卻穿著一身正經的衣衫站在門邊的模樣。看了看她身後的兩位嬤嬤，就知道剛才發生了什麼事。

他摸了摸席雲芝的臉頰，將臉湊過去看著她。

「妳先去睡，我洗漱之後便來。」

席雲芝習以為常地點點頭，對半夜被叫起來的事情不打算說什麼。正要轉身回到裡間時，卻聽見她身後的兩位嬤嬤說道：「夫人慢走，如此怠慢怕是不妥，怎可讓皇上獨自去——」

「夠了！妳們下去吧！去跟內務府說，今後晚間，夫人房內用不著派人來伺候了！」

步覃明顯帶著怒意的聲音讓席雲芝徹底清醒了過來，轉頭看了看身後兩個嚇得跪在地上瑟瑟發抖的老嬤嬤，她嘆了口氣，讓她們趕緊出去。

「都是陳年宮規，待日後就廢了去！」那兩個嬤嬤走了之後，步覃怕席雲芝生氣，便急著解釋。拍了拍她的臉頰，柔聲說道：「妳先去睡，我一會兒就來。」

席雲芝眨了幾下眼睛，覺得被他們這麼一鬧，自己的睡意早沒有了，乾脆搖了搖頭。

「不睡了，反正都醒了，我去給你打水。」正要轉身，卻被步覃拉住了，圈在懷中。

「如今妳的身分不同了，別什麼事都自己動手，平白叫人小瞧了去。」

席雲芝看著他，勾唇說道：「有人跟你說了小瞧我嗎？」

步覃雙眼一瞪。「誰敢！」

席雲芝被他逗笑。「那就是了。我做的不過是稀鬆平常的事，替自家夫君打水，有什麼可叫人小瞧的？」

聽她說的有理，步覃便笑著點了點頭，決定不與她說這些了，橫豎只要她高興就好。

步覃坐在軟榻之上，席雲芝則坐在一張小凳子上，細心地替他洗著腳，安靜的空間讓兩人都覺得十分舒服。

步覃抓了一縷她的柔順黑髮放在掌間，說道：「登基大典在十日之後，妳的皇后冊封典禮安排在其後。過幾日便會有宮人前來教授妳冊封當日的禮儀，我已讓他們儘量精簡那些繁文縟節，妳不用學太多，只要吃好睡好，保證當日氣色很好就行了。」

席雲芝靜靜地聽著他的話，猶豫地問道：「為了冊封我為皇后，沒少給你添麻煩吧？」她明白自己是什麼身分，一介商婦，又不是出身名門，若是要做皇后，靠的勢必只有夫君的抬舉了，而為了抬舉她，夫君肯定要承受來自各方的非議，這些她都能猜到。

步覃沒想到她會問這個，卻也不想隱瞞，點了點頭。「嗯，是有些小麻煩，但都能控制。妳無須多想，只要安安心心地做妳的皇后就好。」

「……好。」

夜涼如水，燈火通明的宮燈剪影中，兩人交頸相抱。

十日之後，步覃登基大典。定國號為寧，帝號元寧。

登基大典過後，便是封賞宴，冊封有功之臣。趙逸被封為大內侍衛首領，韓峰則被封為鎮寧將軍，琴哥兒也因戰功在身，被破格封為大寧史上第一位能夠上朝的飛鳳將軍。

而琴哥兒與韓峰的事情，一直從步家軍營傳到了京城朝堂，雖然韓峰比較低調，但是琴哥兒的表現著實太過扎眼，無論韓峰到哪裡，都會看見她如影隨形的身影，利用職權之便，貼身看緊韓峰。

席雲芝因為還未封后，所以不能與步覃一同高坐帝台之上。小安和宜安以皇子、皇女的身分，被安置在步覃身旁。宜安張著一雙懵懂的大眼四處觀望，好幾次都想要起身，卻被身旁伺候的太監哄騙著坐了下來。小安年歲略大，穿著一身正兒八經的衣裝讓他看起來更添老成，只見他僵直著身子，一動也不敢動，小小年紀的他，隱約知道此時正在發生什麼事。

席雲芝在帝台後坐了一會兒，想離開，卻不能。步家各路將領受過封賞，照例拜過步覃後，他們就像說好了那般，都會緊接著到席雲芝面前再行一禮，席雲芝每每都得起身回禮。

步覃在封賞宴中宣布了三日之後的封后大典，步家群臣紛紛立起，對席雲芝行恭賀禮，席雲芝以茶代酒謝過他們。喧鬧之餘，席雲芝不是沒有看見那些並非步家將領的眾臣面上流露出的不屑，但她此刻只能選擇漠視。夫君既然讓她無須多慮，那她就不想了，縱然她並非出身名門，但步覃本是她的夫，她的夫君當了皇帝，她理所應當該成為皇后。這種時候，那些無聊的自卑、自尊完全都要拋諸腦後，卯足了勁讓自己坐上那能夠與他並肩而立的位置，才是此刻的首要正事。

拖曳的明黃鳳袍加身，席雲芝看著那碩大的銅鏡裡，妝容精緻卻陌生的自己，又低頭看著袖口用金絲銀線繡製而成的鳳鳥花樣，面容沈靜如水，不說話便能叫人感受到一股不怒而威的氣度。

伺候她穿衣的尚衣局女官看著這樣的席雲芝，由衷地對她說道：「奴婢替三朝皇后做過鳳袍，唯娘娘穿來最是得體豔麗。」

席雲芝聽了女官的話，這才從失神中走出，轉頭看了她一眼，笑道：「是嗎？我倒覺得顏色太亮了。」

女官見席雲芝居然願意跟她討論衣服的顏色，深深認同外頭所傳，這確是個好說話的主子，卻也不敢怠慢，趕忙答道：「娘娘的鳳袍所用絲線乃是與龍袍布料一樣，從紋理到亮度都有明確的標準。娘娘這身乃是正裝鳳袍，非大典不穿。若是娘娘喜歡素雅，那尚衣局自會按照娘娘喜好，重新製定娘娘的常服。」

席雲芝溫和地點了點頭，謙恭有禮地說道：「有勞妳們了。」

尚衣局女官沒想到席雲芝會與她道謝，面上一愣，趕忙就醒悟過來，對席雲芝說道：「娘娘言重了，這些都是尚衣局應該做的。」

席雲芝見她雖然說話的語氣略有驚恐，但行動卻未見任何變化，不覺斂目，不動聲色地對她笑了笑。她的身分著實太低，雖然有步覃的庇護，但這宮中卻有幾個是真心服她的呢？

正說著話，外頭便傳來一聲高亢的太監吟報。

「皇上駕到——」

席雲芝和尚衣局女官皆是一愣，女官們紛紛放下手裡的活兒，一溜排地跪到了門邊接駕。席雲芝看著身上這被改了一半的衣服，只覺得有些哭笑不得，正自己撤著針時，步覃就走了進來。

一身明黃常服讓他看起來貴不可言，俊美的面容看見席雲芝兀自站著埋頭取針，便走了過去，將她從上到下掃了兩眼，這才冷冷說道：「我不知宮裡這般缺人手，針線活兒竟要皇后親自動手去做了？」

尚衣局女官們聞言一驚，面面相覷幾眼後，趕忙跪著來到了席雲芝身旁，手忙腳亂地替她收拾起了身上的針線，成功將鳳袍脫下之後，席雲芝才如釋重負地換了常服，來到步覃身邊。

「好些時日沒與你們娘兒仨一起吃飯了，今兒我讓人在御花園擺了桌菜，夫人可願賞光？」

步覃的話讓席雲芝不禁莞爾一笑。

步覃對她伸出手，席雲芝握了上去，兩人相攜走出宮殿，留下一干目瞪口呆的宮人。

難道，這就是傳說中百煉鋼化為繞指柔嗎？

當今皇上氣場極其強大，只是一個冷眼，就能夠將人嚇得肝膽俱裂，可是，這位皇后，臉蛋不是最美，身段不是最好，唯一能稱之為優點的地方，似乎便是生就一副好脾氣。這樣平常的女人，若不是與那樣尊貴的皇上共患難過，怕是也不會得到這樣的聖寵吧？一時間，宮中紛紛都在說席雲芝運氣太好，撞了大運云云。

如意、如月如今雖然還是無品無級，但打探消息的功力卻不錯。當她們將打探來的這些閒話轉達給席雲芝知道之後，席雲芝也只是笑笑，並不做任何反應，反倒是如意、如月兩人氣得直跳腳。

「說什麼夫人全憑運氣，她們哪裡知道夫人跟著爺吃了多少苦？這群勢利的小人只看到眼前，太氣人了！」如意氣鼓鼓地說道。

如月緊接著點頭附和。「就是！她們就酸去吧，好像誰看不出來她們是在嫉妒夫人似的！」

她們倆雖然嫁做人婦了，但依舊是在席雲芝跟前伺候，兩人跟著席雲芝的時間最長，說起話來便不那麼拘束。

席雲芝從前對下人就甚是寬厚，如今也不打算故作吝嗇，便由著她們說去，她只微微一笑，半點不沾塵埃。

如今這宮裡之所以會這般說道於她，席雲芝不是不明白其中的道理。

柿子總要挑軟的捏，她一無家世背景，二無赫赫戰功，頂著一張只能算是清秀的臉，卻占據了天下女人夢寐以求的高位，這身分的巨大反差足以讓她成為眾矢之的。如果只是這些閒言碎語就能讓她受不了，那麼席雲芝相信，在不久的將來，她定會被很多事情逼得發瘋。

見如意、如月還要再說些什麼，席雲芝趕忙聰明地轉移了話題，對她們說道：「對了，我上回讓妳們打聽的那個人，找到了嗎？」

她在入宮之初，便對如意、如月吩咐了要找一個人，那個人的身分不明、容貌不明，只知道是蕭絡的後宮妃嬪美人。

席雲芝想要找到張嫣的下落，因為她知道，張嫣入宮絕不是為了得到榮華富貴，而是想要報仇，她想要找禹王報仇。

如意和如月對視一眼後，苦著臉對席雲芝說道：「夫人，您就叫我們找一個女人，可是整個皇宮中，女人少說也有好幾百個，您讓我們怎麼找啊？」

如意一般對席雲芝的吩咐都是言聽計從的，可是這回饒是她再想替主子分憂都做不到，因為，主子說的那個人好像根本從未存在過一樣。

席雲芝也知道，讓如意、如月去找是為難她們了，張嫣的易容之術爐火純青，這一刻她是寵妃，下一刻也許變成了一個宮女，甚至還會是個太監，或者再扮成哪位大人的樣子溜出宮去，那行蹤便更加難定了。

席雲芝讓如意、如月去找她，並不是真的以為能找到她，而是為了讓她知道，自己正在找她，至於她出不出現，就不是席雲芝能夠控制的了。

封后大典如期進行，一如步覃對席雲芝所說的那樣，儀式儘量都簡易了，把根本不必要的步驟全都刪減，剩下主幹。席雲芝覺得這一日除了頭上的后冠極為沈重之外，其他時候，真可以用舒服來形容。

一切進行得都很順利，直到晚宴之前。

不知禮部尚書和戶部尚書是不是喝醉了酒，當步覃領著席雲芝，以皇后的身分出席之時，他們兩人竟然直接跑出來勸諫，說的話無非是一些「她家世太差，不足以承載皇后之德、母儀天下之任」云云。

席雲芝被他們這麼說了，非但沒有生氣，反而覺得他們有些好笑。

木已成舟，生米已然煮成熟飯，就算步覃在封她之後就後悔了，那也輪不到他們上前勸諫啊！

看了看步覃，只見他冷著一張帝王臉，直接選擇漠視的方式，帶著席雲芝逕自走過了他們身旁，去到了帝位之上。

席雲芝嘴角帶笑，與步覃一同坐下後，輕聲說道：「這麼讓他們跪著不好吧？」

步覃喝了一口瓊漿玉釀之後，這才冷然答道：「讓他們跪著。既然想掃興，那便讓他們掃個夠！」

席雲芝看了一眼那兩名頭髮花白的大人，記起從前蕭國之時，就是這兩人主掌禮部與戶部，卻不知步覃為何沒有將這兩個重要的職位換上自己的人？斂目一想，席雲芝便明白了其中的道理。

禮部掌禮，戶部管錢，這兩種官職的替換率原本即是朝中最低的，因為這兩部要是貿然換人，很容易引起一些不必要的爭端與麻煩。

「禮部那都是一群老學究，說什麼他們都聽不進去，直接殺了，於名聲不好，就先留著。戶部卻是一個大問題，他們管錢，也就是管著國家的命脈，在位官員卻蠹蟲食木，一時半會兒，還真揪不出來。」

藉著看歌舞的時候，步覃與席雲芝閒聊著說起了這兩位掃興的大人。

席雲芝見他說話時眉峰微蹙，顯然是真的擔憂。

戶部管錢……她的目光轉向了那個跪在左邊的大人身上。

第二十九章

成了皇后，總的來說，席雲芝感覺生活並沒有發生多大的變化，除了生活品質得到了實質飛躍、身邊變得嘈雜起來、所有事情幾乎都有人替她一手包辦。

但席雲芝也有自己的原則，保留了一些事情的行使權，比如哄孩子睡覺、陪孩子玩耍、替孩子穿衣餵飯，然後替孩子他爹換衣服、脫衣服，諸如此類的事情。

因為步覃沒有納妃，所以，後宮中就相對清淨，她也無須每日晨昏定省，去請安或者接受請安，日子過得還是比較閒適的。

坤儀宮自步覃入城開始便命人重新修葺，換了一副鮮亮的色調，看起來亮眼了很多。

席雲芝對住的地方本就沒有什麼特別要求，如今金碧輝煌的居所對她來說，也只是一座夫君贈與她的豪華宮殿，與從前的精緻小院並無太大區別。

坤儀宮原本配有一百二十個宮女、八十個太監，共兩百人伺候，席雲芝覺得人多心煩，便著令撤去了七成左右，只留下五十多人。宮裡的主事嬤嬤除了內務府派來的，劉媽也以皇后貼身嬤嬤的身分留在了席雲芝身旁伺候，劉媽每每跟人說起，都會夾帶一句「萬萬沒想到，我這輩子竟然還能有這般大的造化」，對席雲芝更是盡心盡力。

席雲芝把近一百五十人全都退回內務府，弄得內務府的管事一頭霧水。原本聽皇后說想退幾個人回來，以為是那幾個人伺候得不好，打算回來後該打板子的打板子、該上夾子的上夾子，可是皇后一下子退回這麼多，並且言明不是因為伺候不好，這可弄得內務府有些手忙腳亂了，畢竟從前沒有宮妃敢這般囂張地退了內務府七成的人，當然，這回退人的不是妃子，而是皇后。但是，從未遭受過這般冷遇的內務府管事還是覺得有些心虛不安，於是將此事上報給了禮部知曉。

禮部尚書王恩澤就是之前與戶部尚書李銳一同勸諫皇上另選旁的大家閨秀為皇后的兩個人之一，兩人仗著手中的權力網盤根錯節，皇上也拿他們無可奈何，一番商議之後，便連同一些朝臣聯名上書，要皇上擴充後宮，舉辦選秀，卻被步覃以「立國之初，根基不穩」為由駁回了。

但王恩澤與李銳是歷經三朝的老臣，對於挑戰皇權這件事，做起來已經是相當得心應手了，這邊剛被步覃駁回了上書，那邊禮部就開始著手挑選宮女了。歷來帝王納妃除了選秀這條路，由宮女的身分直接上位的娘娘，歷史上也不在少數，畢竟後宮嘛，拚的就是運氣和姿色，只要妳成功了，誰還管妳是正經選秀出身的，還是半夜爬上龍床偷偷承寵的？

所以，禮部在為歷來帝王舉辦選秀之餘，私下還會有一場甄選宮女的活動，一般急著將女兒送入宮中的大人若是在自家閨女選秀失利之後，仍想孤注一擲搏一搏的話，便會通過禮部的這門途徑，直到如願把自家閨女送入宮內為止。

這項活動是禮部私下舉行的，只要戶部批下銀兩，禮部就可以著手操辦，而操辦的理由便是內務府需，這樣就算是皇上問起，他們也可以互相推諉，誰也落不下確實的責任。縱然皇上主掌生殺大權，卻也對他們這種行為無可奈何，況且禮部如此做法，在大多數帝王那裡都是得到默許的，畢竟這也是在變相地替皇上挑選美人，皇帝自是樂見其成，也就睜一隻眼閉一隻眼了。

京城百業待興，新帝頒下聖旨，減免京城所有商鋪一年賦稅，戶部被指示為監管，步覃命他們必須在兩個月之內，讓京城的商鋪恢復過往規模。

戶部尚書李銳在步覃面前誇下海口，說是無須兩個月，下個月底前就可讓市場恢復秩序。

其實，李銳敢這樣誇海口並不是沒有理由的，因為京城的商鋪大多被官府控制在手，雖然如今新君上位，但只要他一聲令下，京城中的各家商鋪都會回應。

可是，開市令下達後的第五日，京城中也只是零星地開設了一些店鋪而已，另外有近七成的店鋪都處於閉門鎖戶狀態。李銳覺得奇怪極了，便叫人去打聽，誰知打聽出來的結果卻是出人意料的，京城中剩餘的七成店鋪不是不開，而是全都手續不全，因為那些店鋪的地契全都拿不出來，因此都屬於個人私產，沒法兒正常開業！李銳大驚，當即叫人去查探那七成店鋪的地契所在。

席雲芝讓小黑去將她藏好的黑檀木匣子拿了回來，正在宮裡清點，一一入帳。因為之前走得匆忙，帳本早已與那兩輛馬車一同丟失在了鄂溫克雪原，所以必須重新做帳。

做了好幾天之後，終於將所有的地段、帳目一一理清。正想休息一會兒，坤儀宮的掌事嬤嬤就湊了過來，對她說道——

「娘娘，皇上都好些天沒來坤儀宮了，您看，您需不需要去養心殿瞧一瞧？」

席雲芝愣了愣，步覃不是每天晚上都會回來的嗎？想了想，當即明白過來。

步覃每天晚上的確都會回來，可是總是在深更半夜之時。因為之前有過她在三更半夜被喊起床接駕的先例，步覃便廢了在她房中留人看守的規矩，並且來時都不讓通傳，就怕吵了她和孩子的睡眠，然後因為要上早朝，每天都只能睡兩個時辰，天未亮時又起身離去，所以坤儀宮的眾人對皇上的行蹤這才不甚明瞭。

席雲芝看著掌事嬤嬤擔憂中透出的那股躍躍欲試的神情，想到步覃這些日子的勞累，便走出門，親自去到了坤儀宮的小廚房。

還未進入，那掌事嬤嬤就開心地直說：「皇后娘娘英明！皇上連日勞累，若能吃上娘娘親手烹製的美食，定然能叫皇上憶起昔日情分！」

席雲芝看著那嬤嬤的神情，彷彿她現在做的東西不是要端去給步覃吃，而是要給她吃那般開心。

可是，當席雲芝把做出來的東西端出小廚房時，那嬤嬤的臉色卻變了一變。

「娘娘，就這些……會不會太……」

席雲芝見她欲言又止，不禁替她說完後半句。「太寒磣？」

掌事嬤嬤嚥了下口水，鼓起勇氣點了點頭，說道：「的確有些……」

席雲芝看了看托盤上的一碗白粥和一盤子切成片的白糖糕，勾唇笑道：「這白糖糕我加了好幾份糖呢，皇上不會覺得寒磣的。」

說完，叫人將東西裝入食盒，席雲芝便頭也不回地走出了坤儀宮。

掌事嬤嬤跟在後頭，哭喪著一張臉。唉，就算這位娘娘如今得寵，可是，若要再這樣不走心，失寵之日怕也不會太長了。她在宮中混了這麼些年，還是頭一次看見后妃給皇上做白粥、糖糕這樣的東西呢！

她們娘娘實在是朽木不可離啊……

席雲芝去到養心殿，便有太監高聲吟報。

席雲芝拖著華麗的裙襬走了進去，步覃正坐在龍案後頭看摺子，見她入內，也沒啥多餘反應，只是對她招了招手，讓她過去。

席雲芝從宮女手中接過食盒，親自拎了過去，將盒裡的白粥和糖糕拿了出來，然後不等步覃主動，就拉過他的手，塞入一雙筷子。

步覃看了看手中的白玉筷子，又看了看席雲芝給他送來的東西，白粥配糖糕，他不禁勾了勾唇，說道：「好久沒吃到夫人親手做的白糖糕了，怪想念的。」

接著放下了摺子，端起粥碗，喝了一口。席雲芝站在一旁替他收拾亂糟糟的案面，步覃邊吃，邊不時地跟她說兩句話。「今日怎的有空過來？不是在宮裡算帳嗎？」

席雲芝將他批閱過的奏摺全都疊在一起，擺放整齊後，勾唇說道：「我宮裡的嬤嬤嫌我不上進，特意叫我來籠絡聖心的。」

步覃臉色一冷。「這些奴才越發膽大了！」

席雲芝見他這樣，不禁笑著回道：「她們也沒惡意，你無須動怒。也是我好些時候沒照顧到你了。」

步覃見她並未生氣，便放下心來。忽然，他想起一件事，呼嚕呼嚕將粥碗喝了乾淨，然後挾起一塊白糖糕，邊咬邊說：「對了，有件事我想問妳很久了。」

席雲芝差不多將摺子都分類好了，聽步覃這麼說話，就揚了揚眉。「嗯？什麼？」

「今日戶部上書，說是京城商鋪如今只開設了三成，還有七成商鋪因沒有地契，無法正常開業。莫非那七成……」

席雲芝被他問得但笑不語，兩人交換了一抹眼神，都知道那個戶部尚書要倒楣了。跟皇上的約定無法達成，那麼等待他的除了撤官撤職，還有什麼路呢？辦事不力這種理由是最好不過的了，旁人也無法站出來替他求情，因為他沒做好事情是事實。

步覃便不再說什麼，兀自將剩下的白糖糕盡數吃下。

席雲芝帶著空蕩蕩的食盒，回到了坤儀宮。

掌事嬤嬤正在宮裡哀嘆自己跟了一個不上進主子的壞命運，卻看見席雲芝拎回來的食盒空了！

皇上竟然對那種連平民吃起來都嫌寒酸的東西情有獨鍾……

席雲芝回到坤儀宮，就派人將內務府總管趙全寶叫了過來。趙全寶是第一次來到新皇后的坤儀宮，不免有些緊張，連帶著給席雲芝行禮打千兒都不那麼利索。

席雲芝讓他起來之後，便兀自坐在椅子上喝茶、看書，硬是將趙全寶晾在一邊好些時候。

趙全寶心下忐忑，卻又不知這位盛傳氣場薄弱的主子到底想要幹什麼。

就這樣，從早晨一直晾到了晚上，席雲芝進進出出好多回，卻好像眼前根本沒有看見趙全寶這個人似的。

等到傍晚時分，趙全寶實在受不了了，趁著席雲芝走入時，撲通一聲便朝她跪下，說道：

「娘娘，奴才錯了！請娘娘明示！」

席雲芝終於看了他一眼，揮了揮手，讓他起來回話。

「皇上養心殿的宮女換了不少呢，趙總管受累了。」

趙全寶暗嘆一口氣，果然是為的這件事！沒想到皇后只是去了一趟養心殿，就發現了他將人換了大半的事兒。聽養心殿執勤的人回報，說皇后去了便是與皇上說話，連一眼都沒環顧過，沒想到卻是藏在心中，沒有當場點破。

「這是奴才分內之事。養心殿的宮婢每隔一段時間就會更換，為的是怕一些宮女待的時間久了，心中生出了不該有的念想。娘娘若不喜歡這回換上的人，那奴才回去後重新安排便是。」

席雲芝笑在臉上，心中卻是門兒清的。內務府每隔一段時間就更換宮女這的確是事實，但與其說是為了不讓姑娘們產生不該有的念想，還不如說，是因為這批宮女中沒有人能得到聖眷，他們不得已才再換一批的。

雖然沒有在宮裡待過，但對於這些人的想法，席雲芝還是能夠猜出一二的，便沒有作聲，只對趙全寶點了點頭，說道：「好，那就去換一批。千萬要挑好的，最好有些家世，若是能夠博得聖寵，有家世總比沒家世的要能幫助皇上鞏固帝位，你說是不是，趙總管？」

趙全寶聽了席雲芝的話，反倒是愣住了。聽皇后這意思，是有一些想要替皇上納妃收人之意了？面上卻是不敢怠慢，趕忙跪下回道：「娘娘，奴才知錯了！奴才回去後，立馬將美貌的宮女派去別處，娘娘可別為了這事兒煩心呀！」

席雲芝笑著將他招呼起來。「你回去吧，該說的我都已經說了，還是那句話，要挑就挑好的進來，若是真能博得聖寵，我也好多個人分擔後宮事宜不是？」

趙全寶應了一聲後，便退著步子，走出了坤儀宮。

一路上，他仍舊在揣摩這位主子真正的意思。

如果皇后是真的介意他安排貌美宮女去養心殿伺候，那在晾了他一整天之後，就可以直接跟他挑明才是，可是她卻沒有，而是出乎他意料的，反過來叫他安排更加出色的女子進來，還點名是要有家世背景的，這心思……到底是個什麼意思呢？

難不成是真心的？只因為她自己無權無勢，感覺到她幫不了皇上什麼忙，這才起了替皇上找一個家世背景雄厚的妃子？

如此這般，會不會太傻了一些？趙全寶邊走邊想，最後雙掌一拍，得出了結論。

是了，定是這般！這位新皇后自認沒有家世背景撐腰，又想要坐穩后位，因此才會想出這種假裝賢良的方法來拉攏帝心，讓皇上覺得她大度！

鬧了半天，這一齣不過就是一般后妃爭寵的常見手段嘛！趙全寶想通之後，整個人也輕鬆了些。

既然他最擔心的正主都親口吩咐了，那他還有什麼好客氣的？禮部塞進來那麼多人，他還正愁找不到地方安置呢！如此一來，他既是遵照了皇后娘娘的旨意，又能夠在禮部尚書那兒有個很好的交代，一箭雙雕，討好了兩頭。說不準經由他手，日後再出一個貴妃什麼的，那他趙全寶今後想在宮裡橫著走，怕也不是什麼難事了！

養心殿中又換來一批身嬌體柔的貌美宮女，就連步覃都發覺有些不對勁了。入眼的宮女，全是小臉、杏眼、櫻唇，個個貌美，還時不時地往他身上瞅兩眼，然後再咬唇嬌羞地低頭甜笑。

這樣再不發現，那步覃也真可說是個棒槌了。

私下找來了內務府總管趙全寶問了問，趙全寶支支吾吾的說不出什麼道理，步覃也不想再問，便由著他們去了。

晚上回到坤儀宮中，將這現象跟席雲芝說了說，卻見席雲芝一臉好笑地看著他。

「美人在側，夫君不喜歡嗎？」

步覃正在吃點心，聽席雲芝這麼說話，不禁愣了愣，見她眉眼中似乎藏著話，這才放下點心，對她招了招手。

席雲芝站起身，從桌旁繞到了步覃跟前，卻被他突然抱入了懷中，席雲芝掙扎未果，只得任他施為。

「我怎麼聞到好大一股酸味兒啊？別告訴我，夫人這是在……吃醋？」

步覃將腦袋蹭在她的頸邊，發出陣陣悶笑。

席雲芝大窘，輕拍了他的後背幾下，說道：「別鬧！誰吃醋呀？不過就是幾個貌美宮女，若是這也要吃醋，那我今後還不得酸死呀！」

「聽聽，這還不叫吃醋，那妳告訴我，什麼叫吃醋？」

席雲芝被步覃越問越窘，只好掙脫他的懷抱，對他橫了一眼。步覃見她眉眼勾魂，便放下手裡的書，跟著她去了裡頭，一切盡在不言中……

席雲芝在院子裡修剪花草時，如意突然氣喘吁吁地走了進來，在她耳朵邊上說道——

「夫人，奴婢聽說今兒養心殿出了亂子，皇上龍顏大怒，懲治了兩個宮女！」因為從前稱呼慣了，所以即使入了宮，席雲芝也沒讓近身伺候的她們改稱她為皇后，而是仍舊喊她夫人，就連步覃也是喊慣了夫人的。

席雲芝聽後倒沒什麼反應，只是隨意點了點頭。「嗯，然後呢？」

如意有些意外地問道：「夫人，這消息您怎麼一點兒都不驚訝呀？您不問問，今兒養心殿出了什麼亂子嗎？」

席雲芝將最後一根亂枝修剪掉，然後直起身子，將剪子交到如意手中，聳肩說道：「有什麼好問的？不過便是一些姑娘家的心思罷了。」

如意有些驚愕。「夫人，您知道啦？」

今日養心殿中有兩名宮女為了爭奪給皇上奉茶這件事，在內監打了起來，後來才知道，這兩名宮女的父親都在朝為官，可卻是兩個對立面的官兒，所以，這兩個姑娘見了面也就互相沒什麼好感了。

席雲芝看了看她，對坐在秋千上的宜安招了招手，這才坐在涼亭中休憩，說道：「那兩個宮女都是誰家的呀？」

席雲芝將奔跑過來的宜安抱了個滿懷，從側襟中抽出乾淨的帕子，將宜安額頭上的汗珠都擦了去。

只聽如意回道：「回夫人，聽說是太傅岳博之女和禮部尚書王恩澤之女。」

席雲芝將宜安額頭的汗珠都擦乾之後，便讓嬤嬤帶她下去吃些東西，勾唇說道：「王大人倒是捨得讓自家閨女入宮做宮女。」看來，倒也是個有野心的。

「夫人，如今內務府正在往咱們這兒伸手，趙全寶私下找了我好幾回，說是讓我在您耳邊通通氣兒。」如意猶豫了一會兒後，才把先前趕回來稟報時，被趙全寶半路攔住的事情跟席雲芝說了一番。

席雲芝深吸一口氣後，問道：「他希望我救哪邊？」

如意見自家夫人表面看起來無波無瀾，遂大著膽子直接說道：「王大人那邊。」

見席雲芝點點頭，如意就退了下去，走到拱門前，如意回頭望了望，只覺得自家夫人是越發高深了。從前只覺得她聰慧，可如今卻有一些捉摸不透的意思，怪叫人心中不安的。

見如意退下去之後，席雲芝抬頭看了看天。她不是沒看見如意眼中的疑惑不安，只是卻也無可奈何。一如甄氏所言，坐到了這個位置，她是不得不把自己偽裝起來，對抗一切想要讓她離開的力量，只為了守候心中那份得來不易的感情。

席雲芝命人去將被關在內務府的兩個宮女傳到了坤儀宮，這兩個女子，都是傾城美人，一位是太傅之女岳寧，另一位則是禮部尚書之女王嫣。岳寧始終低著頭，可王嫣卻是一臉倨傲，看著便知她是家中寵溺的嬌女。

席雲芝從後堂走出，殿中各人紛紛行禮，她掛起招牌微笑，對他們揮手。「都起來吧。」

內務府總管趙全寶狗腿地來到席雲芝跟前二次請安，然後自來熟地站到了席雲芝身旁，一副跟席雲芝十分熟悉的模樣。

席雲芝看了他一眼，也沒說什麼，接過如意手中的茶杯，漫不經心地問道：「今兒這事鬧得有些大了，怎的好端端的在養心殿奉茶，就打了起來？內務府入宮前的規矩便是這般教授的？」

趙全寶聽席雲芝一開口就提起了內務府，立馬跪下，說道：「娘娘息怒！內務府怎會教授這樣的規矩呢？是這兩個丫頭私下起了嫌隙，這才驚了聖駕！」

席雲芝喝了杯茶，抬眼看了看那兩個姑娘，只見太傅之女岳寧倒是嚇得臉色煞白，可王嫣卻不以為然，甚至臉色平常地打量起她宮裡的擺設。

「嗯，跟本宮說說，這兩個丫頭私下起了什麼嫌隙啊？說出來，本宮也好替她們分解分解不是？」

「呃……這個……」

趙全寶被席雲芝問得語塞。這起了什麼嫌隙，誰還不知道啊？不就是幾個想飛上枝頭的姑娘間常常發生的手段嗎？若在私下，趙全寶還能嗤之以鼻地笑笑，可真要把這理兒說到檯面上，他還沒那個膽。

別看這位主子成日笑咪咪的，關於從前她在軍中的作為，趙全寶還是有些耳聞的，因此雖然心中對她的身分產生質疑，但若要說當面不敬，卻是不敢。

王嫣見趙全寶不說話，乾脆自己上前一步說道：「娘娘明鑑，趙總管他不知其中緣由，由奴婢代為解說吧！」王嫣在開口前，微微撇了下嘴，然後才指著岳寧說道：「原本今日是岳寧白日輪值養心殿，奴婢輪晚間，可是，奴婢的親姊姊嘉柔太妃今晚召見奴婢，奴婢便想與岳寧換一換，怎知她卻不通情理，竟然與我動起手來。」

席雲芝聽了王嫣的話後，眼睛微微瞇了起來，良久後才做出反應。「嗯，原來是這麼回事。聽起來，確實是岳寧做的不對。」

王嫣的臉上閃過一絲得意。「娘娘英明！」

岳寧聽到這裡，實在是忍不住了，紅著眼眶，指著王嫣說道：「娘娘明鑑啊！奴婢只是堅守崗位，是她未經內監許可，私自要與我對調。內監的輪值人手，每日都有記錄，奴婢若是與她對調，將來被查起來可是欺君殺頭的罪，奴婢自然不肯。誰知這王嫣竟然動手搶奪我手中的茶壺，這才動起手來的。」

席雲芝聽了岳寧的話，又是一陣點頭。「嗯，這丫頭說的也在理。」

王嫣見席雲芝搖擺不定，面上現出些許不耐，又說道：「我既要與妳對調，自然不會不經內監許可。我看妳根本就是捨不得將白日接近萬歲爺的機會拱手相讓吧？」

岳寧的性子不如王嫣霸道，被她說了也只敢低頭垂淚，一個勁兒地搖頭。「我沒有、我沒有……」

王嫣見她這般懦弱，心下鄙夷，若不是礙於正在坤儀宮中，說不得自己已經動手抽她耳刮子了！懦弱之人活該被欺，誰讓妳自己不爭氣呢！

席雲芝默不作聲地觀察兩人的姿態，心中明鏡般透亮，自然明白這回事件的始作俑者是誰，當即微微一笑。「好了好了，事情本宮大概知道了。王嫣被太妃傳喚，夜間不得奉茶，那也是情有可原的，既然她已報備了內監，那岳寧不同意，便是她的錯了。來人！」

席雲芝在王嫣得意、岳寧驚恐的目光中，招來了殿外伺候的侍衛，第一次行使了皇后的權力，指著岳寧說道：「罰跪兩個時辰，然後讓太傅將之領回，內務府除名，出宮去吧！」

岳寧失魂落魄地跪坐在了地上。

王嫣得意洋洋地看了看她，然後欣喜地對席雲芝道謝。「多謝娘娘，奴婢記下娘娘的好，今後做牛做馬也要報答娘娘的明鑑之恩。」

席雲芝沒有說話，而是微笑著從鳳椅上站起。如意、如月正要上前攙扶，趙全寶卻湊了上來，狗腿十足地接替了如意、如月的工作。

席雲芝見他這般，也是笑而不語，任他奉承了。畢竟他跟如意「通氣」過，說是想讓她偏著禮部尚書王大人家的閨女，她做到了。

回到內宮之後，如意和如月實在忍不住了，便對席雲芝問道：「夫人，剛才那兩個宮女的事兒，怎麼聽都是那王嫣的錯，怎的您會反過來罰了岳寧，還把她逐出宮呢？」

席雲芝將領口處稍微解了解，對她笑道：「逐出宮未必就是懲罰。岳寧是岳太傅的女兒，知書達禮，看起來也並非咄咄逼人的女子，在這宮裡，她那性子是鬥不過人家的，還不如早早出去，尋得良配。」

如月上前替她更衣，不禁也說道：「可是夫人，您的這些苦心，岳寧她能懂嗎？萬一她不懂，還在心中腹誹夫人您不公，那可怎麼辦呀？」

如意也點頭。「是啊夫人，更何況，您還讓太傅親自入宮帶她回去，這……若是太傅也惱了……」

席雲芝脫了重如千斤的鳳袍，頓時感覺整個人都有精神了，輕裝走到軟榻前坐了下去，搖頭說道：「太傅定會明白我的意思。至於岳寧，她就算短時間內會埋怨我不公，但時間長了，也定會覺得我放她出去才是真正的赦免。」

步覃從御書房出來，走在宮燈明亮的廊下時，趙逸在一旁盡職地稟報。

「……夫人留下了禮部尚書之女王嫣，將太傅之女小懲大誡，趕出宮去了。」

步覃聽後，腳步微微一頓，然後才繼續行走，問道：「趕出宮了？這倒不像她的作風……」

趙逸聽步覃這麼說，也連連點頭。「是啊！屬下也覺得夫人不會把對人的傷害放到檯面上來。」

步覃冷冷瞥了他一眼。

趙逸愣了愣，幡然醒悟。「呃……不是，屬下是說，夫、夫人溫和善良，根本不像是會做出把人趕出宮的這種事來嘛，哈哈、哈哈哈！」

見趙逸意識到自己的錯誤，步覃才收回了目光，雲淡風輕地搓手說道：「把無辜的人趕出宮，她這是要大殺四方啊……」

趙逸驚訝地看著步覃。爺，這可是你說的，我可沒說啊！

去到席雲芝的寢宮，一如既往讓人歇了通傳，步覃走入一看，原以為席雲芝早已歇下，沒想到她竟還坐在燈下寫著什麼，見他走入，便站起來，放下了筆。

步覃屏退了宮人，與席雲芝二人共處，大手不規矩地在席雲芝身上摸了幾把，把席雲芝逗得無奈又好笑。

席雲芝佯作生氣，在步覃肩上敲了幾下，遂說道：「今日的事，趙逸都跟你說了嗎？」她邊替步覃脫下龍袍，邊問道。

步覃盯著她看了會兒後，才點了點頭，說道：「說了。」

「覺得我處理得怎麼樣？」席雲芝若無其事地替他解下腰帶。

步覃點頭後說道：「我覺得挺好的啊，岳大人本就不願送女兒入宮，是被禮部逼得無可奈何，妳如今放他女兒出宮，他定會對妳感恩戴德的。」

席雲芝淺淺一笑。「感恩戴德我倒不指望，只希望他別恨我就好。」

步覃圈她在懷。「他要恨妳什麼？」

席雲芝嬌嗔地橫了他一眼。「恨我阻礙了他女兒的前途啊！」

「他女兒在宮裡，會有什麼前途？夫人的話，我怎麼聽不明白呢？」步覃將腦袋埋在她的頸窩中，聲音有些悶悶的。

席雲芝被他弄得有些發癢，不禁推了推他，對他的刻意調侃表示不滿。

步覃直起身子，對她眨了幾下眼後說道：「我的確不明白啊！那丫頭只是做宮女，我又不會封她做娘娘，哪裡有什麼前途可言？不過是奉茶遞水的活兒罷了。」

席雲芝看著他，語氣不覺有些酸酸的。「你如今不想封她，不代表以後不想封，或者……不封她，你又會不會想封其他人。」

步覃終於聽到了她內心的話，表情不禁正經起來，摟著她，靜靜地看著她。「我之前就跟妳說過，我的妻子永遠只會是妳一個人。」

席雲芝沒有說話，只是默默地斂下了目光。

步覃將這一切看在眼中，似乎有些明白，她在擔心什麼了。

戶部內堂之中，李銳聽了手下的回報後，當即震驚地拍桌子站了起來。「你說什麼?!那些商鋪都是誰的？」

手下不知他們大人為何這般激動，便又回道：「他們都叫她席掌櫃，大名叫席雲芝，是個女人。但這個女人卻像是從京城中消失了一般，許久都沒人再看見過她了。」

李銳失魂落魄地坐了下來，若有所思地看著案桌上的燈罩。從前因為沒有大肆整頓過市場，所以在還未改朝換代之時，市場的秩序都是依照原樣在維持，可是，如今朝代變了，各家商鋪都歇業好長一段時間，再重新開市，戶部就要重新將商鋪整理成冊，若是有找不到屋主的情況倒也好辦，只要超過一年，那房屋便可以順理成章地由戶部接管。但是，這些房屋店鋪的主人偏偏不是旁人，卻是她的……

從前他的確聽說皇后娘娘是個商婦，在皇上還是將軍的時候，她就靠商鋪賺錢養家，沒想到竟置下了這樣一份龐大的產業，幾乎大半個京城的地契都在她手上！這個女人，到底該說她是低調呢，還是可怕呢？

「大人，那……我們什麼時候動手接管商鋪？反正那個席掌櫃早已不在了，估計是兵荒馬亂時逃到外面去了，咱們戶部不正好可以接管嗎？」

那手下跟著李銳也不是一天、兩天了，自然明白其中的門路，說這話的時候，他一臉

「又有油水可撈」的神情，著實讓李銳心驚了一會兒。

李銳揚手給了他一巴掌，怒道：「混蛋！接管什麼？那些都是誰的產業你知道嗎？不要腦袋啦！」

說完，李銳便急急走出了戶部。眼看與皇上約定好讓市場恢復秩序的時間就快到了，若他再不採取行動，那皇上正好可以有個正當的理由撤免他的官職了！

小安自從做了皇子後，每天都被太傅和韓峰抓去讀書、練功，難得回到席雲芝這裡，又是撒嬌又是訴苦的，但席雲芝問他要不要放棄時，他卻又堅定地搖頭。

為了犒勞他，席雲芝讓御膳房準備了好多合他口味的菜點，小安吃得肚兒圓圓的。吃完了飯，宜安纏著哥哥要去御花園玩兒，席雲芝便也一同跟著，看著宜安撒賴趴在哥哥背上不肯下來，她不禁搖頭笑了。

兩兄妹在花叢中打鬧，席雲芝則坐在了一邊的亭子裡看著他們。亭子後頭是一片假山，她正歇著時，突然聽見假山後頭傳來一陣爭吵。

如意和如月也聽見了，正要過去驅趕，卻被席雲芝抬手制止住了，只聽假山後頭的爭吵聲越來越大——

「妳知道我是誰嗎？」一個尖銳的聲音在假山後突兀地響起。「我爹是內閣大臣，王嫣是什麼東西，憑什麼和我爭？」

另一個聲音說道：「妳小聲點，王嫣現在在養心殿伺候，聽說混得不錯，把岳寧都給趕出宮去了。」

尖銳的聲音說道：「哈，岳寧那是她沒用，成天哭哭啼啼、膽小怕事，活該被趕出宮！我善敏跟她能一樣嗎？」

席雲芝一邊喝茶一邊聽，神色如常，可她身邊伺候的宮人們可沒那麼鎮定了，一個個面面相覷，卻因為席雲芝的指示而不敢出聲，只好尷尬地站著。

「妳想怎麼樣呢？今天王嫣那態度妳也看見了，若是真把她惹急了，沒準兒真是什麼事都幹得出來。」另外這人氣焰明顯沒有善敏囂張，說起話來還是顧及三分的。

「哼！她能幹出什麼事兒？岳寧的事若是發生在我身上，妳看看那個柔弱平庸的皇后會怎麼判，我可不是好欺負的！除非王嫣能爬上龍床，否則，我怕她什麼？」

「……」

假山前的眾人渾身汗毛一豎，對這個不知死活的丫頭很是佩服，紛紛偷看席雲芝的臉色，卻發現當事人就像沒事人似的，坐在那裡微笑著喝茶。

不知道席雲芝真正為人的宮人們，又一次地在心裡確定了這位主子仁義怕事的形象，只有知道席雲芝本性的如意、如月咬唇暗笑。

兩個宮女離開了假山後面。

待那個善敏囂張的聲音越來越遠後，如意、如月才藉著給席雲芝添茶的機會，湊上去問道：「夫人，要不要派人去教訓一下這兩個丫頭？」

席雲芝像是如夢初醒，看了看如意，笑著搖頭道：「教訓什麼？人家好好地說著話，卻被皇后娘娘聽去了牆腳，這該怎麼定罪呀？」

如意語塞。是啊，夫人又沒有當場揭穿她們，若是這時再派人去教訓，那豈不是讓人覺得皇后娘娘心胸狹窄嗎？

席雲芝從石凳上站起，如意、如月替她理了理華服後，她這才說道：「走吧，叫上小安和宜安，回宮去吧。」

「是。」

第二日，趙全寶被席雲芝喊到了坤儀宮，正一頭霧水之際，席雲芝開口了——

「之前有個宮女被本宮逐了出去，養心殿可再安排人了？」

趙全寶一愣，立刻回道：「啟稟娘娘，奴才這兩日也在物色人選，選定了之後，就來回覆娘娘。」

席雲芝微微一笑，對他開門見山道：「本宮倒覺得有一人不錯。」

趙全寶心下一凜，不知席雲芝是何意，卻也不動聲色地笑問：「娘娘是說……」

「內閣首輔善公之女善敏。本宮偶然聽人說起，此女淑柔嘉美，脾性溫和，便派她去頂了岳寧的缺吧。」

趙全寶自然知道善敏是個什麼性格，她私下跟好多宮女都起過爭執，性格實在是無法稱為「淑柔嘉美，脾性溫和」的。也不知是哪個缺德的，竟在皇后耳根前唸叨這麼不靠譜的話！

舔了舔唇，趙全寶覺得還是要把真實情況跟這位糊塗的主反應反應，免得到時候出了漏子怪罪到他的頭上。

「娘娘，那善敏奴才也見過幾回，她——」

席雲芝微微一笑，打斷了趙全寶的話。「她是最合適的人選。善公美名傳至天下，他的女兒自是不會差到哪兒去。想必皇上知道她的身分後，定也會刮目相看的。」

趙全寶被席雲芝的話噎住了，也明白了這位的意思，一時間竟不知道說些什麼好。不得不說，這位的心可真是大，旁的寵妃娘娘巴不得皇上身邊全是太監，這位倒好，竟然想著要給皇上身邊安排女人。

趙全寶覺得自己已經提醒過，可是皇后依然一意孤行，那到時候就算真出了事兒，鬧到皇上那裡，他也能脫了干係。更何況，他也在善敏入宮之初收過善大人的好處，這樣的順水人情做了也就做了，於他而言自是沒有壞處的。

領命出去之後，趙全寶便去了內監，將善敏安排入了養心殿伺候，頂了岳寧的缺。

如意、如月在趙全寶走後，不禁在席雲芝面前露出迷茫的神色。

「夫人，您是不是糊塗了？那善敏的性格要多囂張就有多囂張，您怎麼能給她安排到皇上身邊去伺候呢？這不是添亂嗎？」

如月的膽子沒有如意大，這回卻也跟在如意後頭，開始數落起席雲芝了。「是啊，夫人，養心殿已經有一個態度囂張的王嫣了，這要是她們倆鬧起來，最後還不是您和皇上頭疼嗎？」

席雲芝從軟榻上站起，在她們的腦門上各自敲了一記後，平淡地說了一句。「榆木腦袋。一山豈容二虎？就是要她們爭去。」

養心殿最近熱鬧得很，先是王嫣與善敏在內監發生爭執，然後兩人為了較勁而各顯本領，終於在御前失儀鬧了起來，最後，按照規矩又被送回了席雲芝這裡。

王嫣是二度進宮，所以即便被太監扭送到席雲芝面前的時候，仍舊是一臉倨傲。

善敏雖然沒有見過席雲芝，但也從旁人口中探知過皇后的脾性，據說是溫和軟弱的，再加上看見王嫣的不屑神情，想起上一回王嫣和岳寧發生爭執，就因為王嫣態度強硬一些、背景大一些，這個皇后竟把那明眼人一看就知道是無辜的岳寧給趕出宮去了。哼，就算她是皇后，但面對這樣軟弱的皇后，善敏還真是害怕不起來。

「你們還樂此不疲了。」席雲芝嘴角含笑地說，眼睛掃了一眼立在旁邊的趙全寶。宮女出事，他這個內務府總管也脫不了干係，便被席雲芝喊到了坤儀宮，一同審理。

聽席雲芝這麼說，趙全寶臉上露出訕笑，心底也滴下冷汗。他就知道，把這兩隻鬥雞放在一起會出事，果然，還不到五日，便鬧得不可開交了，連累他被叫進叫出的。

幸好如今的主子是顆軟柿子，要不然趙全寶可真想咬死她們兩個了。

「娘娘息怒！這兩個丫頭年紀小，不懂事兒，您大人大量，稍稍懲治一番就得了。小人下回安排些聽話的人入養心殿便是，您可別氣壞了身子啊！」趙全寶對席雲芝這般說道。按照他的想法，他這麼說了，依席雲芝的軟性子，定是會順水推舟一番，隨便打發了這兩個丫頭才是。

只見席雲芝勾唇一笑，招來了旁邊的侍衛，說道：「趙總管督下不利，先來二十大板吧。」

趙全寶面色一僵，看到旁邊的兩名侍衛時頓覺不妙！這兩個侍衛貌似並不是宮中的御前侍衛，他曾經在封賞宴上見過這兩人，是被皇上封了品級的大人，如今怎會來到皇后宮中，替皇后做這些打雜的工作？

來不及分析情況，趙全寶已被趙逸和韓峰架著趴到了外頭早已備好的長凳子上，如意、如月夫唱婦隨，跟著在旁邊打下手，替他們把趙全寶綁在了凳子上。

「娘、娘娘饒命！是不是哪裡搞錯了？奴才、奴才犯什麼事兒了？您這頓打可叫奴才心不服——哇！」趙全寶趴在凳子上冷汗涔涔，但也不忘替自己辯解求情，可在屁股上被敲下一記的時候，頓時大聲嚎叫起來。

啪啪啪啪……二十下，打得趙全寶呼爹喊娘，眼淚、鼻涕、口水一起流，也看呆了正在殿內的王嫣和善敏。

只見她們回頭看了一眼席雲芝，不覺嚥了下口水，總覺得這一回的情況，不會像上回那樣樂觀。

她們倆對視一眼，忽然想起了自己的身分，一個是禮部尚書的女兒，一個是內閣大人的女兒，皇后總不能像打奴才那樣打她們吧？

趙全寶一灘爛泥般地被拖回了殿中，趙逸和韓峰小試牛刀之後，又偃旗息鼓地站到了席雲芝身側。

畢竟是自己人，席雲芝用起來順手，他們被用起來也很有默契。

兩人早就聽說宮裡盛傳他們夫人軟弱，如今可要讓所有人看看他們夫人的手段，讓那些說她軟弱的人後悔莫及。

「趙全寶卸去內務府總管一職，打發到宮外謀生去吧。內務府中但凡有人替他求情，同樣下場。內務府總管由副手接替，若是內務府今後再敢犯事兒，那就效仿前人，打殘了送出宮去，畢竟……宮裡最不缺的便是辦事兒的奴才！」席雲芝斂下眸子，雲淡風輕地下了命令，語氣堅定，不容置疑。

趙全寶晴天霹靂，就這樣被拖了下去。

她的話說的分明，這一回她只處理了趙全寶一人，將他打殘送出宮去，沒有牽連內務府其他人，她這是給了其他人一個改過自新的機會。

趙全寶為什麼會有這下場，宮裡其實人人心中有數。敢在皇后面前指手畫腳的，他就該想到自己的下場。一個深宮太監被打殘了送出宮去，那擺明了是死路一條！這對於太監來說，可以說是最嚴厲的懲罰了。

席雲芝堅定不移地處理了趙全寶，令王嫣和善敏心中一緊，不由自主地跪了下來。先前她們只是象徵性地對席雲芝跪了跪，席雲芝讓起之後，兩人便理所當然地站了起來，只覺得這皇后太好說話，可如今……

席雲芝見她們兩人這樣，不禁笑道：「怎麼了？好端端的跪下作甚？」

王嫣有過經驗，雖然心裡還是對席雲芝有諸多不屑，但趙全寶的下場就在眼前，她也要稍微擔心一番的。

「娘娘息怒，奴婢知道錯了。」

善敏見王嫣低頭，不禁也跟在她後頭這麼說道。

席雲芝接過如意端過來的一杯茶，不動聲色地說道：「是嗎？那妳們倒說說，錯哪兒了？」

王嫣看了看善敏，主動說道：「奴婢不該無視宮規，與人在內監發生爭執，但這一切都是善敏逼的，奴婢只是還擊而已。」

善敏聽王嫣這麼說，當然不會就此甘休，只見她指著王嫣說道：「娘娘明鑑，是王嫣欺負人在先！她——」善敏的話還沒說完，臉頰上便收了一記響亮的耳光，打得她的頭都偏到了一邊去，頓時整個人難以置信。

王嫣正要笑她，卻也被人抓住了頭髮，毫不遲疑地甩了兩下耳光。

兩個丫頭捂著臉頰，震驚地看著席雲芝，只見後者一臉淡定地回視，眼神中充滿了冷意，這種神情，像極了那位高高在上的帝皇，只一個眼神，就能夠讓人認清了，誰，才是那天下第一人身邊該站立之人。

只可惜，她們看懂這個眼神……已經晚了。

「再說一遍，錯哪兒了？」席雲芝斂下笑意，面無表情地睨視著這兩個跪在堂下的丫頭。

王嫣低下頭，眸中閃過絲絲恨意。不管是從前還是現在，都沒有人敢這樣對她！就算表面上不能說，但她的心裡多少是對席雲芝有怨懥的，甚至此刻心裡還想著，若是來日她能爬上皇上的龍床，當了娘娘，到時候再來與席雲芝算算這筆掌摑的帳！想了想後，她才說道：「奴、奴婢不該無視宮規，與人在內監——」

還未說完，席雲芝便勾了勾手指，站在王嫣身旁候命的嬤嬤就又緊接著給了王嫣兩巴掌。

席雲芝又指了指善敏。

只見善敏看著王嫣，躊躇地說道：「奴婢不該與她發生爭——」又是兩個巴掌，將善敏的話也截斷了。

再之後，兩人又說了好幾回，但每回都是話沒說完，便被掌嘴了，兩人的臉頰一下子腫了起來，髮髻也散亂著，狼狽不堪。

王嫣被打得滿懷怨恨，再也忍受不住，一把推開身旁的嬤嬤，站了起來，指著席雲芝道：「妳公報私仇！不管我們說什麼，妳都不會覺得滿意！妳到底想怎麼樣，直說吧！我爹娘都沒捨得打過我，妳憑什麼打我？」

席雲芝睨視著王嫣好一會兒後，才開口說道：「就憑妳現在是在宮裡，就憑本宮是皇后。接著打。」

兩個宮裡的嬤嬤從前就是專門做這事的，打起人來聲大肉疼，啪啪作響，打得王嫣的頭不住搖擺，鼻血和牙血齊流，那模樣，不是一句狼狽足以形容的。

王嫣被打哭了，慘叫聲在殿中迴繞，不絕於耳，緊接著便是謾罵聲——

「妳是什麼東西？我爹是禮部尚書，妳們不能打我！我是禮部尚書的千金，妳們憑什麼打我？」

善敏在旁邊看得心慌，整個人被嚇得腿軟。從來沒有人告訴過她，皇后是這等手段。

只見席雲芝抬了抬手，打人的嬤嬤就停了手。她從鳳椅上站起，高高在上地看著狼狽如爛泥的王嫣，說道：「妳爹將妳送入宮，妳即是宮裡的奴才，再也不是什麼千金了。既然是奴才，那本宮還打妳不得？縱然王大人知道了，亦會說本宮做得對，因為妳就是個奴才，今生今世都只能是奴才。」

「不——」王嫣從小在家中被父母嬌慣了，從來沒有受過這種委屈。之前她爹跟她說的分明，入宮便是要她奔著娘娘的位分去的，所以她才委曲求全地去御前做了宮女，可席雲芝的話，卻將她打入了深淵。她怎麼能做這種被人當作腳底泥一般踐踏的奴才呢？她不要！

又叫嬤嬤將兩人打了幾十下，直到她們的臉紅腫得發紫，席雲芝這才命人歇了手，自己坐回了鳳座，冷冷說道：「現在，妳們知道自己錯哪兒了嗎？」

兩個丫頭被扔在地上，手腳直發抖，哆嗦著唇，就是想說話都開不了口了。

席雲芝當場解惑。「不管妳們入宮的目的是什麼，但本宮都要告訴妳們，養心殿中的男人是誰？是皇上。皇上是誰？是本宮的男人。妳們打著伺候的名號入宮，貪圖的卻是我的男人、我的夫君，成天打扮得花枝招展地在我的夫君面前晃悠，就算我不是皇后，只是尋常人家的夫人，也容不下妳們。若是有意悔改，便收拾收拾東西回家去，如若不然……」席雲芝的話頓了頓，顯然是想給王嫣和善敏一個悔改的機會。

可是，那王嫣卻死不悔改，顫抖著伸出手，對席雲芝罵道：「妒婦！禮部容不下妳這樣的皇后！」

席雲芝深吸一口氣，看了看善敏。

只見善敏趕忙點頭，說道：「娘娘息怒！奴婢這就回去，絕不敢再入宮裡半步！」

席雲芝對她揮了揮手，立刻便有宮女上前攙扶，將善敏扶了出去，接著她才指向王嫣說道：「再打二十大板，然後拖到御花園中供人瞻仰。」

席雲芝深吸一口氣，看著王嫣尖叫著被拖了出去，謾罵聲聽在她的耳中略嫌刺耳，但是……

她做不來甄氏那種從背後將人致死的招，雖然這樣的手段，會把她推向一個妒婦、毒婦的深淵，但是她不會後悔，也不會放棄，因為這就是她看著男人的方法，受不得半點的委曲求全。就算那些女人的位分比不過她，她也絕不想看到自己的夫君身旁站著其他女人。

這樣的行為，也許會給她帶來滅頂之災，可是這些事，卻是她覺得一定要去做的，她要讓步覃知道她的態度，也要讓其他人知道她的心思。

自從王嫣被喊入坤儀宮之後，禮部尚書王恩澤便一直往宮裡遞摺子，等到王嫣被打完丟到御花園的時候，王大人才被步覃召見入了宮。

一番哭訴求情之後，王恩澤才說出了自己的目的。「小女一心仰慕聖上，她所做的一切都是為了讓皇上更加注意她，並無衝撞之心，請皇上——」他的話還未說完，就被步覃打斷了。

「好了，別說了，內宮之事一向是由皇后負責的，皇后要懲治誰，自有皇后的道理，朕不會多言，你且下去吧。」

王恩澤一下子撲到了步覃腳前。「皇上，小女如今不過二八年華，仍是懵懂無知，臣入宮前聽聞皇后對她動刑，臣生怕她嬌弱的身子骨受不住重刑，還請皇上開恩吶！」

步覃低頭看了他一眼後，嘆了口氣，說道：「朕留她一條命出宮，下去吧。」

「……」王恩澤被步覃的話驚得忘記了哭訴。留她一條命出宮？意思就是，刑是受定了，至於受多少刑，全都捏在皇后手中，而他會做的，只是讓皇后不至於將人行刑致死！

看見皇上堅定的眼神，王恩澤知道自己如今再說什麼都於事無補了。重重地在步覃腳前磕了一個頭後，便退了出去，在正陽門外守候去了。

王嫣被打了二十大板後，又被綁在御花園的中心，讓來來回回的宮人看了一天，直到夜幕降臨之時，步覃才派了兩名御前侍衛將她抬走，送去了正陽門外，交到王恩澤手中。

第三十章

夜晚，步覃回到席雲芝那裡，見她神色如常，並未有其他反應。

吃過飯之後，兩人回到寢宮，步覃硬是將她摟著半躺在黑檀木的軟榻之上，不讓她動彈。

席雲芝掙扎不得，深吸一口氣後，對步覃說道：「我知道我做得有些過分，但若殺雞儆猴的『儆』字力度不夠，那效果也就沒有了。我下回儘量不用這些手段便是。」

步覃在她耳郭旁親了一下，說道：「妳愛整治誰儘管整治誰，我絕不會說一個不字，只是不想妳太勞累、太操心。」

步覃的話並沒有令席雲芝感覺好受些，窩在他的懷中都好像沒什麼安全感一般，她靜靜地摟著他，不知道該說些什麼，兩人就這樣沈默著睡了過去……

戶部近來忙得焦頭爛額，戶部尚書曾多次求見席雲芝，皆被她以後宮不得干政為由拒絕了。

這日，席雲芝帶著如意和如月準備出宮，卻在臨出宮前被步覃又安排了幾個大內侍衛跟隨，席雲芝只好讓他們換了尋常衣服，跟著她一同出宮去了。

去到朱雀街上的南北商鋪看了看，只見鋪子大門緊閉，不只是南北商鋪，朱雀街上滿是閉店的商鋪，大多都是她的產業。

命人敲響了商鋪大門，卻是無人應答，想來店鋪的掌櫃也因時局動亂回了家鄉。席雲芝指了指店鋪旁的小巷，說道：「去後門，我藏了一把鑰匙在石墩子底下。」

一行人正要走入時，卻見巷裡突然衝出一個髒亂不堪、滿身生瘡的身影。

「什麼人?!」小黑他們立刻警戒，將席雲芝護在身後，其中一個大內侍衛將那個身影踢得老遠。

那人哀嚎著，露出容貌。席雲芝只覺得那人面熟得很，便讓小黑他們從身前讓開，她緩緩走了過去，終於看清了那人的長相。

「二叔？」

竟是席雲芝的二叔席遠！從前的富貴老爺，如今竟變成這滿身膿瘡的乞丐樣。

那人聽見席雲芝的叫聲，也回過神來，抬頭看了看她，又迅速低了下來。

席雲芝見他這般，也知他是難堪的，不禁讓人將他扶了起來，又找了一家茶肆入內坐下。

點了兩壺茶水，還有八、九盤點心，席遠狼吞虎嚥地吃了起來。

席雲芝見他這樣，從前就算有再多的恨意也提不起來了。待他吃得差不多的時候，她才開口問道：「你怎會混到如今這地步？二嬸娘和老太太她們呢？」

席遠又看了一眼席雲芝，雙手抱著一只茶杯，微微轉過了些身子，這才用沙啞的聲音說道：「你們離開京城之後，之前的皇帝就下令抄了左督御史的家，我們也殃及池魚。老太太前兒病死了，要了兩年的飯，身子骨早虧了，一場風寒便死了。妳二嬸也改嫁了，如今就我孤家寡人一個，生不如死。」

席雲芝多少也聽說了席家的下場，卻沒想到經由二叔的口中說出來，還能給她帶來這樣大的衝擊。

從前的席家，富貴逼人，又有誰會想到他們竟是這樣的下場呢？老太太一輩子傷天害理的事沒少做，到頭來終究是得了報應，想她那樣心高氣傲的人，竟然活生生要了兩年的飯，這樣的懲罰對她來說也夠了。

「怎的不回洛陽？」

洛陽畢竟還有席雲春在，她之前是嫁給的通判，就算被人奪了寵，可收留自己父母的能力總還有吧？

只聽席遠又嘆了一聲氣。「洛陽……回洛陽幹什麼呢？洛陽的席家祖宅和店鋪都被妳給收了，雲春那兒也被老太太攪黃了，她好好一個正妻給休成了妾，沒隔多久，又成了丫頭，氣都氣死了。我們就是在洛陽混不下去了，才會舉家到京城來的。」

席雲芝想起她離開洛陽之前，老太太確實把席家的庶出女兒送去了通判府，沒想到庶出的女兒非但沒有幫得席雲春固寵，反而害得席雲春丟了正妻的位置，當真是天意啊！

看著席遠滿身的髒污，瘦得只剩下皮包骨頭，想著他不管怎麼說都是她爹的親兄弟，她既然看到了，於情於理都不能放任不管了。命人當即去找了一座小宅子，將他安置進去，等她回宮後，問過她爹再決定到底要怎麼做。反正二叔如今也只是孤家寡人一個，再生不出什麼么蛾子了。

因為席雲芝的鐵腕手段，宮中的風氣一時間確實好了很多。現在宮人們私下聊的不是席雲芝軟弱可欺，而是個個都在說她手段狠辣，畢竟，宮女王嫣的下場，大多數人都看到了。那血淋淋的姿態，彰顯著皇后手段，叫人不敢小覷。

時年三月，席雲芝被太醫診斷出喜脈，這個消息無疑沸騰了朝堂和後宮。

皇后席氏獨占後宮，已然育有一子一女，若腹中這胎是為皇子，那今後席氏在宮中的地位更可以說是再無人能動搖了。

可就在這舉國歡騰的時候，琉球國派來使者，以獻上公主聯姻來鞏固邦交。像這種牽涉政治聯姻的舉動若是拒絕，一不小心便會挑起兩國戰亂。寧國處於建國之初，實在不必為了這種事情而落下一個不好的名聲，更何況，國家內亂才剛剛結束，正是休養生息的時候。如此一番勸誡之後，步覃也不得不讓步妥協，卻不是即刻將這琉球公主封為妃，而是准許她入住後宮之中。

當席雲芝從內監口中聽到這個消息之後，只是短暫地驚愕了一下，然後就恢復了平靜。

如意、如月正在學著剪紙，聽說這個消息之後，卻是恨不得拿著剪子便衝到那勞什子琉球公主的宮裡去將她趕走，可是見席雲芝態度這般冷靜，不禁疑惑地問：「夫人，您怎麼沒什麼反應呀？那琉球國的公主可是已經入宮了啊！」

席雲芝看了看脹紅了臉的如意，不禁笑了。「我知道啊！」

如月也忍不住開口了。「夫人，那您打算怎麼辦？要不要再讓趙逸去把那個琉球公主打一頓？」

如意和如月原本是姊妹，這種事情當然能想到一塊兒去，只聽如意也點頭說道：「對呀、對呀！夫人和皇上不好出面，那就讓我們出面，我們保準將那個什麼破公主打得滿地找牙！」

席雲芝被她們說得失笑。「妳們以為這個什麼公主是咱們宮裡的宮女，可以隨便教訓嗎？沒看到她入宮時，身邊那些侍衛？」

如意不以為然。「侍衛怕什麼？咱們宮裡的侍衛難道還會少於她的嗎？真打起來，肯定是她吃虧呀！」

小黑在門外站崗，聽到如意、如月的精彩言論之後，不禁也在門外橫插了一句。「妳們以為這事兒是街上地痞打架，誰的人多誰就有理嗎？晚上回去讓趙逸好好教教妳們！」

小黑也是跟著席雲芝的老人了，知道席雲芝對下隨和，是真的不介意自己的手下在她眼皮子底下插科打諢，所以才敢這麼調侃如意和如月的，要是換了有旁人在，小黑也是不敢開口的。

如意、如月面上一紅，正要出去跟小黑理論時，一個太監便走了進來，在席雲芝面前恭恭敬敬地跪下，說道：「啟稟娘娘，琉球國的公主美子求見。」

「踏破鐵鞋無覓處，得來全不費功夫！咱們不去找她，她倒自己找上門來了！看我去教訓她！」

如意撩起袖子就要往外衝，幸好被席雲芝叫住。

她對那傳話的太監說道：「請。」不管這公主來者何意，總要見一下才是。

太監又跑出去傳話，不一會兒，便見一個異裝華服的美豔女子步履優雅地走了進來。

席雲芝高坐鳳椅之上，姿態清冷端莊，美子公主來到堂下後，熟練地向席雲芝行妃嬪面見皇后之禮，看樣子顯然是在琉球國經過訓練的。

「皇后娘娘萬福。」

沒想到這公主的漢語也說得很不錯，席雲芝提起一口氣，對美子公主微笑以對道：「公主免禮，賜坐。」

兩個小太監給這位公主抬來了一張檀木椅子，那公主謝過席雲芝的恩典，就盈盈而坐，寬大華美的禮服在她腳邊完美鋪開，使她看起來像是坐在金蓮上的一尊菩薩。

這是席雲芝內心的想法，表面上仍是笑咪咪地說話。「公主舟車勞頓，怎的不在宮中多歇息一番呢？」

美子公主對席雲芝又是彎腰一禮，然後才用她那嬌滴滴的嗓音說道：「皇后娘娘乃一國之母，美子怎敢怠慢。特帶來我琉球國的賀禮，敬獻給皇后娘娘。」

說著，只見那菩薩抬了抬手，外頭便走入一名雙手捧著盒子的隨從，恭恭敬敬地在席雲芝面前跪下，將盒子舉過頭頂。

美子公主親自站起，優雅地走到隨從身旁，將盒子打開，露出盒子裡閃著金光的瓷娃娃，指著這個瓷娃娃介紹道：「這是安神娃娃，是我國皇室至寶，特敬獻給皇后娘娘。」

席雲芝推辭一番後，就在美子公主的堅持之下，將東西收了放在一旁。

只聽那美子公主又道：「皇后娘娘若是不嫌棄，可將這個安神娃娃放在寢宮加以安神。」

席雲芝看了一眼那個娃娃，笑著點頭說道：「美子公主費心了。此物既能安神，本宮自會放在寢宮之中加以利用。」

又與她說了些寧國的風土人情後，美子公主才向她告辭，席雲芝也秉著一國之母的姿態，將人送到了門邊，氣氛和樂融融。

回到廳中，如意便問席雲芝。「夫人，這東西真要擺去寢殿啊？奴婢看著怪嚇人的。」

席雲芝的目光又一次在那閃著金光的娃娃身上流連一番，然後才說道：「這是安神用的，我又不失眠，放在寢殿幹什麼呢？收起來吧。」

步覃派人來傳話，說今晚不來坤儀宮了，讓席雲芝早點睡，別等他。

席雲芝站在門邊愣了一會兒。該來的總會來……席雲芝深吸一口氣，讓自己努力平復下來。

晚飯後，將小安和宜安安頓好之後，自己也覺得有些乏力，早早就歇下了。

夢中，她彷彿回到了與步覃認識之初，他冷漠的眸子靜靜地盯著她，就像寒冬中的一潭冰泉，凍得她冷徹心扉。

她有時候也在想，當年的步覃對自己那樣冷漠，她到底是怎麼熬過來的？想來想去，還是因為成親之初，不僅步覃沒有愛上她，她其實也沒有愛上步覃。

但凡在成親之初，她對步覃動了真情，定會忍受不了他的冷漠，如同現在。她後來愛上了這個叫作步覃的男子，所有的心緒都會為他牽動，只要能與他在一起，再大的苦她都不怕，只怕他終有一天會對她產生厭倦，繼而又對她恢復了淡漠。

從前的她也許覺得素未謀面的夫君對自己淡漠一些沒什麼，可是若真是放到現在，她想她一定會受不了的，她會發瘋，會心死。

沒想到步覃只是一夜沒來她這兒，她就心慌至此，真的很難想像，若是步覃納妃之後，她失寵了，那會是怎樣淒涼的光景？

想著這些亂七八糟的事，席雲芝睡得昏昏沈沈的，迷糊間，她彷彿覺得身邊有人，猛地張開雙眼，左右看了看，哪裡有什麼人啊？她實在是太敏感了。

從床上坐起，席雲芝正要下床去喝點水時，突然，那種奇怪的感覺又來了！她總覺得今晚這宮裡有些不對，好像在她不知道的黑暗中，有一雙奇怪的眼睛正盯著她似的。

搖搖頭，讓自己不要多想，席雲芝拿起床頭的茶壺與杯子，正要倒茶時，忽然，一道黑影自她面前掠過，嚇得她大叫一聲，手中的茶和杯子掉在了地上。

她難以置信地看著那黑影離開的方向，那是一堵牆，可是她明明就看見那黑影往牆壁上撞去，然後消失不見了！

她的驚呼聲喚來了侍衛。如意、如月因為有了家室，所以席雲芝特別允許她們晚上不用伺候，今夜在殿外輪值的四名宮女也匆忙跑入，一看到席雲芝腳邊的碎片，四人慌忙過去，將地上的碎片火速清理乾淨。

「娘娘，您沒事吧？」其中一個宮女如是問道。

直直盯著牆壁的席雲芝終於回過神來，看了看宮女那張樸實無華的臉，搖了搖頭，說道：「沒事。」

那宮女見她仍是一副失神不安的模樣，問道：「娘娘，要不要去通知萬歲爺一聲？還有，需要喊太醫來一趟嗎？」

席雲芝深吸一口氣，見她眸中映著擔憂，說道：「算了，夜深了，皇上估計也乏了。明日反正有例行請脈的太醫過來，到時候再看吧。」

宮女應聲之後，席雲芝就叫她們回去休息了。又看了一眼那黑影消失的牆壁，席雲芝不再糾結，又回到了床鋪之上。

步覃下了朝之後，直接來了坤儀宮，將昨夜的情況問了一問。

席雲芝見他面露緊張，心中著實寬慰不少，牽著他的手不肯放開，說道：「太醫說沒什麼，懷孕之人本就情緒波動，很正常的。」

昨夜，席雲芝是真真切切看到了黑影，但是，這件事她誰都沒說過，一來不想引起宮內恐慌，二來也是怕打草驚蛇。

那黑影絕不是幻覺，這一點她可以肯定，但究竟是什麼，她便不知道了。若說是鬼，那為何之前未曾出現過？若說不是鬼，那又是什麼？什麼人可以如鬼似魅般，在她面前一閃而過，然後穿牆而入呢？

步覃見她眉頭微鎖，知她有事相瞞，當即屏退了所有宮人，夫妻二人在殿中對視。

席雲芝盯著他看了一會兒，終於被他的執著折服，深嘆一口氣後，才說出了實情。「原不想說的，但……昨夜我分明看到了一個黑影在我面前一閃而過，然後，就穿牆而出了。」

步覃蹙眉。「黑影？穿牆而出？」

席雲芝點頭，從軟榻上走下，拉著步覃的手去到了寢殿，指著房屋南面的那面牆壁說道：「便是那裡，那黑影從帳後竄出，撞牆而出，很快，不知道是什麼。」

步覃去到席雲芝指示的帳後看了看，又抬頭在她寢殿的上方看了一圈，都未發現異樣，與席雲芝一同露出了疑惑不解的神色。

「妳這兩日且住到養心殿去，最近積累了很多摺子，我晚上都不能來妳這兒，妳去我身邊睡吧，不然我不放心。」

席雲芝聽他這麼說，只覺得昨夜的擔憂全都煙消雲散了！不管怎麼樣，夫君待她的心還沒有變，那一切就好辦了。

她不怕萬人攻擊、萬人唾罵，唯獨怕他袖手而去，兩情分離。只要他的心還在她的身上，就算接下來的是狂風暴雨，或是冰雹風霜，她都敢去面對，且不會懼怕分毫。

「不用了，養心殿自古沒有后妃入住，我也不想破例。」

步覃卻十分堅持。「規矩都是人定的，我讓妳去住，誰敢說個不字？這分明是有人想加害於妳！那人既能藏身在妳宮中，第一回他可以只是嚇妳一嚇，第二回他若是想殺妳或害妳，妳又如何能避開呢？」

席雲芝看著他真摯的眸子，微微一笑，湊近他的耳旁，輕聲說了幾句話。步覃開始的時候一臉拒絕，後來席雲芝又說了幾句，他才勉為其難地點了點頭。

正當眾人在腦中猜測，皇上與皇后大白天的在宮裡做什麼這般神秘的時候，坤儀宮的大門突然打開，只見步覃怒氣沖沖地指著殿內大聲說道：「妳是皇后，說出這番駭人聽聞的鬼怪之言，是想引起宮內人心動亂嗎？簡直混帳！朕不想再聽到第二次了，擺駕！」

步覃自上位以來，對席雲芝向來都是千依百順的，從來沒有出現過這樣大聲說話的場景，眾人頓時一愣，然後才明白了事情的經過。

眾所周知，皇上昨晚沒有來坤儀宮歇息，皇后定是急了，這才想用鬼神之說挽回皇上的憐愛，沒想到卻戳了帝王的忌諱，一句「引起宮內人心動亂」便足以說明皇上對皇后此舉的態度。

眾人有的同情皇后即將失寵，有的幸災樂禍，有的則是真的相信，這宮裡不乾淨……一時間，非議漫天。

皇后席氏失寵的傳聞在宮內瘋傳，席雲芝也像是要印證這個傳言般，自皇上憤然離開後，她就在宮裡大門不出、二門不邁，成日裡靜坐不說話，無論是誰求見，她都一一回絕。這可把如意、如月她們嚇壞了。這幾日的夫人，吃得也少，成日關在宮中不說話，這樣下去可怎麼得了啊！

席雲芝在宮裡看看書、刺刺繡，日子倒也不難打發。

這日，她繡花繡得有些昏昏欲睡，便趴在繡架上睡著了，可是迷迷糊糊間，她又生出一種被人窺視的感覺，這一次她沒有馬上睜眼，而是閉著眼睛等待時機。

那感覺越來越強烈、越來越近，席雲芝緊閉雙眼，儘量讓自己看起來像是真的睡著了般。

千鈞一髮之際，緊閉著大門的坤儀宮上方，悄無聲息地撲下四個侍衛，將那正接近席雲芝的人一舉擒住！

席雲芝聽到了動靜，這才從繡架上抬起了頭。本以為抓到了那個黑影，沒想到看到的卻是一個穿著宮女衣服的人。

四個侍衛將她按在地上，不讓她動彈。

步覃冷著臉從後堂走出，看到被他安排的侍衛擒住的宮女後，與席雲芝對望了一眼，問道：「是她嗎？」

席雲芝從繡架後頭走出，來到被擒住的宮女上方，仔細將她看了看，然後搖頭說道：「看著不像……」

夫妻二人正在納悶時，卻聽那個被擒住的宮女大聲說道：「當然不一樣，是老子啊！」

那宮女一開口，席雲芝隨即認出了這個熟悉的聲音，難以置信地湊到那人面前，仔細地看了起來。

「我是張嫣！快讓他們放開，壓得我脖子疼死了！」

席雲芝猛地一驚，趕忙讓四個侍衛撒手，想要去扶張嫣，卻被步覃警惕地拉在身旁。

張嫣被解除箝制之後，自己一個人從地上爬起來，揉著快要斷掉的脖子，對席雲芝說道：「我聽說妳最近在閉關，不吃不喝啥的，就想來看看妳，沒想到妳是這麼對待我的！」

張嫣邊說邊看著一臉質疑神情的步覃，一不做二不休，乾脆將臉上的人皮面具扯了下來，露出一張疤痕交錯的臉。

她的這張臉，席雲芝在給她治療的時候看過不下千回，自然不會認錯，立即從步覃身後跑了出去。

「真的是妳！妳怎麼來了？」席雲芝驚喜地看著張嫣。她自入宮之後便一直派人在找張嫣，可是派出的人從未找到過她的行蹤，沒想到現在竟會突然看見她。

張嫣聳了聳肩，說道：「這不是聽說妳被嚇得不吃不喝嗎？所以就想來看看妳，沒想到卻踩了你們的陷阱。」

席雲芝有些抱歉地說：「真對不起，前幾天我在坤儀宮看到了一個黑影穿牆而出，因為不確定對方的身分，所以才想出了這齣引君入甕的戲，看看能不能把那黑影抓到。」

步覃讓四個侍衛再次隱入了黑暗中，席雲芝則將張嫣拉到軟榻上坐下。

只聽張嫣又開口道：「抓什麼呀？他們是琉球忍者，你們這樣埋伏怎麼可能抓得住他們。」

張嫣的話不僅讓席雲芝愣住了，就連步覃也被她的話吸引了注意，開口問道：「琉球忍者？」

張嫣看了看他們，點頭說出了實情。「是啊！自從你們入宮後，我便一直混在坤儀宮裡，那晚掌櫃的喊了之後，我也跟進來看了看，發現她的目光總是盯著一堵牆，我當時覺得奇怪，後來出去了，我就到各個宮裡打探，幸好將軍……喔，皇上還沒納妃，要不然我可查不到這麼快。」

席雲芝與步覃對視一眼，問道：「妳查出什麼了？」

張嫣答道：「黑影的身分。」頓了頓幾秒，張嫣便不做隱瞞，和盤托出了。「琉球國公主身旁的那個黑武士，就是他。我潛進去之後，雖然聽不懂他們在說什麼，但我可以肯定，那個公主想殺了妳，她曾經對著妳送給她的那盆牡丹做了個抹脖子的動作，我記得很清楚。」

席雲芝聽到這裡，已經冷汗涔涔了，看向步覃，見他也是一副驚訝的神情。

步覃開口說道：「琉球國的忍者我從前也聽說過，但一直沒有見過，他們竟真的可以穿牆而出嗎？」

張嫣搖頭。「哪能啊！我在那宮裡盯了好多天，那些忍術固然厲害，但是說白了也就是障眼法罷了。忍者的輕功都很好，你看著他像是穿牆而出了，其實他只是換了一個方向躲起來，然後趁著人多混亂時再混出去。」

席雲芝有些不敢相信。「怎麼會是障眼法？我分明看見他穿牆了呀！」

張嫣看了看她，又看了看步覃，說道：「掌櫃的妳不懂武功，當然看不出他們的動作，因為實在是太快了。可是，如果是皇上或者其他武功高強的人，便不難看出了。」

張嫣的一番話令席雲芝覺得汗毛都豎了起來。

只聽步覃又開口說道：「如此說來，這琉球國的公主還是個危險人物。」

張嫣知道這琉球公主是來和親的，雖然現在步覃還未納妃，但說不定過段時間就會將她納入宮中，不禁開口提醒道：「當然危險了！不說別的，單說她利用忍者對付掌櫃這事兒，就絕不能姑息。這回只是嚇嚇人，下回難說不是殺人了。」

步覃點頭說道：「沒錯，她既然敢動手第一次，便敢動手第二次，這事兒不能不防。」說完之後，他就轉身入了後堂，從別的門悄無聲息地離開了坤儀宮，再做部署去。

席雲芝和張嫣久別重逢，有好些話要說。

原本入宮之時席雲芝便想把她找出來的，可是她的易容術爐火純青，根本讓人找不到蛛絲馬跡，如今她主動出現了，席雲芝可不打算讓她再回到黑暗中去了。

「……我的事就這樣了。蕭絡是個什麼人，他如何會容得下禹王？我不過在他耳旁吹了幾回風，他就真的對禹王動手了，也省得我大費周章去報復他們了。你們離開京城之後，蕭絡便給禹王府安上了跟你們一樣的罪名——通敵叛國，滿門抄斬。」

對於禹王的遭遇，席雲芝很難生出同情，但她知道張嫣對他的複雜感情，不禁問道：「妳還愛他嗎？」

張嫣沈默了一會兒，然後才深吸一口氣，回答道：「他那樣殘酷地對我，我若還是愛他，那我可真是犯賤了……」說著，忽然笑了笑，又說：「妳知道嗎？在他們死前，我已經去天牢裡報過仇了。我易容成獄卒的模樣，用同樣的方法在獄中折磨了他們！哈哈哈哈！看到那個女人臉上露出的驚恐表情，我彷彿看到了當年的自己……」

席雲芝看著她疤痕密布的臉，回想從前這張臉是多麼的風華絕代，不料竟成了一個女人嫉妒之下的犧牲品。

可是，聽張嫣說出這些，席雲芝並沒有在她身上看到想像中的暢快，反而覺得她變得更加憂愁了。她腦中靈光一閃，突然開口問道：「我記得禹王和禹王妃有一個女兒，她那麼小，卻因為父母的罪而慘遭牽連了嗎？」

張嫣又沈默了好久。

席雲芝見她不說話，也不催促，走到圓桌旁，拿起茶壺給她倒了一杯茶，遞到她面前。

張嫣接過茶杯之後，眼淚突然撲簌簌地往下掉了。「我就說，我這輩子都在犯賤，他們那樣對我，可是，當她匍匐在我腳下求我救她的女兒時，我竟然還是心軟了……」她將臉埋入掌心，像是想起當年的事般，整個人痛苦不已，單薄的肩膀不住抖動，情緒有些失控。

席雲芝不禁走上前去，在她的肩膀上輕輕拍了幾下，以示安慰，道：「孩子是無辜的。妳救她並不是因為妳犯賤，而是妳比他們還殘存了良知。」

張嫣紅著雙眼，盯著席雲芝，面目糾結的她看起來有些嚇人，但目光中的善意卻是分明的。

席雲芝為了緩和氣氛，讓她不再繼續哭下去，不禁出言調侃道：「我覺得妳還是先把面具戴起來，咱們才能好好說話。」

張嫣看見席雲芝的神色有些狡黠，不禁橫了她一眼，卻還是乖乖地將人皮面具戴了起來，恢復成那個陌生宮女的模樣。

席雲芝再一次震驚於她巧奪天工的手藝。

張嫣戴上面具之後，又對席雲芝說道：「對了，剛才忘記跟你們說了，我在那個公主的宮裡探了許久，發現那個公主實在是頗自戀的，平常沒事的時候，總是坐在鏡子前，一坐就是一、兩個時辰。她每天都派人去養心殿打探皇上的行蹤，看來對封妃的事是在所不惜了，妳要早做準備才好。」

席雲芝聽她說的，不禁嘆了口氣。「準備什麼呀？她是琉球公主，若是夫君不納她為妃，很可能就會影響邦交。」

張嫣對席雲芝的態度有些驚訝。「那妳是想妥協了？可是，我看皇上好像還在堅持呀！」

席雲芝點頭。「嗯，我們都還在堅持，可是——」

兩人正說著話時，外頭突然傳來如意急急敲門的聲音。

「夫人！不好了，大皇子掉水裡去了！」

席雲芝大驚，張嫣也覺得奇怪，當即便隱入了黑暗中。席雲芝趕忙跑著去將殿門打開，隨著如意的腳步奔了出去。

小安！她的小安怎會無緣無故地掉到水裡去？

席雲芝趕到的時候，小安已經被步覃抱在懷裡了。小小的身子濕漉漉的，一看見席雲芝，就從步覃的懷裡跳了下來，撲到她身上。

席雲芝蹲下身子，仔細反覆地查看他身上是否有傷，撫著他的臉頰問道：「怎麼回事？」小安不說話，只是看著她，看起來一副受到驚嚇的模樣，席雲芝看了心疼極了，將他緊緊摟入懷裡。

步覃派人將他們娘兒倆送入坤儀宮，又當眾對席雲芝說了一番安慰的話，這才擺駕去了養心殿。

坤儀宮中，席雲芝替濕漉漉的小安換過了衣服，讓他擁著被子，坐在床上保暖，這才向他詳細問起事發經過。「現在你告訴娘親，到底怎麼回事？是你自己掉下去的，還是被人推下去的？」

小安大大的眼珠子在殿中環顧一圈，精靈地對席雲芝眨了眨眼，示意她讓殿裡伺候的人都退下。

席雲芝心下覺得奇怪，卻見他像是真的想說些什麼，便照著他的話做了，讓伺候的人全都出去。

小安見沒人了，就將裹在身上的被子一掀，在床鋪上翻騰起來，把席雲芝嚇了一跳。只見小安沒事兒人似的，走到席雲芝面前，跟她對視道：「娘，我沒事兒，好得很呢！父皇一直派人在暗中保護我呢！」

席雲芝見他這樣歡騰，一點都不像是剛剛落水的模樣，不禁覺得奇怪。「你在水裡撲騰了那麼長的時間，你父皇保護什麼呀？盡瞎說！」

小安無奈地嘆了口氣。「娘，難道妳忘了，之前在軍營裡，我差點溺斃，父皇從那次之後便派人狠狠地教了我水性，我現在就是掉在海裡也淹不死的。」

席雲芝聽他這麼說，才突然想起好像是有那麼回事。那一回小安從背後偷襲趙副將的兒子，兩個人差點都在潭中淹死，步覃知道後，不僅將小安好好地教訓了一頓，確實還派人去教了小安水性。

先前她聽到小安落水的消息時簡直急壞了，根本沒想起來小安會水性。可聽到這裡，她不禁又蹙眉了。「你既然會水，那在水裡待那麼長時間做什麼？平白嚇死人嗎？」

小安神秘兮兮地對席雲芝招了招手，席雲芝湊過去，只聽這小子在她耳旁輕聲說道——「是父皇讓我在水裡多撲騰一會兒的，這樣他才有足夠的時間抓捕將我推下水的人。我跟父皇是串通好的，所以娘妳不必替我擔心。」

席雲芝蹙眉。「果然是有人推你下水嗎？是不是一道黑影，快得叫人看不見？」

小安雖然懂事了，可還不至於那樣明白，於是抓著頭說：「不知道，反正就是被人推下水了，不過那人好像被父皇抓住了，父皇現在肯定在審問他呢！」

席雲芝對這對父子簡直無語了，竟然瞞著她做這麼危險的事！見小安還一副「好刺激、好好玩」的表情，席雲芝真是無奈極了。

將小安安頓好之後，席雲芝便在殿裡守著，待宮婢們進來伺候時，小安又突然成了演技派，蔫兒蔫兒的樣子果真一副剛溺水、被嚇得三魂不歸、七魄不聚的小可憐模樣。

席雲芝想把張嫣找出來，可是不過一會兒的工夫，她又好像完全消失了一樣，跟宮女們問起，她們都說對席雲芝形容的那個人沒什麼印象。

原想等步覃忙完了過來時再問問具體情況的，可是步覃一連多日都未曾來到席雲芝這裡。

這日，她親自做了一些糕點，去了養心殿探望，沒想到守門的太監看見她，竟支支吾吾的，說是皇上正在處理政事，不宜接見。席雲芝正覺得奇怪時，卻見到一道美麗的倩影自養心殿中走出，嫋嫋婷婷，如夢似幻。

看見席雲芝，美子公主便優雅地走過來，對她行禮，說道：「皇后娘娘萬福！皇上近來多有召見於我，皇后娘娘可不要多心啊！」她一副嬌羞動人的模樣，目光中不乏勝利者的竊喜之色。

席雲芝看了一眼養心殿敞開的大門，對美子公主的挑釁之言並未發出正面對峙，卻也不叫她起來，就這麼大袖一揮，轉身憤然離去，獨留美子公主在她背後揚起得意的嘴角。

皇后失寵的傳聞越傳越盛，這幾日，這位異國公主已然以一副女主人的姿態，開始在皇宮中挑選她所喜愛的宮殿了。

席雲芝成日不出門，只在自己的宮裡寫寫字、看看書、繡繡花，日子悠閒得不得了。而到夜幕降臨之後，她屏退宮人，獨處之時，她的夫君便會潛入，與她交流最近發生的最新消息。

「準備得差不多了。我派人探了好幾日，終於探出他們來寧國的真實目的。」步覃摟著席雲芝的肩頭說道，連日來的奔波與撒網讓他有些疲憊。

「他們來的目的是封妃嗎？或者是為了封后？」席雲芝在他懷中抬首問道。

步覃搖頭。「他們來的目的是殺了我，奪取寧國。」他摸著她的臉。歲月似乎特別眷顧她，並未在她臉上留下太多的痕跡。

席雲芝聽後，愣了愣，頓時覺得心驚肉跳。寧國建國之初，百業還未興旺，國家正是休養生息的時候，他們竟派來公主，企圖攪亂寧國內政，然後再乘機殺了新皇帝，奪取寧國江山！

若是這個目的沒有被他們及時發現，若琉球國提出和親之時，步覃一口答應了，那麼後果將是不堪設想的。

「那你準備怎麼對付他們？殺了……怕是會落人口實吧？」若是沒有充足證據，那麼人家好好地過來和親卻被殺死，終將引起戰亂的，傳出去名聲也不好，這對誰都沒有好處。

步覃眼神堅定地說：「該殺就要殺。立國之初，若是連這種事情都要姑息，那今後還談什麼四海昇平？是個小國便敢派人來騷擾搗亂，那我們今後豈不是要忙死了？」

席雲芝看著步覃堅定的目光，一如他剛開始流露出問鼎帝位之心的時候那般，果敢中帶著殘酷的堅決。

她靜靜地躺在他的懷中，給予他默默的鼓勵。無論這個男人今後要做什麼，她都會一如既往地追隨著他，永不改變，這就是她今生對他的態度。堅定不移。

席雲芝在宮裡找了好幾天，都沒有發現張嫣的下落。

這幾日，步覃和席雲芝的關係又漸漸好了起來，步覃一反之前冷落的態度，日日宿在坤儀宮不說，還給席雲芝送來了很多珍稀寶貝。

美子公主再度求見席雲芝時，席雲芝便將步覃賞賜的東西拿出來與她分享觀看，美子公主面上不斷露出驚豔新奇的神情。

「皇上對皇后娘娘真是太好了。」美子公主這般對席雲芝說道。

席雲芝命如意將東西收拾了下去，兩人一邊喝茶一邊說道：「本宮與皇上成親後，皇上向來都待我很好，他是個很體貼的好男人。」

美子公主笑彎了眼睛。「是啊，雖然我來寧國不久，但也看得出皇上是個極好的男人，與我想像中那些粗魯蠻橫的形象完全不一樣。」

席雲芝莞爾一笑，以帕子掖了掖唇角。兩人又用了一些香蜜茶後，席雲芝指著桌上的八碟小點，對美子公主說道：「這是本宮最愛吃的點心，皇上特意叫御膳房做了送來的，公主也嚐嚐吧？」

美子公主看著糕點的目光一動，微笑也微微僵了僵，然後才又笑著點頭，拿起一塊淺嚐了一口就放下，說道：「果然不錯。」說完，美子公主便站了起來，向席雲芝告辭。「時間也不早了，美子先回去了。」

席雲芝點點頭，熱情地將她送到門邊，囑咐她今後常來轉轉什麼的。

看著美子公主離去的背影，席雲芝的唇角彎了彎。這個公主果真如張嫣所說的那般自戀，見不得自己的目標對別的人好。先前她說皇上對她如何如何好，為的就是試探這公主，如果不出她所料，如今那公主肯定已經將她列入了終極障礙的行列了，相信不用多久，就會主動對她出擊的。

而這一切，都是她與步覃計劃好的，現在，只等這公主來踩線，然後他們好將她一舉成擒！

當天晚上，那邊果然就有了行動。幾道黑影如鬼似魅般一同竄入了席雲芝的寢宮，正欲下手行刺之時，被早已隱藏在暗中的步覃抓個正著。

席雲芝的被褥之中也竄出兩個同樣持劍的侍衛，另外還有數百侍衛將坤儀宮圍得水泄不通。

步覃親自出馬，帶著韓峰和趙逸，一番殊死搏鬥之後，將那幾道行刺的黑影擒下了。可是揭開他們的面具之後，卻發現他們一個個嘴角留下黑血，沒多會兒雙腿一蹬，死了。

「皇上，人死了。怎麼定他們的罪？」

步覃看著地上的幾具屍體，頓時有了主意。「抬上屍體，走。」

一行侍衛抬著五具屍體，直接去了美子公主的宮中。

當步覃下令，將人全都陳列在美子面前時，她只是稍稍意外了一下，便對步覃說道：「皇上這是何意？大半夜的搬幾具屍體來，也不怕嚇著奴家。」說著，美子的身軀就想往步覃身上靠。

步覃閃開，指著地上的人說：「朕倒是想問問妳，派這些人去行刺皇后是何用意？」

美子公主一臉無辜。「行刺？皇后遭人行刺了？太可怕了！可是，這些人又跟我有什麼關係呢？我根本不認識他們呀！」

步覃蹙眉，厲聲道：「這些人都是琉球國的忍者，妳敢說跟妳沒關係？」

美子公主的眼中閃過一絲慌亂，但很快便恢復過來，眼珠轉動幾下後，才有恃無恐地說道：「我們琉球國的確有忍者，但是皇上又有何證據證明，這些人是我琉球國的忍者？而且他們已經全都死了，皇上又如何證明是我派出去刺殺皇后娘娘的呢？」

美子公主的一番言辭令步覃沈默片刻，琉球國的使者團們也聽到了風聲，紛紛趕了過來，此時正站在美子公主的身旁，七嘴八舌地說起話來——

「皇上，你不能冤枉我們公主！」

「皇上，你這麼做會影響兩國邦交的！」

「皇上，我國國王要是知道公主在寧國受到如此委屈，定會不惜一切代價，出兵替公主討回公道的！」

「……」

諸如此類的威脅之言，聽得步覃很是厭煩，遂大吼一聲。「夠了，閉嘴！」

待那些使臣全都閉嘴，宮殿內鴉雀無聲的時候，步覃抬手拍了兩下，只見兩名侍衛押著一個與地上死去的忍者穿著同樣衣服的人走了出來。看樣子，那人受過嚴刑拷打，現在已經奄奄一息了。

見美子和使臣們的臉色一變，步覃勾唇說道：「這個人，你們可還認識？」

美子公主沒有說話，其中一個使臣彎下腰去看了看那人的長相，卻也不敢說話，而是摸著鼻頭回到了公主身旁。

「皇上，這是我國的千秋總領，皇上將他拷打至此，到底意欲為何？」美子公主深吸一口氣，當場鎮定了下來。

步覃冷哼一聲。「哼，就是你們的這位千秋總領，前幾日在御花園中，竟想將朕的大皇子溺死在池水之中！被朕擒住之後，他已經什麼都招了。」

美子公主蹙眉怒道：「不可能！千秋總領不會做那樣的事，你們這是屈打成招！」

步覃讓人將千秋押著跪了下來，走過去，擒住他的下巴，將他的臉抬起來，冷冷說道：「你再告訴朕一遍，琉球國是否圖謀我寧國江山，想刺殺朕，刺殺朕的皇子？」

那個千秋總領虛弱地睜開眼睛，用琉球國的本土話認罪了。

其後，不管美子公主和使臣們如何反抗，步覃都態度堅定地叫人將他們以政治細作的罪名盡數關了起來。

第二天的早朝，簡直炸開了鍋。

朝臣們分為兩派，展開熱烈的討論。一派認為就算琉球國來意不純，但畢竟沒有造成傷害，不該就這樣殺了他們；而另一派，則認為琉球這般小國都有進犯我寧國之心，若不嚴懲，將來如何以威信立國？

這樣的爭吵持續了好幾日，卻都沒有找出一個解決的方法。而有些好事的大臣，左繞右繞的，竟又將話題繞到了因為皇后娘娘的出身不高貴，所以才引得如此小國的公主都敢企圖奪位。

席雲芝在後宮聽到這些言論，簡直是哭笑不得，這些大臣當真是沒話說了，竟然連這樣的軍國大事也能閒扯到她的身上。

便在朝廷暗潮洶湧，幾派朝臣在相互較勁的時候，又發生了一件大事——

齊國新帝登基，特給初建國的寧國送來國書一封與禮品若干。

這件事無疑又在朝堂中掀起了軒然大波。齊國新帝登基為何會給寧國送來國書和賀禮？直到那份國書內容宣告於世之後，眾臣才恍然大悟。

原來齊國皇帝與寧國皇帝的關係，是小舅子和姊夫，小舅子登基了給姊夫送點賀禮什麼的，這也說得過去，可是……誰能告訴他們，齊國皇帝怎麼就成了他們皇帝的小舅子了？太令人費解了！

齊國皇帝齊昭在國書中講的分明，齊國先皇在臨終前下了遺詔，要封他流落在外的親生女兒席雲芝為齊國安平長公主。

眾臣再次震驚！誰也沒告訴過他們，那個一直被他們以身分不夠尊貴而嫌棄不已的皇后，真實身分竟然是齊國皇帝的私生女，如今還被封為齊國的安平長公主，那也就是說，他們的皇后不僅是出身高貴而已，是極其高貴啊！齊國是如今天下間唯一一個能與寧國相抗衡的大國，他們的皇后是齊國公主，還是長公主，可以說在全天下都找不到身分比她更加尊貴的女子了。

這、這、這……真是叫人太難以置信了！

而更讓人難以置信的是，齊國皇帝除了國書之外，還送來了一份大禮，這份大禮不是別的，正是最近困擾寧國的琉球國璽，順帶還奉上了琉球國國王的降書——他們願從此歸順齊國的降書！齊國皇帝齊昭竟將這份降書連同國璽全都送給了寧國。

這意味著，他們還在國內討論著要不要危及邦交而殺了琉球國公主和使臣的時候，那邊廂，齊國皇帝早已經為他姊姊打下了那個想要搶她后位的國家，並且以絕對的勝利壓倒了邊陲小國，將國璽作為賀禮送給了姊姊和姊夫。

不得不說，齊國皇帝齊昭真是中原好舅子啊！

有了齊國送來的禮物，近來一直困擾寧國內政的問題突然就迎刃而解了。

步覃收下了齊昭的禮物，將琉球國的公主打包送了回去，並且囑咐她終身不得再踏入中原一步。

「早知道雲然有這一手，咱們也不必大費周章搞出那麼多事兒來了嘛！」

席雲芝和步覃攜手站在城牆之上，看著眼前這無盡的秀麗江山。

步覃將她摟在懷中。「琉球國和齊國的戰爭本就持續多年，所以琉球國才會想趁寧國初建之機下手奪取，藉以擴展國土，好與齊國相抗衡，卻不想兩頭都沒討好，落得如此下場。」

席雲芝看著天際雲卷雲舒，笑道：「雖然從前根本不屑那個人給我正名，可是，如今看來那個名倒是可以替我解決很多事，至少不需要再成日提心弔膽，擔心哪個朝臣會突然想把我拉下鳳座了。」

步覃笑道：「如今他們誰還敢拉妳下鳳座？妳那麼高的地位擺在那兒，就算我想休了妳，也是不可能的了。」

席雲芝看了他一眼。「你想休了我？」

步覃挑挑眉，聳肩說道：「唉，想休也休不掉了，只好一輩子將就著過了……」

席雲芝當然知道他是故意在逗她，被他逗得哭笑不得，只好推開他，捏起拳頭在他肩膀上敲了幾下，然後故作凶狠地說：「你知道就好！這輩子，你休想甩掉我了，旁的人也休想把我從你身邊擠開！」

步覃看著席雲芝，久久不說話，然後突然抱住她……可是兩人卻不能緊密相貼，因為中間隔著一個碩大的肚子。步覃摸了摸席雲芝的肚子，終於不再玩笑，正色說道：「夫人，謝謝妳對我不離不棄、誓死追隨，我必報妳守護追隨之恩。我步覃今生只愛妳一人，我們之間絕不會有第三人存在。」

席雲芝聽了步覃的話之後，不知為何，竟熱淚盈眶了。

她伸出手抱住步覃，夕陽下，城樓上，兩人相擁而立，無限美好……

六個月後。

席雲芝懷裡抱著一個正在熟睡的嬰兒——她的第三個孩子，二皇子步玉安，坐在御花園裡曬太陽。

張嫣站在她身旁，穿著一身威武的侍衛服裝，她如今已經被皇上親自冊封為寧國第一女侍衛了，專門貼身保護皇后。

她們兩人的目光都落在御花園中不住翻騰的幾個小小身影上。

席雲芝開口說道：「無論何時，孩子都是最純淨的，不管父輩如何糾葛，他們都是無辜可愛的。」她盯著那個張嫣帶進宮來的小女孩——張矜，前太子禹王的女兒，禹王妃死前乞求張嫣救下的那個孩子。

張嫣如今早已忘記了前塵一切，將張矜視如己出，只聽她勾唇說道：「孩子啊，妳越與她相處，就越覺得她可愛，想把所有的一切好東西都給她。看著她明媚的笑臉，便是有再多的仇怨都會放下了。」

席雲芝聽後沒有說話，兩人相視一笑。

突然，跑著跑著，宜安摔了一跤！

小安走過去將她攙扶起來，但宜安被嬌寵慣了，一個勁兒地哭，於是小安拿出了做哥哥的威嚴，對宜安訓示道：「哭什麼哭？又沒有摔痛！每次都哭哭哭，妳能不能堅強一點？」

宜安到底還小，哪裡聽得懂哥哥話語中的「堅強」是什麼意思？只知道哥哥對她好凶，她覺得委屈，哭得更加厲害了。

小安無奈地插腰，正要再提高聲音時，卻被身後一道鎮定的童聲給制止住了。

「你不要再嚇她了，她還那麼小！」

小安回頭一看，只見那個張侍衛帶進宮的小女孩正對他瞪著圓圓的大眼睛，頭上的兩個羊角辮讓她看起來很土氣，卻也十分可愛。

小安自從入宮之後，就一直被眾人捧在掌心，第一次出現這種敢當面對他大聲的女孩兒，一時間他竟不知該如何是好了。

只見張矜來到不停哭泣的宜安身邊，彎下腰，從懷裡拿出一塊乾淨的帕子，替宜安把眼淚擦了，然後牽著她的手，一起抓蝴蝶去了。

小安愣在當場，看著那條她不小心掉落的手帕，一時竟鬼使神差般地彎下了尊貴的腰，將手帕撿了起來，然後趁著所有人都沒有看見的時候，將帕子小心翼翼地藏入了衣襟裡。

看著那個女孩和妹妹奔跑的歡快身影，他露出了得意的憨笑。

秋風裡，陽光正好，照耀著這美好的年華……

——全書完

重生婆婆鬥穿越兒媳

全套二冊

筆鋒犀利，一解心中千千愁／蕭九離

帶著憾恨重生而來的王府續弦妃、
不甘落於人後的穿越世子媳，
大家各憑本事，置之死地而後愛！

前世恍如一場夢魘，教重生後的顧晚晴不能忘也不想忘，
都恨她識人不清，引狼入室，害死了娘親，連自己也慘遭毒手，
豈料再世為人，不但沒聽見那包藏禍心的庶妹遭到報應，
還因「賢孝之名」被指婚給平親王世子，教她如何甘心？!
既然蒼天無眼，那就由她親手了結這段弒親奪嫡之恨──
素聞平親王姜恒雖是而立之年，卻因接連剋死五妻而無人敢嫁，
那教名媛們避之唯恐不及的王妃之位，便是她復仇之路的開端，
無論如何，她都要先一步嫁進王府，設下天羅地網，
任憑那庶妹本事再滔天，她也要與之纏鬥不休，
死過一回之人何懼之有？如今，她要把失去的一一討回來……

慧黠有情，智謀見趣／木嬴

冤家配對頭，不打不鬧怎成雙？

花落雲暮間

全套四冊

一道聖旨亂點鴛鴦譜，縱然她有千百個不願意，卻也得奉旨成婚！
不過，既來之則安之，且看她左施陽謀、右行陰謀，不時再來個雙謀齊下，
凡是這家宅不寧、朝政不平等疑難雜症，
到她手裡來，略施小計還不得一一收拾擺平……

文創風 220 1

京都右相府二小姐蘇錦雲，性子膽小木訥、無才無德，
親爹不疼，後娘不愛，平日受其他姊妹欺凌苦待，還意外落水險些喪命……
她才剛穿越過來就面對如此形勢，這日子也實在過得太憋屈了！
偏偏一朝身為權傾天下的右相嫡女，便終生難逃朝廷派系鬥爭的風波。
前頭才謠傳她將登皇后之位，後頭聖旨就賜婚下來，
像她這等大門不出、二門不邁，養在深閨人未識的千金小姐，
竟也能與素未謀面的祁國公嫡孫葉連暮「兩情相悅，情投意合」了？
眼看兩人「私相授受」的傳言是洗不清了……

文創風 221 2

明知她是政敵右相之女，一向形同對頭的相公卻轉了性，
從共同謀議朝政到合夥籌辦鋪子，他都以誠相待、慷慨解囊，
本以為各有立場的兩人將成為一對「有名無實、貌合神離」的夫妻，
哪曉得平日鬥鬥嘴、耍耍性子，甚至鬧和離，越拌嘴越是恩愛……
隨著相處日久，才知這相公的處境同她一樣是不受後娘待見，
明著是國公嫡孫、皇上親表哥；暗裡卻受嬸娘和繼母監視，還曾險遭不測。
所幸來自現代的她身懷絕技，不僅以醫術診治他的味覺失常，
還能運用調香製香技藝在皇家壽宴上盡展鋒頭，為朝廷外交搏回面子！
未料，相公前一回才擺平災民之事，她那老謀深算的爹又留了一手……

文創風 222 3

成親不過數月，眼下雲暮閣的生意是經營得有聲有色、財源滾滾來，
連拓展分鋪、另闢錢莊都有些眉目了，偏偏小倆口的進展停滯不前，
好不容易在他生辰當夜，兩人總算圓房坐實了「夫妻」關係，
可這舒心日子還沒過足癮，文、武舉才開科就傳來了邊關急報。
夫君既要忙著監考科舉兼賣燒餅予應試考生，好用來籌創書社，
還得替那皇上表弟分憂，為外患入侵及籌糧一事而勞費心神……
自從有朝廷借糧的前例，錦雲也懂得適時置身事外、當個甩手掌櫃，
孰不知她沒去惹事，事倒來惹她了！……

文創風 223 4 完

「穿上這龍袍，坐上這御輦，看不完的摺子，上不完的朝……」
她在畫舫上唱一曲皇帝的煩惱歌，豈料，一時戲言釀成巧禍，
一句「佳麗三千沒有一個相好」，代價是「戰馬兩萬非要一支鐵騎」！
為了替君分憂、籌組鐵騎，她只好喬裝成雲暮閣二少爺大肆收購馬匹，
不意這朝廷國庫虧空，橫生波折，竟演變成由她將戰馬全數湊齊。
好不容易一波方平，另一波又起，原是追查內院嬤嬤竊取帳冊一事，
卻連帶揭發了婆婆嬸娘為奪繼承權，不惜謀害國公嫡孫的狠毒惡行，
而這突來的驚爆內幕，反倒讓相公提前數十載承襲國公之位，
她也一躍成為大朔京都中最年輕的國公夫人……

看膩了穿越女總是贏的套路嗎？

繼貴妻之後，油燈又一新鮮好評代表作

流浪貓狗介紹所

為流浪貓狗加油 和貓寶貝 狗寶貝 廝守終生(一定要終生喔！)的幸福機會

對人來說，貓寶貝狗寶貝只是生活的一部分，但妳（你）對牠們來說，卻是生活的全部，領養前請一定要考慮清楚——

▲ 愛嬌女小斑、小灰的招親人啟事

性　　別：都是可愛的女孩兒～
品　　種：混曼赤肯／米克斯
年　　紀：皆約2歲
個　　性：小斑撒嬌黏人卻有些小脾氣；小灰愛玩但容易害羞
健康狀況：小斑曾有鼻氣管炎、輕微膀胱炎及膀胱結石，現已痊癒。
小灰曾有鼻氣管炎、輕微心臟病，現已好轉。
都已注射預防針、結紮，愛滋、
白血篩檢為陰性，沒有問題喔！
目前住所：新竹市

本期資料來源：www.catcat.tw巷口躲貓貓（貓住宿、咖啡、下午茶）

第239期 推薦寵物情人

『小斑／小灰』的故事：

小斑和小灰來自酷愛收集各類品種貓的家庭。但是在缺乏耐心照料的情況下，牠們分不到足夠的愛，也很少與人接觸，使得小斑比較敏感纖細，小灰則害羞怕人。

擁有漂亮外表和品種短腿的小斑，剛到中途家時只會睜著水汪汪的大眼專注地看著你，表現出對一切事物的好奇；但牠不會跟人玩耍，連追逐逗貓棒也不懂，看得出牠想回應善意卻不知如何表達。至於毛皮美麗的小灰雖然體型大，像個帥氣的小女生，然而剛開始也是充滿戒心，永遠跟人保持三步距離，只以雙眼靜靜觀察四周，提防有人突然奇襲牠。

不過曾被疾病折騰的牠們，在療癒的過程中漸漸有了改變——小斑學會悄悄接近人，顯露孩子氣、渴求關注的一面，小灰的面無表情也慢慢有了生氣，變得貪吃愛玩。為了吃，小灰把三步距離縮短成兩步、一步，而原本即使玩瘋了（high起來甚至會後空翻喔）也不給人碰，卻逐漸願意在最愛的食物面前敞開心懷，忍受幾下摸摸。

而小斑在熟悉穩定的環境裡，更是變得很喜歡撒嬌、磨蹭人。你會看見牠邁著短短小腿，發出興奮的呼嚕聲，團團繞著人轉。但若突然換一個環境、換了相處的貓夥伴，小斑就會退縮且易怒，明明想撒嬌又因陌生感去抗拒，就會形成一邊呼嚕、一邊哈氣或揮拳的緊張狀態。

所以小斑適合當獨生女，適合養貓新手的家庭。小灰仍需要培養對人的信賴，較適合對養貓有經驗的家庭，如果另外有性情溫和的夥伴也沒關係，更可以讓牠放鬆。你想疼寵這對惹人愛的女孩嗎？若你自認能夠給予細心、耐心還有穩定的環境，熱切歡迎來信cat_lu@mail2000.com.tw（盧小姐），將可愛的小嬌女帶回家～

認養資格：

1. 認養者須年滿20歲，有獨立經濟能力，並獲得家人與同住室友的同意。
2. 非學生情侶或單獨在外租屋的學生，須能提出絕不棄養的保證。
3. 須同意送養人日後之追蹤探訪。
4. 領養者需有自信對牠們不離不棄，愛護牠們一輩子。

來信請說明：

a. 個人基本資料：姓名、性別、年齡、家庭狀況、職業與經濟來源等。
b. 想認養「小斑」或「小灰」的理由；您理想中的同伴動物，期待牠們有什麼樣的個性。
c. 過去養寵物的經驗（若無，可敘述對照顧該動物的認識），及簡介您的飼養環境
（家中人口組合、現有寵物的基本狀況、預估未來寵物的活動空間等）。
d. 未來若有當兵、結婚、懷孕、畢業、出國或搬家等計劃，將如何安置「小斑」或「小灰」？

love.doghouse.com.tw 狗屋．果樹誠心企劃

文創風 236

夫人幫幫忙 3 完

國家圖書館出版品預行編目資料

夫人幫幫忙 / 花月薰著. --
初版. -- 臺北市 : 狗屋, 民2014.10
冊 ; 公分. --（文創風）
ISBN 978-986-328-367-6（第3冊：平裝）. --

857.7　　103018138

著作者　花月薰
編輯　黃淑珍
校對　林俐君　蔡佾岑
發行所　狗屋出版社有限公司
地址　台北市104中山區龍江路71巷15號1樓
電話　02-2776-5889～0
發行字號　局版台業字845號
法律顧問　蕭雄淋律師
總經銷　知遠文化事業有限公司
電話　02-2664-8800
初版　103年10月
國際書碼　ISBN-13　978-986-328-367-6
原著書名　**《将军夫人的当家日记》**，由北京晉江原創網絡科技有限公司授權出版

定價250元
狗屋劃撥帳號：19001626
網址：love.doghouse.com.tw　E-mail：love@doghouse.com.tw